Fieser die Glocken nie klingen

Das Buch

Früher war der 24. Dezember für Annalena der schönste Tag des Jahres. Seitdem ihr Mann nicht mehr bei ihr und kein Geld mehr da ist, um das Fest der Liebe nach allen Regeln der Kunst zu zelebrieren, streicht sie Weihnachten kurzerhand aus ihrem Leben. Und trifft auf sechs Gleichgesinnte. Die Frauen tun sich zusammen: Der Club der Weihnachtshasserinnen ist geboren. Doch trotz aller guten Vorsätze stellen sie bald fest, wie schwer es ist, in dieser verführerischen Zuckerbäckerzeit hart zu bleiben.

Aber wie lange kann ein Festtagsboykott anhalten, wenn die Freundinnen sich an allen Fronten gegen Lebkuchen und Lametta, attraktive Weihnachtsmänner und entzückende Engel zur Wehr setzen müssen?

Die Autorin

Renée Karthee war viele Jahre Redakteurin beim STERN und ist heute Autorin von Romanen und Drehbüchern. Sie lebt zusammen mit ihrem Mann und ihrem Sohn in Hamburg.

Von Renée Karthee sind in unserem Hause erschienen:
Aller Anhang ist schwer · *Weiberfrühstück*
Fliegen lernen · *Die seltsame Reise mit meinem Bruder*
Fieser die Glocken nie klingen

Renée Karthee

Fieser die Glocken nie klingen

Kein Weihnachtsroman

List Taschenbuch

Besuchen Sie uns im Internet:
www.list-taschenbuch.de

MIX
Papier aus verantwortungsvollen Quellen
FSC® C083411
FSC
www.fsc.org

Originalausgabe im List Taschenbuch
List ist ein Verlag der Ullstein Buchverlage GmbH, Berlin.
1. Auflage Oktober 2015

Umschlaggestaltung: ZERO Werbeagentur, München
Titelabbildung: © FinePic®, München
Satz: LVD GmbH, Berlin
Gesetzt aus der Galliard
Druck und Bindearbeiten: CPI books GmbH, Leck
Printed in Germany
ISBN 978-3-548-61302-4

Well, I know now. I know a little more how much a simple thing like a snowfall can mean to a person.

Sylvia Plath

Wenn ich loslasse, was ich bin, werde ich, was ich sein könnte. Wenn ich loslasse, was ich habe, bekomme ich, was ich brauche.

Lao Tse

Advent, Advent, ein Lichtlein brennt

Es war ein nasskalter Novembertag, als Annalena Schiller, sechsundvierzig Jahre alt und allein lebend, ihre Chanel-Tasche nahm und in den Supermarkt ging, um zu schnorren.

Vor einer Woche hatte sie sich an der Kasse einen Bastelbogen geben lassen. Für ihren Sohn, wie sie betont hatte. Man malte die vorgedruckten Bildchen bunt an: Weihnachtsmann. Schneemann. Rentier. Engel. Das übliche Personal um diese Jahreszeit, eingerahmt von Adventskränzen, denen man grüne Nadeln verpasste, rote Kerzen, rote Schleifen. Dann schnitt man die Form an den Umrissen aus und klebte die Pappe zu einer Box zusammen. Es war keine große Sache gewesen. Kinderkram. Hatte sogar ein Lächeln auf ihr Gesicht gezaubert. Vor drei Tagen hatte sie die bemalte Schachtel abgegeben, und nun war der Samstagnachmittag vor dem ersten Advent gekommen, und sie würde sie wieder abholen. Hoffentlich prall gefüllt. Die Adventsbox war Tradition in diesem Markt, der Wert auf Kinderfreundlichkeit legte und mit dieser Aktion die Weihnachtssaison eröffnete.

Nikolaus konnte jeder.

Sie reihte sich ein ans Ende einer langen Schlange von

ungeduldigen Kindern und strapazierten Müttern. Als sie an der Reihe war, blickte sie in die lächelnden Augen einer jungen Angestellten im Kittel, die das Ganze hier für einen großen Spaß zu halten schien. Das ist die Unbekümmertheit der Jugend, dachte Annalena. Sie zeigte auf das Pappkästchen, das sie abgegeben hatte. Es hieß Paul. Schöner Name für eine Box, fand Annalena. Klang anständig und solide. Nach alten Werten.

»Und wo ist er, der kleine Paul?«, fragte die Frau im weißen Kittel und wackelte mit ihrem Zeigefinger vor Annalenas Nase herum. »Das Geschenk zum Advent muss das Kind selbst abholen, und es darf nicht älter als zwölf sein. Könnte ja jeder kommen.«

Annalenas Blick wanderte über den Tisch mit den vielen gefüllten, bunt angemalten Schachteln, der gleich rechts vom Eingang aufgebaut war und auf dem ein paar Tage nach Weihnachten die Feuerwerkskörper für Silvester ausliegen würden. Das war der Tisch für besondere Gelegenheiten. Vor kurzem noch hatten hier Tannengestecke auf Kunden gewartet, mit Kerzen in den Trendfarben des diesjährigen Advents: ein blasses Lila, ein saftiges Granny-Smith-Grün und ein lachsfarbenes Orange. Farbtöne wie die der Jogginghosen vom Textildiscounter. Scheußlich, fand Annalena, wirklich scheußlich.

Ein paar klägliche Restposten waren auf einem Tisch in der Blumenecke drapiert. Wer sich jetzt noch nicht mit einem Kranz oder Gesteck zum Advent eingedeckt hatte, der musste nehmen, was übriggeblieben war. Es ging nicht immer gut aus, wenn die Chefeinkäuferin des Supermarktes sich außer an Deodorant auch an Dekoration versuchte. Da war sogar die Gold-, Beige- und Braun-Edition der letzten Saison besser gewesen. Aber das kam davon, dass man immer alles neu ausrief, immer alles neu definierte, um den Kunden das Geld aus der Tasche zu ziehen: Das Eis des Jahres. Die Schokolade des Jahres. Die Marmelade des Jahres. Der Rahmjoghurt des Jahres. Das Müsli des Jahres. Die Kerzenfarbe des Jahres.

»Da haben Sie völlig recht. Da könnte ja jeder kommen«, wiederholte Annalena die Worte der Adventsboxverteilerin und ließ ein scheues Lächeln über ihr Gesicht gleiten, bevor sie mit ihrer weichen, mädchenhaften Stimme sagte: »Paul ist leider krank geworden. Er war so traurig. Ausgerechnet vor dem ersten Advent. Grippe und 39,4 Fieber. Er ist viel zu schwach, um selbst zu kommen, und er will natürlich auch niemanden anstecken.« Sie sah sich um unter den anwesenden Kindern und ließ ihr Gesicht leuchten, als würde jedes einzelne von ihnen ihr Herz erwärmen. »So kurz vor Nikolaus. In dieser schönsten Zeit des Jahres.«

Natürlich bekam Annalena das Geschenk für Paul. Apfel, Nuss und Mandelkern hatte man hineingepackt. Eine Clementine und einen Schokoweihnachtsmann in Glanzpapier und ein Tannenzweiglein. Sie kaufte noch auf die Schnelle eine Flasche Blanc de Blancs für 2,99 Euro, und nachdem sie das Geschäft verlassen hatte und außer Blickweite war, riss sie das Papier auf und biss gierig in die Zipfelmütze aus Milchschokolade.

Ah, tat das gut!

Es war nicht das, was sie gewohnt war, keine handgeschöpfte Köstlichkeit aus einer Manufaktur in Belgien oder der Schweiz, aber es war Schokolade. Schön süß und ein zarter Schmelz auf der Zunge. Ein selten gewordener Genuss. Von den Nüssen und dem Obst würde sie sich morgen zu Mittag einen Fruchtsalat machen, beschloss sie. Als sie den Weihnachtsmann verspeist und das Papier zusammengeknüllt in einem Abfalleimer entsorgt hatte, empfand sie noch nicht einmal ein schlechtes Gewissen gegenüber dem armen Paul.

So schmerzlich der Verzicht auch gewesen war, sie hatte immer geahnt, dass sie eines Tages froh sein würde, keine Kinder zu haben. Es gab nicht mehr viel, was sie hätte teilen können.

Wonderful Christmas Time

Es war nicht mehr als eine Party. Aber inmitten der vielen Entbehrungen in Annalena Schillers Leben war selbst eine kleine Feier eine große Sache. Kein Ereignis, bei dem einem vor Freude die Sicherungen durchbrannten, aber ein durchaus elektrisierender Funkenschlag im Alltag. Sie wusste nicht, was sie erwartete. Sie kannte nur eine der anderen Frauen und auch die nicht mehr als flüchtig. Und dann gab es noch eine Bedingung, die momentan ein fast unüberwindliches Hindernis für sie darstellte. Von jedem Gast wurde erwartet, eine Flasche Wein mitzubringen – den hatte sie soeben besorgt – und etwas zu essen. Genau das war das Problem. Sie hatte noch 7,36 Euro im Portemonnaie. Das würde reichen für die Hin- und Rückfahrt mit der U-Bahn zum Baumwall am Hamburger Hafen, machte 4,20 Euro. Für 3,16 Euro bekam sie nichts, mit dem man einen ordentlichen Beitrag zu einem Büffet leisten könnte. Allenfalls ein kleines Stück Käse, eine Melone oder ein paar Tüten Salzstangen. Oder drei Bauern-Baguettes bei Aldi, die Stange für 95 Cent. Seit einiger Zeit hatten sie dort frische Backwaren im Sortiment, ein Umstand, der sie früher interessiert hätte wie der berühmte Sack Reis in China. Aber auch der dürfte in diesen mageren Zeiten ruhig in ihrer Küche platzen. Sie würde die Hände aufhalten wie Sterntaler sein Hemdchen.

Sie entschied sich für die Weißbrote, machte einen kleinen Schlenker zum Discounter, der sich am Ende der Straße zwischen Spielhalle, Döner-Imbiss und Küchencenter befand, und verbrachte den Rest des Nachmittags damit, auf den Abend zu warten. Das machte ihr nichts. Sie hatte immer auf etwas gewartet. Auf die erstbeste Gelegenheit, aus ihrem Elternhaus auszuziehen. Auf den richtigen Mann. Auf eine Schwangerschaft, allerdings vergebens. Auf den vorhersehbaren Moment, da das ganze Kartenhaus ihrer prachtvollen Existenz ohne mildernde Umstände zusammenkrachen würde.

Nun wartete sie eben auf den Beginn einer Party. Das war früher ohnehin ihr Leben gewesen. Regelmäßige Einladungen an den Wochenenden, und wenn sie selbst die Gastgeberin war, hatten diese den Ruf gehabt, von allerhöchster Güte zu sein. Um Viertel nach sechs erhob sich Annalena Schiller vom Schlafsofa ihrer Ein-Zimmer-Wohnung unterm Dachgiebel in Hamburg-Hohenfelde, auf dem sie mit einer dünnen Decke um die Beine gelegen hatte, und ging ins Bad, dessen Kacheln die Farbe von chlorgrünen hellen Haaren im Schwimmbad hatten.

Sie betrachtete sich lange im Spiegel. Früher war sie stolz darauf gewesen, jünger auszusehen, heute wirkte sie eher älter als Mitte vierzig. In das Aschblond ihrer langen Haare hatten sich graue Fäden gemischt. Sie tröstete sich damit, dass man als Blondine Dunkelhaarigen gegenüber eindeutig im Vorteil war, wenn man kein Geld für den Friseur hatte und auch eine Tönung aus dem Drogeriemarkt unerschwinglich schien.

Graue Haare? Welche grauen Haare?

In der Werbung klang das gut. Aber die Werbung war nicht das Leben. In der Realität gab es keine strahlenden Gesichter bei Blasenschwäche, da hockten in den Küchen selten glückliche Familien wie aus dem Maggi-Kochstudio, und zierliche Schlagersängerinnen griffen wohl eher beherzt zur Karotte als zur Kräuterbutterrosette.

Annalena bürstete ihre Haare morgens nach dem Aufstehen und steckte sie meistens hoch. Das war das Einfachste angesichts der Tatsache, dass ein Schnitt nicht mehr zu erkennen war. Außerdem war sie der Meinung, dass der Haarbusch ihr Gesicht schmaler machte.

Sie massierte ihre Ohrläppchen mit sanftem Druck von Daumen und Zeigefinger. Das sollte Blockaden lösen. Den Kopf frei machen. Entspannen. Die Wogen glätten, die manchmal in ihrem Inneren tobten, und ein paar Fältchen hoffentlich gleich mit.

Aus den feinen Linien um den Mund und auf der Stirn waren Furchen geworden. Früher hatten ihr Pflegecremes aus der Hexenküche der Kosmetikindustrie mit Fabelzutaten wie blaue Algen, grüne Linsen, goldene Blüten und weiße Trüffel, Kaviar und Collagen, Essenzen von Bienennektar, Soja und Silberweide das Versprechen gegeben, für immer jung zu bleiben.

Heute sah sie alt aus. Fand sie. In jeder Hinsicht.

Für diesen Abend gab sie ihr Bestes. Make-up-Utensilien besaß sie mehr als genug, ein Überbleibsel aus ihrem alten Leben. Sie tuschte sich die Wimpern schwarz, legte Lippenstift und Rouge auf. Lächelte ihrem Spiegelbild zu. Sie hatte noch nicht alles verlernt. In guten Momenten konnte man noch etwas von ihrer Schönheit erahnen. Dann war da auf einmal wieder dieses Leuchten wie in einem tristen Raum, in den ein Sonnenstrahl fiel. Dann bekamen ihre Augen wieder den alten Glanz, ihr strahlendes Blau.

Sie entschied sich für ein schlichtes, schwarzweiß gemustertes Kleid, das knapp bis zum Knie reichte und dank des schwingenden Rocks ihrem Traum von zwanzig Kilo weniger auf den Hüften ein wenig entgegenkam. Man wurde nicht fett, wenn man viel Geld für Essen ausgab. Man wurde fett, wenn man keines hatte. Ihre Figur war im Eimer. Diese Selbstkritik konnten nicht alle nachvollziehen, sie schwankte zwischen Konfektionsgröße 42 (untenrum) und 44 (obenrum), was sie ihrem breiten Kreuz zu verdanken hatte, aber Annalena hatte es sich zur Angewohnheit gemacht, mit sich selbst hart ins Gericht zu gehen. Und andere zu belügen. Man musste gelenkig sein für einen solchen Psychospagat.

Zum Schluss schlüpfte sie in die schwarzen Stiefeletten mit der Knöpfchenleiste, die zwar in die Jahre gekommen waren, sich aber dank optimaler Qualität erstaunlich gut gehalten hatten. Sie hätte sich vielleicht ein Beispiel an ihnen nehmen sollen, überlegte sie. Doch solche Dinge brauchten Pflege. Sie brauchten Liebe und Zuwendung, jemanden, der sich um sie kümmerte, der mit einem weichen Lappen die Schrammen wegpolierte, sie gegen die Kälte und den Schmutz da draußen versiegelte und ihnen Glanz verlieh. All das hatte sie nicht mehr.

Es konnte losgehen. Sie war bereit. Und so voller Erwartung, dass sie viel zu früh dran war. Das passierte ihr häufiger in letzter Zeit. Hatte sie mal etwas vor, lechzte sie dem Beginn dieses kleinen Abenteuers voller Ungeduld entgegen. So entschied sie, bis zum Rathausmarkt zu fahren und dort noch ein wenig herumzubummeln. Etwas später, wenn es an der Zeit war, würde sie die unterbrochene Fahrt wiederaufnehmen und am Baumwall die U3 endgültig verlassen, um in den Bus der Linie 111 zu den Magellan-Terrassen in der Hafencity zu steigen.

Als Annalena über den Weihnachtsmarkt auf dem Rathausplatz und anschließend durch die Mönckebergstraße schlenderte, die drei Baguettes unter den rechten Arm geklemmt, die Weinflasche in ihrer geräumigen Handtasche, nahm sie den festlichen Anblick so begierig in sich auf, als wäre es das letzte Mal.

Was es auch war.

Es *war* das letzte Mal.

Gleich würde sie sich mit sechs ihr, von einer Ausnahme abgesehen, unbekannten Frauen treffen, die alle genug hatten von Weihnachten. Von Truthahn und Tannen, von Zimt und Zoff, dem Stress davor, den Umtauschaktionen danach, dem ganzen heiligen Bimbam. Die Nase voll von allem, was mit kardinalroter Heimeligkeit, goldbarockem Pomp und in Oberförstergrün daherkam und sich als unerträgliches Gedudel aus den Lautsprechern in Supermärkten und Fahrstühlen seinen Weg in menschliche Gehörgänge bahnte. In Köpfe, auf denen schlimmstenfalls hoch oben auf dem Scheitel ein blinkendes Elchgeweih thronte.

Mal abgesehen von solchen geschmacklichen Tiefausläufern hatte sie die Wochen vor Weihnachten immer geliebt. All die Jahre. Und alle Jahre wieder. Die kringelgeschmückte Stadt. Die frostigen, am Tag von der Wintersonne und am Abend vom Mondlicht beschienenen Trottoirs, die Passanten, mit Tüten beladen, die ganze Welt ein unausgepacktes Geschenk. Ein paar geröstete Maroni hier, ein Becher Glühwein da, gern auch eine rabenschwarze heiße Schokolade mit einer Schneehaube aus Schlagsahne. Der Geruch von Bratwürstchen und heißen Waffeln, von Schmalzgebackenem und gebrannten Mandeln, der Anblick von Buden mit Bienenwachskerzen, Schneekugeln und Mistelzweigen. All das sog sie noch einmal in sich auf. Wie der letzte Drink, den man nahm, bevor man in den Entzug ging. Es tat noch mal gut, aber man wusste, es würde hart werden.

Um fünf Minuten vor acht erreichte sie die Adresse in der Hafencity, die man ihr genannt hatte. Auf dem Wasser funkelten die Lichter. Ein scharfer Südwestwind bog, von der Elbe kommend, unerwartet um die Ecke und peitschte ihr die langen Haare ins Gesicht. Sie trug sie zur Feier des Tages offen, was selten genug vorkam, weil dafür aufwendige Föhnarbeit erforderlich war. An Abenden wie diesem spürte man, dass das Meer nicht weit war. Das war keine Gegend für ein laues Lüftchen. Wind und Regen vertrieben jegliche Weihnachtswärme. Wenn man weiterging, vorbei an der Elbphilharmonie, deren Spiegelungen an der Fassade aussahen wie die Löcher einer *Scream*-Maske, und noch weiter über die Elbpromenade, kam man irgendwann zu den Landungsbrücken, wo es tagsüber zu jeder Jahreszeit von Touristen wimmelte. Die Möwen waren inzwischen so dreist geworden, sich auf alles Essbare zu stürzen wie in einem Hitchcock-Film und den Menschen die Schrippe mit dem Brathering und den Zwiebelringen aus der Hand zu reißen. Annalena liebte den Anblick der Schiffe, die dort vor Anker lagen und Träume weckten, wie nur sie es konnten: den Wunsch, augenblicklich die Segel zu hissen, aufzubrechen, abzuhauen, übers Meer zu fliegen, auf und davon, nur umgeben von Wasser.

Die klamme Kälte kroch ihr die Beine hoch, trotz der hautfarbenen Strumpfhosen. Vielleicht würde es dem Frost in den nächsten Wochen gelingen, tief ins Mark der Stadt zu dringen, bis Eisschollen träge im Strom trieben und die Barkassen vertäut im Hafen blieben. Doch solch einen Winter hatte es lange nicht mehr gegeben.

Sie ging noch ein paar Schritte, machte wieder kehrt und wartete die paar Sekunden, bis ihre Uhr Punkt acht zeigte. Es hatte ihren ganzen Mut erfordert, hierherzukommen, zu einer wildfremden Frau, in eine wildfremde Wohnung, zu einer Party mit einer merkwürdigen Mission.

Sie atmete tief durch, fasste sich ein Herz und drückte,

bevor sie es sich anders überlegen konnte, rasch den Klingelknopf. Mit Mut war es wie mit Wasser auf Sand. Er versickerte schnell, wenn man sich nicht beeilte.

Der automatische Öffner wurde betätigt, und kurz darauf stand sie vor einer weit geöffneten Wohnungstür im ersten Stock eines Hochhauses. Eine Frau, die Annalena auf gut erhaltene fünfzig schätzte, schön und schmal, erwartete sie und trat mit ausgestreckten Armen auf sie zu.

»Sie müssen Annalena Schiller sein! Unsere gemeinsame Bekannte Uschi Wolff hat Sie mir bestens beschrieben.«

Augenblicklich stellte sich bei Annalena ein mulmiges Gefühl ein. Was hatte Uschi über sie gesagt? Da kommt so eine kleine Dicke, die in ihren guten Zeiten mal aussah wie Renée Zellweger als Bridget Jones, bevor es immer schlimmer wurde mit dem Doppelkinn, den Schlupflidern, dem ganzen Gesicht, das sich standhaft dem Goldenen Schnitt entzog? Ganz zu schweigen von der pummeligen Mitte, die man auch nicht bekam, wenn das Salamibrötchen nur als Anschauungsmaterial auf dem Frühstückstisch diente.

Doch sie schluckte eine neugierige Nachfrage hinunter und entgegnete lächelnd: »Ich bin Annalena Schiller.«

»Pia Martens«, sagte die andere. »Wir duzen uns alle. Einverstanden?«

»Gern.«

Sie gaben sich die Hand. Pias Brillantringe blitzten.

»Schön, dich kennenzulernen, Annalena.«

»Ganz meinerseits. Danke für die Einladung!«

Annalena übergab die drei Brote und die Flasche, die sie zu Hause bereits kalt gestellt hatte.

»Wie aufmerksam«, sagte Pia höflich. »Es geht doch nichts über einen kühlen Weißwein und knuspriges Brot.«

Annalena war froh, wenigstens die Baguette-Stangen aus den Aldi-Backwarentüten herausgezogen und in neutrale weiße umgepackt zu haben, die sie daheim in der Schublade unter dem Backofen hortete. Von Tüten aller Art konnte man nie genug haben. Inzwischen hatte sie es sich auch angewöhnt, Blumensträuße vom Discounter in teures Seidenpapier zu wickeln, das ihr das Leben manchmal vor die Füße wehte.

Im Austausch für die Brote und den Wein bekam sie eine pinkfarbene Hawaii-Kette um den Hals gelegt, die sich gut zu ihrem schwarzweißen Kleid machte.

»Willkommen bei mir zu Hause«, sagte Pia, ein leuchtend rotes Blumenband im Ausschnitt der klassisch-weißen Bluse, und bat ihren Gast herein.

Annalena trat ein und blickte sich scheu um, während Pia sie durch den kleinen Flur in den Wohnraum führte, der überging in eine offene Küche. Erst viel später sollte Annalena feststellen, wie geschmackvoll die Möblierung war. Zwei lavendelblaue Sessel, ihnen gegenüber ein schlammfarbenes Sofa, alles in Samt, und in der Mitte ein grau gepolsterter Coffeetable aus dem gleichen Material, dem ein teuer aussehender Teppich in einem Schieferton mit anthrazitfarbenen Kringeln zu Füßen lag.

Aber die Möbel gingen völlig unter in der Dekoration, die mit einem Schlag die ganze Adventsstimmung in der

Stadt bombardierte. An der Wand links und rechts der Couch lehnten eine aufblasbare Palme und ein Flamingo aus Plastik. Der Baum war riesig und überragte den Kunststoffvogel um fast das Vierfache. In einer Ecke lümmelte eine Gummibanane, die es auch auf einen knappen Meter Durchmesser brachte. Am Fenster standen zwei Liegestühle aus Teakholz mit fröhlich gestreiften Stoffplanen. Von der Decke hingen bunte Girlanden mit Palmen und Papageien und dem Schriftzug *Aloha*. In Glasschalen lagen Muscheln, in einem guten Dutzend Töpfen blühten weiße und rosafarbene Orchideen, eine Obstschale auf der Küchentheke war prall gefüllt mit Ananas und Mango, Passionsfrüchten und Papaya. Die Wohnzimmerlampe hielt sich unter einem südseeblauen Sonnenschirm mit orangefarbenen Hibiskusblüten verborgen, und auf dem samtenen Coffeetable spielte eine batteriebetriebene Hulatänzerin im Baströckchen auf der Ukulele. Es war ein ungewohntes Kontrastprogramm zu den »Rocking Santas«, die um diese Jahreszeit allerorts zu »Jingle Bells« ihre Hüften wackeln ließen. Es glich einem Barbecue am Strand im Dezember, während der Osterhase auf einem Surfbrett Kunststückchen vorführte. Komplett gegen den Strom. Gegen den der Weihnachtsfans, der Glühweintrinker, der Bratwurstbeißer, Blockflötenspieler und Liebesapfelnager.

Annalena seufzte leise.

»Du hast es ja nicht anders gewollt«, murmelte sie vor sich hin, als ihre Gastgeberin sie gerade nicht hören konnte. Pia hatte sich in die Küche begeben, um mit einem Begrüßungsdrink für sie beide zurückzukehren.

»Wohl bekomm's«, wünschte sie.

»Cheers«, sagte Annalena.

Ein Prosit darauf, dass sie heute Abend gemeinsam den Weihnachtsmann um die Ecke bringen würden.

Lasst uns froh und munter sein

Der Cocktail war blauer als jeder Swimmingpool, den Annalena jemals gesehen hatte – und sie hatte zwischen Mexiko und Mallorca einige gesehen. Eine kandierte Maraschino-Kirsche und eine Ananasscheibe setzten rote und gelbe Farbtupfer. Sie nippten an ihren Drinks, und die Wirkung ließ nicht lange auf sich warten. Annalenas Herz klopfte, als der Alkohol durch ihren Körper strömte.

Gut so.

Pia deutete auf ihr Glas. »Schmeckt dir der ›Blue Hawaii‹?«

Annalena lächelte sie an, sagte: »Überaus köstlich«, und lauschte einen Moment lang der Musik.

»Elvis Presley«, erklärte Pia. »Die Songs aus dem Film, der so heißt wie unser Cocktail. Blue Curaçao, weißer Rum, Kokosmilch und Ananassaft. Ich habe mir erlaubt, noch ein paar Umdrehungen mehr hinzuzufügen.« Pia lachte, während sie die linke Hand an den Mund legte und geheimniskrämerisch raunte: »Wodka.«

»Mein lieber Scholli! Der hat's auch in sich«, sagte Annalena und blickte sich um, weil sie nicht so recht wusste, was sie sagen sollte.

»Schön haben Sie's hier«, stellte sie dann fest.

»Du«, korrigierte sie Pia. »Wir waren schon beim Du.«

Annalena schlug sich mit der flachen Hand vor die Stirn. »Ach so, wir waren ja schon weiter. Tut mir leid.«

Pia prostete ihr erneut zu. »Zum Wohl! Auf einen gelungenen Abend.«

»Auf einen gelungenen Abend.« Annalena räusperte sich. Früher war sie eine Meisterin des Smalltalks gewesen, charmant und souverän hatte sie zum Entzücken ihrer Gäste Appetitanreger und Gesprächshäppchen gleichermaßen gekonnt serviert, die einen auf dem Silbertablett, garniert mit Beluga-Kaviar, die anderen gewürzt mit einem Bonmot. Jetzt kam sie sich vor wie jemand, der lange auf einer einsamen Insel gelebt hatte und sich erst wieder an seine Mitmenschen gewöhnen musste. Angesichts dessen war sie für jede Umdrehung dankbar. Es konnten gar nicht genug sein.

»Wie viele Stockwerke hat dieses Haus?«, fragte sie.

»Dreizehn«, sagte Pia und knabberte an ihrer Ananasscheibe. »Von der obersten Etage hat man einen fantastischen Blick über die Speicherstadt und die City.«

»Unbezahlbar«, schwärmte Annalena.

»In der Tat«, bestätigte ihre Gastgeberin. »Einhundertachtzig Quadratmeter für viertausendfünfhundert Euro Miete. Kalt. Mir reichen meine sechzig«, fügte sie nach einer kleinen Pause hinzu. »Wo wohnst du?«

»Hohenfelde. Nähe Marienkrankenhaus. Die Alsterschwimmhalle liegt gleich um die Ecke, und in sechs Minuten bin ich mit der Bahn am Jungfernstieg. Sehr zentral.«

»Besser geht's nicht«, flötete Pia. »Und jetzt verrate mir erst mal, wieso du heute Abend hier bist!«

»Weil Frau Wolff gesagt hat, ich soll doch …«

»… dazukommen«, unterbrach sie Pia und strich zart über Annalenas Handrücken. »Das weiß ich. Und darüber freue ich mich sehr. Endlich mal ein neues Gesicht. Ich meinte eigentlich die Kardinalfrage des Abends: Was hast du gegen Weihnachten?«

»Nun ja, sagen wir …«, druckste Annalena herum und nahm einen langen Schluck aus ihrem Glas, weil sie etwas verwirrt war und Zeit gewinnen wollte. Es war doch klar gewesen, dachte sie, dass diese Frage kommen würde, und genauso lag es auf der Hand, dass sie unmöglich die Wahrheit sagen konnte. Sie hätte sich besser darauf vorbereiten sollen. »Ich habe nichts *gegen* Weihnachten«, antwortete sie schließlich gedehnt, »ich weiß nur nicht viel, das *für* Weihnachten spricht.«

»Eine sehr diplomatische Antwort. Du hasst es also nicht?«

»Muss man es hassen? Ich denke, man sollte Weihnachten nicht hassen müssen.«

»Aber man *kann* Weihnachten hassen«, beharrte Pia. »Man muss Weihnachten hassen dürfen.«

»Hass ist so ein unversöhnliches Wort«, sagte Annalena und seufzte. »Ich bin einfach eher der Sommermensch. Den Winter und alles, was dazugehört, mag ich nicht so. Ich blühe erst auf beim Frühlingserwachen. Ostern ist ein Fest nach meinem Geschmack.«

Sie nickte, um ihre Aussage zu unterstreichen, und wollte sich dem gemütlichen Teil des Abends zuwenden, wollte essen, trinken, plaudern und so wenig wie möglich über sich selbst erzählen, doch Pias Blick bohrte sich in ihren. »Und was stößt dir am meisten auf?«

Annalena zögerte einen Moment. Was wurde das hier? Ein Verhör?

Doch sie war nicht auf den Mund gefallen, und gegen Weihnachten ließ sich immer etwas sagen, wie gegen jede leidenschaftliche Liebesromanze. Denn das war es all die Jahre zwischen ihr und dem Fest gewesen, wenn sie ehrlich sein sollte. Sie hatten es beide manchmal zu gut gemeint mit dem Kitsch und es mit Gefühlen übertrieben. In Sachen Weihnachten war sie als enttäuschte Liebhaberin auf der Strecke geblieben. Aber sie würde den Teufel tun, das zuzugeben. Ihr Geheimnis war tief in ihr verborgen, hinter einer dicken Schale, wie der Kern einer hart zu sprengenden Nuss. Mochte dies auch die Saison der übereifrigen Nussknacker sein, bei ihr würden sie auf Granit beißen.

Was immer ging, fand Annalena, waren die Schreckgespenster Konsum und Kommerz. Und so sagte sie: »Weihnachten bedeutet für mich, Dinge, die man nicht braucht, geschenkt bekommen von Menschen, die man nicht mag und die man nur trifft, weil es der Kalender vorschreibt. Es bedeutet überfüllte Innenstädte, in die Kaufsüchtige einfallen wie Heuschrecken, um sich gegenseitig die aus den Nähten platzenden Einkaufstüten in die Kniekehlen zu rammen und unnützen Kram zu kaufen wie Pulswärmer und mit Kaffeebohnen verzierte Duftkerzen, von denen man Kopfschmerzen bekommt. Oder Teebeutelablagetellerchen mit Stiefmütterchenmuster. All diese hässlichen Staubfänger eben oder Überflüssiges wie Autoparfüm. Hat die Menschheit irgendetwas davon bisher vermisst?«

Annalena gefiel sich plötzlich in der Rolle der Weihnachtssaboteurin, fast verspürte sie so etwas wie Triumph, als Pia ihr einen langen Blick humorvollen Einverständnisses zuwarf.

»Manchmal«, fuhr Annalena fort, »sind Geschenke nichts anderes als Gemeinheiten in Glitzerpapier. Eine Freundin von mir bekommt jedes Jahr von ihrer Schwiegermutter einen Pünktchen-Pyjama aus Polyester in diffamierender Größe 46 aus der Joliena-Nachtwäsche-Kollektion mit Schlankeffekt überreicht, nachdem die ältere Dame bei ›… himmlischer Ruh‹ mit ihrem glockenhellen Sopran die hauchdünnen Weingläser mit Goldschliff zum Zerspringen gebracht hat.«

Pias Augen blitzten vor Vergnügen.

»Und deine Schwiegermutter?«, hakte Annalena nach, weil sie der Meinung war, sie hätte nun wirklich genug Weihnachts-Unfrieden gestiftet. Außerdem wurde ihr Cocktail warm, wenn sie nicht bald dazu kam, ihn zu trinken.

»Ich habe keine.«

»Das war taktlos von mir«, entschuldigte sich Annalena. »Immer davon auszugehen, dass man verheiratet ist.«

»Alles gut«, beruhigte Pia sie. »Ich hatte bis letztes Jahr Weihnachten einen Lebensgefährten, Johannes. Wir haben gemeinsam das ›Hotel am Kanal‹ geführt. Ganz bei dir in der Nähe übrigens. Nur eine U-Bahn-Station entfernt.«

»Ich kenne es. Eine spektakuläre Jugendstilvilla.«

»Wir waren beide Quereinsteiger. Er ist von Beruf Architekt, ich Immobilienmaklerin. Was machst du eigentlich so?«

»Ich? Nichts Besonderes …« Annalena strengte sich beim Lächeln an, und ihre Stimme war eine Spur zu leise, als sie sagte: »Geschäftsführerin einer Gebäudereinigungsfirma. Aber erzähl doch weiter!«

»Er war meine ganz große Liebe, dachte ich zumindest, und der große Neuanfang in meinem Leben. Bis ich am letzten Heiligen Abend dahinterkam, dass er mich betrügt.«

Annalena unterdrückte einen kleinen Aufschrei, indem sie die Hand auf die Lippen presste. »Ausgerechnet an Heiligabend! Verspürte er da das Bedürfnis zu …«

»Beichten?«, fiel ihr Pia ins Wort. Sie lachte ein unfrohes Lachen. »Nicht doch. Er verspürte das Bedürfnis, ihr ein Geschenk zu machen, das ich versehentlich für das Meinige hielt. Es war ein Gutschein. Normalerweise mag ich keine Gutscheine.«

»Ich auch nicht«, stimmte ihr Annalena zu.

»Sie sind so nichtssagend«, behauptete Pia. »Eine langweilige, lieblose Notlösung für die, denen nichts einfällt, denen es an Fantasie mangelt und die sich, ehe sie mit leeren Händen dastehen, am liebsten an Gemeinschaftsgeschenken wie einer Gartenbank beteiligen.«

»Und dieser?«, fragte Annalena.

»Der war etwas ganz Besonderes. Für eine hübsche kleine Reise an die See. Von der ich hoffte, dass er mir dort einen Antrag machen würde. Ich war gerade fünfzig geworden und fand, ich sei nun alt genug zum Heiraten. Aber er wollte gar nicht mit mir fahren.«

Pia hielt in ihrem Redefluss inne, als es an der Tür klingelte. Sie entschuldigte sich und eilte davon.

Annalena blickte ihr nach. Ihre Gastgeberin war eine große, attraktive Frau mit kurzen blonden Haaren, die sie streng aus der Stirn geföhnt trug. Aber trotz aller Freundlichkeit wirkte sie ein wenig unnahbar. Sie hatte blitzgescheite grüne Augen, die immer in Bewegung waren und deren Lider sie mit rauchgrauen Schatten betont hatte, ihre Lippen waren breit und in einem matten, blassen Rosé geschminkt. Dazu eine weiße Bluse, eine dunkelblaue Jeans und Slipper aus einem metallisch glänzenden Leder. Alles an dieser Frau hatte Stil. Trotz der lässigen Aufmachung wirkte sie elegant, was an ihrer natürlichen Anmut lag und an der teuren Qualität ihrer Kleidung. Sie verströmte keinen Duft, anscheinend benutzte sie kein Parfüm.

Auf einmal merkte Annalena, dass Pia die ganze Zeit weitergeredet hatte, während sie nach dem Betätigen des Drückers darauf wartete, dass ihr Besuch die Treppe heraufkam. »Es gab schon vorher Anzeichen. Aber wir Frauen sind ja genial darin, jedes Warnsignal zu ignorieren, uns etwas vorzumachen, uns selbst zu belügen. Wir reden uns die Dinge schön und entschuldigen die Männer, da kann uns der Schwindel noch so anspringen … Hallo, Uschi! … Vielleicht wissen wir, dass es normalerweise so läuft: Man hebt einen Stein hoch, schaut drunter, entdeckt etwas, das einem nicht gefällt, schiebt den Stein wieder hin und wünscht sich, man hätte nicht nachgesehen. Ist es nicht so? Also machen wir lieber gleich die Augen zu … Hereinspaziert!«

»Dass bei euch in der Hafencity immer solch ein Wind herrschen muss!«, vernahm Annalena die Stimme einer Frau, die so energisch klang, als käme ihre Besitzerin mit der Kraft einer Böe im Rücken hereingeweht. »Wovon hast du gerade gesprochen?«

»Warum wir Frauen manchmal mit Scheuklappen durch die Gegend laufen.«

»Damit wir das Elend an unserer Seite nicht sehen«, sagte Uschi. »Meines sitzt gerade daheim im Sessel und liest ein Buch über Großhechtangeln am Bodden. Oder vielleicht auch übers Fliegenfischen in Irland. – Für uns hingegen gibt's Garnelen. Scharfer Papaya-Salat mit Shrimps, Erdnüssen, Koriander und Chili«, verkündete sie, während sie an Pias Seite einen Abstecher in die Küche mit den graphitgrauen Schrankfronten machte, ihren Beitrag fürs Büffet auf die Theke stellte und Annalena zuwinkte. »Ein Rezept aus Südostasien. Weniger weihnachtlich geht nicht.«

Annalena hätte gern noch einen Blue Hawaii gehabt, traute sich aber nicht, darum zu bitten. Wer etwas so Einfallsloses wie Discounterbrote anschleppte, während andere ein asiatisches Feuerwerk abfackelten, in dem vermutlich so viele Gewürze steckten, wie der Adventskalender Türchen hatte, der war mit einem einzigen Cocktail mehr als gut bedient. Sie würde sich ganz hinten anstellen müssen, dachte Annalena. Auf den Platz hatte sie inzwischen ein Abonnement.

Uschi Wolff war die Einzige, die Annalena an diesem Abend kannte. Eine flüchtige Verbindung, eine lose Bekanntschaft, ein Kontakt von früher. Aber dank Uschi war sie hier. Ganz unerwartet hatte sie in ihr eine Verbündete gefunden. Es gab Menschen, so empfand es Annalena, die waren wie ihr Name. Und Uschi war eine Art Dienstbezeichnung der Patenten. Uschis wussten, wie man streifenfrei Fenster putzt, ein Siebzehntonner-Wohnmobil durch enge südfranzösische Altstadtgassen lenkt (Augen zu und durch!), klemmende Reißverschlüsse gefügig macht, die Darmtätigkeit anregt oder ziemlich lässig das Gulasch streckt – und manchmal auch die Liebe, wenn nicht mehr viel da war, es aber nach mehr aussehen musste. Uschis waren freundlich und bodenständig, hatten Humor und Handfestigkeit. Sie lebten ihr Leben ohne großes Tschingderassabum und waren zuverlässig wie ein Bewegungsmelder auf der Terrasse.

Uschi trat auf Annalena zu und begrüßte sie. Ihr Händedruck war kräftig. Über ihrer grauschwarz karierten Bluse im Cowboylook mit silbernen Glanzfäden und perlmuttartigen Druckknöpfen baumelte eine Blumenkette in Violett. Ihre graublauen Augen waren groß und rund, ihre Lippen voll, ihre schulterlangen Haare brünett mit honigblonden Strähnchen und einem etwas zu lang gewachsenen Pony, der über die kräftigen Brauen reichte. Ihr grobporiger Teint war der einer Frau, die als Teenager mit unreiner Haut zu kämpfen gehabt hatte. Ölige Mischhaut nannten das die Experten, was nicht sehr charmant klang, einen aber in der Regel vor frühzeitigem Faltenwurf bewahrte. Sie verfügte über einen voluminösen Busen und über eine fleischige Nase, die ihrem Gesicht die Anmutung von Robustheit gab. Schwarze Jeans und dunkle Bikerstiefel rundeten das Bild einer Person ab, die mit beiden Beinen im Leben stand und es ihren Gedanken nur selten erlaubte, einen Abstecher in die Wolken zu unternehmen. Aber immerhin hatte sie für diesen Abend ihren Fingernägeln einen Anstrich in Himmelblau gegönnt.

»Wie schön, dass Sie kommen konnten, Frau Schiller!«, rief sie mit ihrer rauen Stimme, der man ihren Zigarettenkonsum anmerkte.

»Frau Schiller«, äffte Pia sie nach. »Das ist Annalena. Und jetzt kriegst du deinen Cocktail, Uschi!« Ihre Gastgeberin kam mit einem Blue Hawaii, dem Uschi mit einer Geste hechelnder Ungeduld entgegenfieberte, aus der Küche auf sie zu.

»Dann sollten wir uns auch duzen«, bot sie Annalena an. »Damit tut man sich ja nicht so leicht, wenn es sich um eine ehemalige Kundin handelt.« Sie hob ihr Glas. »Also, Annalena. Ich bin die Uschi.«

Pia bemerkte, dass Annalenas Glas leer war. »Noch einen Drink?«

»Nur einen klitzekleinen«, entgegnete sie und deutete mit Daumen und Zeigefinger der rechten Hand einen winzigen Spalt an.

»Ich weiß«, sagte Pia und zwinkerte, und während Annalena noch darüber grübelte, wie das wohl gemeint war (sah sie etwa aus, als würde sie jeden neuen Tag mit einem Underberg begrüßen?), kramte Uschi in ihrer schwarzen Tasche.

»Pia, ich habe dir was mitgebracht.«

Sie überreichte Pia ein weißes Kästchen, das nicht in das obligatorische Geschenkpapier mit Eiskristallen, Weihnachtsmännern oder Winterdörfern gehüllt war. Nur eine schlichte, quadratische Schachtel aus Pappe, um die nicht mal eine Schleife geschlungen war. Pia öffnete sie und zog eine Christbaumkugel heraus.

Also doch, dachte Annalena und empfand einen Augenblick lang so etwas wie Genugtuung. Wenn diese Kugel auch schwarz war wie die Nacht, so versetzte sie einen doch selbst in dieser Strandatmosphäre in Weihnachtsstimmung, als hätte jemand Lebkuchenstreusel auf ein Maracujasorbet schneien lassen. Erst als sie den Aufdruck las, wusste Annalena, dass heute Abend wirklich nichts zu erwarten war, was auch nur annähernd nach Anis, Kardamom, Nelken, Zimt und Honig schmeckte.

I hate Christmas!, stand in weißen Lettern auf der Kugel.

Das war so etwas wie das Motto dieser abendlichen Zusammenkunft, über die sie hoffentlich bald mehr erfahren würde. Eine unverhohlene Kampfansage. Eine Kriegserklärung an alle, die um diese Jahreszeit das große Romantikbesteck auspackten. Der Fehdehandschuh, den man denen hinwarf, die über ihre Häuser ein Netz aus Leuchtschnüren und Lichtschläuchen stülpten, heller als die Landebahn eines Großstadtflughafens. Die blinkende LED-Rentiere mit Schlitten im Schlepptau in ihre Vorgärten holten, zwei Meter große Weihnachtsmänner mit aufblasbaren Armen und Beinen in roten Nylonkostümen die Fassade hochklettern ließen, erzgebirgische Schwibbögen in die Fenster stellten, gar nicht genug Kitsch in die gute Stube und ihr Leben holen konnten und zwischendurch multiple Konsum-Orgasmen hatten.

I hate Christmas!

Annalena lächelte still in sich hinein.

Es war gemein.

Es war blasphemisch.

Es war befreiend.

Es war in etwa, dachte sie, wie ein Essen mit der Familie am gutbürgerlichen Mittagstisch, bevor man der Tante über der dampfenden Schüssel mit Salzkartoffeln ins Gesicht schleuderte, man habe sie noch nie leiden können. Manchmal tat es gut, sich danebenzubenehmen. Sie selbst war wahrlich kein Profi darin. Aber sie würde es lernen. Man konnte alles lernen. Man musste nur wollen.

Genau das dachte sie, als es erneut an der Wohnungstür läutete und weitere Gäste kamen.

»Ich hasse Weihnachten! Ich hasse es!«
Der Grinch

Da Pia sich den in rascher Folge eintreffenden Frauen widmen musste, wurden Annalena und Uschi zu Blue-Hawaii-Verbündeten und hatten von ihren Cocktails bald den angenehmsten Glimmer. Uschi leckte sich die Lippen. »Sehr gut. Ich war nie eine Frau für Kräutertee, Reformhäuser und vegetarische Restaurants. Ich weiß übrigens noch, wie wir uns kennengelernt haben«, sagte sie dann unvermittelt. »Es war vor fünf Jahren. Erinnerst du dich?«

Annalena nippte und nickte und zwang ihren schönen Mund zu einem Lächeln.

»Sechs.«

»Sechs?«

»Sechs.«

Annalena war sich nicht sicher, ob sie heute Abend über alte Zeiten reden wollte. Eher nicht. Doch Uschi stieß mit einem leisen Klirren das Glas an das ihre und fuhr unbekümmert fort: »Es war der Samstag vor dem vierten Advent. Ich wollte soeben den Laden schließen, da klingelte eine Minute vor achtzehn Uhr die Türglocke. Das sind die schlimmsten Kunden. Die Leute, die hechelnd wie eine ganze Bande alaskischer Schlittenhunde kurz vor Toresschluss angerauscht kommen, um Baumkugeln in genau diesem leuchtenden Kobaltblau zu kriegen, das sie im letzten Urlaub in Marrakeschs berühmtestem botanischen Garten bewundert haben. Diese Auf-den-letzten-Drücker-Kunden sind eine wahre Plage. Mein Mann ist übrigens so einer, ein Last-Minute-Schenker, der mich schon mit so romantischen Gaben wie einem original oberbayerischen Radi-Schneider und einer Küchenschürze mit dem Motiv ›Scharfe Politesse‹ erfreut hat.«

Das Lächeln auf Annalenas Gesicht wurde zu einem Lachen.

»Du hast an diesem lausig kalten Dezemberabend das Geschäft betreten und wolltest eigentlich nur *ein* Teil kaufen, eine mundgeblasene Christbaumspitze in Form eines Pfaus, mit Swarovski-Kristallen und echter Schwanzfeder, die du im Schaufenster entdeckt hattest, ich weiß es noch genau. Als du gingst, waren vierhundert Euro mehr in der Kasse. Und von da an warst du unsere beste Kundin.«

Annalena blieb das Lachen im Halse stecken. Nur ein schiefes Lächeln hing noch an ihren Lippen. Sie machte mit ihrer freien linken Hand eine dämpfende Bewegung und hauchte ein leises »Psssst!«.

Uschi tätschelte ihr für einen kurzen Moment die Schulter. »Hat niemand gehört. Sind alle draußen im Flur. Und wenn schon! Du bist nicht automatisch ein schlechter Mensch, nur weil du jedes Jahr aufs Neue den Baum gnadenlos aufgedonnert hast, für den Gegenwert eines gut erhaltenen, gebrauchten Kleinwagens. Du hast erst vor kurzem die Seiten gewechselt. Das ist eben so.

Obwohl ich nie ganz verstanden habe, weshalb.« Sie blickte Annalena in die Augen. »Darüber grübele ich, seitdem wir uns kürzlich trafen und ich dich für heute Abend eingeladen habe. Es war dieser warme Tag Ende Oktober, als du dir an der Schaufensterscheibe die Nase plattgedrückt und dich standhaft geweigert hast, den Laden zu betreten. Was ist passiert?«

»Ich habe erkannt, wie hohl und oberflächlich das alles ist. Dieser ganze Kitsch, der falsche Glanz.«

So recht schien Uschi ihr nicht zu glauben.

»Ausgerechnet du, die vom Weihnachtsvirus geradezu infiziert war.« Sie drehte Kopf und Schultern und spähte zu einer neuen Besucherin hinüber, die nun auf sie zugetreten kam. »Genau wie diese Dame da«, sagte sie und erwiderte lachend die Umarmung einer beeindruckenden Person mit blonder Lockenmähne. Ihr schlanker Körper steckte in einer Pluderhose mit gesmoktem Bund in Stachelbeergrün, zu der sie etwas schrullige flache dunkelgrüne Samtschuhe mit gestickten Katzenköpfchen auf der Lasche trug.

»Das ist Katja«, stellte Uschi sie vor. »Der hatten es in einem Jahr besonders die Dinosaurier angetan. Noch nicht einmal die zweiunddreißig Euro pro Stück konnten sie abschrecken.«

Katja riss ihren Mund weit auf zu einem breiten Lachen, das zwei perfekte Zahnreihen entblößte.

»Das war während der Dino-Phase meiner beiden Jungs«, warf sie ein. »Gott, waren die süß!«

»Wie alt sind sie denn heute?«, fragte Annalena.

»Zirka einhundertfünfzig Millionen Jahre. Danke, ich

weiß, ich habe mich gut gehalten.« Sie warf die langen Locken nach hinten, auf die nichts so gut passte wie der Ausdruck Rauschgoldengelmähne, fand Annalena, auch wenn man sich an diesem Abend tunlichst alle Worte, die auch nur das leiseste Aroma von Weihnachten und Weihrauch hatten, verkneifen sollte. Das Blond ihrer Haare fing das Licht Dutzender weißer Schwimmkerzen in gläsernen Schalen ein, während die Frau in der Haremshose die Hand ausstreckte und sich als Katja Meerbusch vorstellte.

»Entschuldige meine Albernheit! Meine Söhne sind heute dreizehn und siebzehn. Und ich habe noch eine fünfzehnjährige Tochter. Wie die meisten von uns wissen, ist das die Zeit, in der Schwäne zu Bestien und Prinzen zu Monstern mutieren. In der Regel gibt sich das irgendwann. Manchmal leider nicht.« Sie zwirbelte die langen Haare nach oben und ließ sie wie ein Wasserfall herabrauschen. »Mit ›süß‹ meinte ich eigentlich den Brontosaurus mit Goldglitzer. Und auch der Stegosaurus in Grün-Gelb war ausgesprochen niedlich. Ganz zu schweigen von den Kraken, Käfern und Quallen, die man sich an den Baum hängen konnte.«

»Du wolltest sie alle!«, platzte es aus Uschi heraus.

»Ich habe meinen Baumschmuck dem Wunschzettel meiner Kinder angepasst. Las der sich wie die Warenlieferung an eine intergalaktische Raumstation, hängte ich kleine Astronauten in die Zweige. Und weißt du noch, Uschi, als du für Emma den pinkfarbenen Mini-Christbaum mit rosa Kugeln speziell für ihre Barbies besorgen musstest?«

»Eine Herausforderung«, sagte Uschi.

»Früher war mehr Lametta«, mischte sich mit einem innbrünstigen Seufzer eine Frau ins Gespräch, die ganz offensichtlich die Älteste unter den Anwesenden war und Annalena vage bekannt vorkam. Eine immer noch ansehnliche Mittsechzigerin, deren Teint Milchsuppe glich, die sich an der Oberfläche kräuselte. Sie hatte einen Pagenkopf aus silberweißen Haaren, ihr üppiger Körper steckte in einem grobgestrickten safranfarbenen Pullover und einem bodenlangen Rock mit einem auffälligen Muster in Gewürzfarben. Eine Blumengirlande in Orange schmiegte sich an die braune Holzperlenkette um ihren Hals.

»Schlichte rote Kugeln, Strohsterne, die man jedes Jahr aufbügelte, und Bienenwachskerzen, die die Farbe von Bernstein hatten und ein wundervoll warmes Licht verbreiteten, wenn sie am Baum brannten.«

»Höre ich da einen Anflug von Sentimentalität?«, fragte Pia. »Wirst du rückfällig, Eva?«

»Sie doch nicht«, feixte Katja, »sie ist doch schon vor Jahren im Dezember immer geflüchtet.«

»Irgendwann haben Enno und ich das Flüchten aufgegeben. Als andere Urlauber ihre bunt geschmückten Plastikbäume, die man aufklappen konnte wie Sonnenschirme, in den schwarzen Sand am Strand von Lanzarote rammten und man abends im Hotel Schokoweihnachtsmänner zu ›White Christmas‹-Klängen verteilte, wussten wir, es gibt kein Entrinnen.« Sie umfasste mit einer raumgreifenden Geste das Wohnzimmer. »Vielleicht ist das hier der einzig weihnachtsfreie Ort außerhalb von Nordkorea. Ich bin Eva. Eva König«, sagte sie dann, an Annalena gewandt.

»Annalena. Annalena Schiller.«

»Freut mich wirklich sehr«, sagte Eva.

Annalena mochte sie auf Anhieb. Sie war in Schönheit gealtert. Viel Leben leuchtete aus ihr. Ihr Lächeln war leise. Ihre Stimme angenehm. Eine Stimme, die Menschen weichkneten konnte wie eine gute Massage verspannte Muskeln.

Pia war mit einem Tablett frischer Cocktails auf sie zugetreten. »Fehlen nur noch zwei«, sagte sie, »dann sind wir komplett.«

»Ich habe Hunger«, stöhnte Katja. »Die sollen sich beeilen!«

»Wenn es gut läuft, müssten sie gleich hier sein«, sagte Eva.

Ein Schatten glitt über Pias Gesicht. »Seit wann läuft es gut, wenn Mathilda dabei ist?«

Während sich Annalena noch über Pias bittere Miene wunderte, schellte es.

Sie wurden förmlich überrollt von einer Frau, die zweifellos die Jüngste von ihnen war; Annalena schätzte sie auf Ende zwanzig. Mit langen schwarzen Haaren, einem extrem kurzgeschnittenen Pony und Augen wie Kohlen, zu denen der Campari-Ton ihrer vollen Lippen einen starken Kontrast bildete, sah sie aus wie ein Double von Katy Perry. Äußerlich war sie die Einzige von ihnen, die zu den Glatten ohne Ecken und Kanten gehörte.

Zu den Hotpants aus Jeansstoff trug sie ein weiß-blau

geringeltes T-Shirt, eine blickdichte schwarze Strumpfhose, dazu farblich passende kniehohe Stiefel und eine Prinz-Heinrich-Mütze aus schwarzem Leder. Schimmerndes Schwarz, leuchtendes Rot, dazu das blitzende Weiß ihrer Zähne. Sie lächelte in die Runde und war sich eines peinlich berührten Publikums sicher, als sie herausposaunte: »Es ist wirklich ein Wunder, dass sich an den Feiertagen nicht mehr Menschen von einer Brücke stürzen, nachdem sie wochenlang auf den Weihnachtsmärkten mit Glühwein auf ihre Gehirnzellen eingedroschen haben.«

»Du bist doch sonst keine Kostverächterin«, sagte Pia mit süffisanter Stimme, bevor sie ein »was Alkohol angeht« hinterherschob und der Runde annoncierte: »Ladys, wenn ich um eure Aufmerksamkeit bitten darf? Wir haben das Vergnügen mit Mathilda Massonne!«

»Etwa eine hier, die mich noch nicht kennt?«, fragte Mathilda.

»Ich«, sagte Annalena, hob den Zeigefinger wie ein Schulmädchen, kam sich im selben Moment dämlich vor und war sich nicht sicher, ob sie sich zu dieser neuen Bekanntschaft gratulieren sollte. Es schien keine zu sein, die man sich auf den Wunschzettel schreiben würde.

So laut der Auftritt von Mathilda war, so leise und verhuscht kam fünf Minuten später der letzte Gast daher. Sie wurde Annalena als Henriette Graf vorgestellt. Klein und mit der Figur eines zarten Vogels, den man in ein blaubeige kariertes Kragenkleid mit Reißverschluss bis zum Hals gesteckt hatte, das herzförmige Gesicht straffgezogen durch einen am Hinterkopf festgezurrten blonden

Knoten, die Augen hinter den randlosen runden Brillengläsern in der Farbe von braunfleckigem Moos. Selbst die rostrote Handtasche, die an einem längenverstellbaren Schultergurt vor dem Bauch hing und an der ihre Besitzerin sich festklammerte, assistierte bei dem Versuch, nicht aufzufallen (obwohl sie teuer gewesen sein musste, wie Annalena feststellte, feines genarbtes Leder, dafür hatte sie einen Blick). Nur die sonnengelbe Hawaii-Kette um ihren Hals brachte ein wenig Leben in dieses Outfit eines braven Mädchens, das alles zwischen dreißig und vierzig sein konnte. Am auffälligsten an ihr war ihre Unruhe. Im Minutenrhythmus blickte sie auf ihre Armbanduhr, als habe sie Angst, etwas Wesentliches zu verpassen.

Da sie nun komplett waren, bat ihre Gastgeberin Pia Martens sie in die Küche, wo Essen und weitere Cocktails warteten. Während Annalena sich einreihte in die kleine Schlange, die sich zum Büffet bewegte, fühlte sie, wie sich ihr von hinten eine Hand auf die Schulter legte, offensichtlich in der Absicht, sie ein Stück weit von den anderen Frauen fernzuhalten. Sie drehte sich um und blickte in die trüben Augen von Henriette.

»Haben Sie mal eine Sekunde?«

»Na, klar. Wir können uns duzen wie alle hier. Ich bin Annalena.«

»Ich bleibe bei der ersten Begegnung lieber beim Sie. Da bin ich hanseatisch.«

»Wie Sie möchten.«

»Obwohl Sie aussehen, als könnte man Ihnen vertrauen.«

»Oh. Danke!«

Annalena brachte das Kunststück fertig, die Brauen zu heben, ohne dabei zu überrascht zu wirken. Eine der längst verloren geglaubten Gesten, geboren aus einst vorhandener Überheblichkeit und dem Überfluss, den es in ihrem Leben früher gegeben hatte.

»Wissen Sie, wie weit es von hier zum ›Kiez-Schuppen‹ ist? Bernhard-Nocht-Straße«, drängte Henriette. Als Annalena nicht sofort reagierte, nagte sie nervös an der Unterlippe und blickte sich gehetzt um, als hätte sie Angst, unnötiges Aufsehen zu erregen.

»Ich kenne mich hier nicht so aus. Warum fragen Sie?«

»Weil ich nachher schnell wegmuss.«

»Das ist nicht meine Gegend.«

»Macht nichts! Ich dachte nur, vielleicht wissen Sie, ob man besser eine Taxe nimmt.«

»Tut mir leid.«

»War nur eine Frage.«

»Pia wird es wissen. Sie wohnt schließlich hier.«

Henriettes Stimme schraubte sich in die Höhe, bis sie in einem nervösen Vibrato endete. »Nicht so wichtig. Schon gut. Wirklich. Hat sich erledigt.«

Ihre Brille war ihr auf dem Nasenrücken ein Stück nach unten gerutscht; eine Locke hatte sich aus dem Knoten am Hinterkopf gelöst und hing ihr ins Gesicht. Sie blinzelte mehrmals, als sei ihr das Neonlicht in der Küche zu grell, und versuchte, die Haarsträhne aus der Stirn zu blasen.

Es war zwecklos, die Strähne war widerspenstig. Henriette und ihr Haar schienen wenig gemeinsam zu haben.

Als sie endlich zwischen den anderen schwatzenden Frauen in der Küche stand, hatte Annalena das kleine Intermezzo mit Henriette schon wieder vergessen. Sie genoss das perfekte Zusammenspiel der Speisen auf dem Büffet.

Süß, sauer und scharf.

Jedes Gericht kam mit weitgereisten Gewürzen und frischen Früchten daher: Uschis Shrimps mit Papaya, Evas Kokoskugeln mit Karambole, und der karibische Flan aus Pfirsichen und Banane, den Eva auch noch mitgebracht hatte, wurde umspült von einer Limonensauce.

Katja hatte rohen Thunfischscheibchen ein Ingwer-Sesam-Dressing verpasst und gebratene Hähnchenschenkel auf jamaikanische Art mariniert, Henriette eine Piña-Colada-Torte mit Ananas gebacken, Mathilda hatte eine Mango-Salsa und einen exotischen Nudelsalat mit Kumquats beigesteuert.

Ihre Gastgeberin Pia war dem Motto der Party treu geblieben und hatte hawaiianischen Lomi-Lomi-Lachs höchst dekorativ angerichtet: mit Tomaten und Lauchzwiebeln, serviert auf einem großen Bananenblatt, gespickt mit Orchideenblüten.

Ihr Baguette, so dachte Annalena betrübt, war ein Totalausfall inmitten dieser duftenden, fremdartigen Vielfalt. Doch das war nicht ihre Schuld, sprach sie sich Trost zu. Uschi hatte es versäumt, ihr das Motto der Party mitzuteilen. Für ihre drei Euro hätte sie bei Aldi genauso gut drei Schälchen Physalis bekommen. Oder mindestens zehn Kiwis. Das wäre zwar auch noch weit entfernt gewesen von malerischer Lomi-Lomi-Seligkeit, aber wenigstens nicht so knochentrocken wie ihr Beitrag zum Büffet. Immerhin gab es Mathildas Salsa, um das Baguette einzutunken. Wenn es doch mit dem harten Brot, das Leben hieß, auch so einfach wäre, dachte Annalena und pulte eine Litschi aus der Schale.

Morgen, Kinder, wird's was geben

Sie saßen im Wohnzimmer, balancierten ihre reich gefüllten Teller auf den Knien, hatten ihre Gläser teilweise zu ihren Füßen stehen oder auf einem schwarzen Lacktablett auf dem niedrigen, samtbezogenen Coffeetable, auf dem die Tänzerin sich immer noch in den Hüften wiegte. Ihre Bewegungen wurden zunehmend eckiger. Das kam davon, wenn einem der Rhythmus nicht im Blut lag, sondern in den Batterien. Die Cocktailstunde war beendet; man war inzwischen zu Wein übergegangen. Annalena fand, sie konnte zufrieden sein mit diesem Abend. Sie fühlte sich wohl. Die Ohren schwirrten ihr von Hula-Musik und Gesprächsfetzen, die Lungen hatten sich vollgesogen mit dem Duft der parfümierten Kerzen, der Bauch war gefüllt mit Köstlichkeiten wie Thunfisch und Lachs, Hähnchen und Shrimps. Es war das strotzende Leben. Nach langer Zeit mal wieder.

Katja war die Einzige, die sich noch keinen Platz gesucht hatte. Sie lehnte am Türrahmen, entspannt, mit weichen Gesichtszügen, wippte ein wenig zur Musik der Hawaii-Gitarre, die leise im Hintergrund zu hören war, und lächelte alle der Reihe nach an. Als Pia sacht mit der Gabel gegen ihr Weinglas klopfte, stieß sich Katja vom

Türrahmen ab, ließ sich mit angewinkelten Beinen auf dem Teppich nieder, trank ihr Wasser aus und rollte das leere Glas zwischen den Händen hin und her.

»Schön, dass ihr alle da seid!«, sagte Pia. »Danke für eure wunderbaren Speisen!«

»Auf die Garnelen hätten wir besser verzichtet«, schimpfte Mathilda. »In den Fangnetzen bleiben Delphine hängen. Ganz zu schweigen von der Sklavenarbeit der weiterverarbeitenden Betriebe in den Entwicklungsländern. Damit haben wir gerade ein paar skrupellose Ausbeuter gefüttert.«

»Du hast doch bestimmt etwas anderes gefunden, Mathilda. Es ist genug da für eine Vegetarierin, zumal du ja selbst daran gedacht hast, etwas Geeignetes mitzubringen«, sagte Pia und fuhr fort: »Ihr wisst, die Sieben ist eine magische Zahl. Sieben Tage hat die Woche. Rom wurde auf sieben Hügeln erbaut. Sieben Weltwunder gibt es. Und wir sind sieben. Genau die vorgeschriebene Menge, um einen Verein zu gründen ...«

»Ich gehe sofort wieder!«, schnaubte Mathilda und spuckte die nächste Bemerkung aus wie kleine Kinder das Zitronat im Dresdner Stollen. »Sind wir denn hier bei den Kleingärtnern?«

»Natürlich werden wir keinen Verein gründen«, sagte Pia, »keine Angst.« Ihre Stimme nahm nun einen leicht gereizten Unterton an. »Wir werden keinen Schriftführer ernennen, und wir werden keine Satzung verabschieden. Was denkst du denn von mir? Wir sind einfach sieben Frauen, deren heile, glänzende Porzellanwelt irgendwann Risse bekommen hat ...«

»So sie denn jemals heil und glänzend war«, unterbrach sie Mathilda, deren Profil von einem Schleier aus seidig glänzendem Haar verdeckt wurde, während Henriette neben ihr eifrig nickte und mit dem Löffel den karibischen Flan im Schälchen auf ihrem Schoß zu einem Maulwurfshügel auftürmte, um den sie mit der Spitze ein paar Gräben zog.

»Ich kann nicht für jeden sprechen«, sagte Pia, »das müsst ihr schon selbst tun. Mit uns allen ist irgendwas passiert, was es uns unmöglich macht, weiterhin unbeschwert Weihnachten zu feiern. Ewas, was unser Leben verändert hat, und das nicht immer zum Guten. Wir werden ab heute keine besseren, aber andere Menschen sein. Menschen, die ohne Weihnachten auskommen.«

Pia hob ihr Glas und zauberte ein Lächeln auf ihre Lippen, während sie in die Runde prostete.

»Auf den Club der Weihnachtshasserinnen! Auf die, die dieser ganzen Besinnlichkeitsschmonzette den Kampf angesagt haben! Die keine Lust mehr haben auf Kitsch, Krippe, Kipferl. Auf die Stressgeplagten, die im Gewühl der tütenschleppenden Menschen und all dem Gerangel, Geschubse und Gekeife endlich einen klaren Kopf gekriegt haben. Und auf die mit den falschen Männern, die Weihnachten ihrem Glück nachjagen, bis das Herz in Fetzen hängt wie die Tesastreifen am Geschenkpapier.«

»Nicht zu vergessen die leidgeplagten Mütter, die seit Jahrhunderten mit Selbstgebasteltem und Weihnachtsfeiern gequält werden«, sagte Katja, griff sich die Wasserflasche, schenkte ihr Glas voll und hob es den anderen entgegen. »Als Mutter von drei Kindern verbringst du im Advent mehr Zeit bei Weihnachtsfeiern in Kindergarten und Schule als in deinen eigenen vier Wänden. Du backst und bastelst, bis du eine Mehlstauballergie und eine Klebstoff-Überempfindlichkeit hast.«

»Selbst schuld«, warf Mathilda ein. »Meine Mutter hat das nie mitgemacht.«

»Sich dem Druck aus Müttern und Mutzenmandeln zu verweigern, dazu gehört schon was«, sagte Uschi. »Auch wenn man nur ein Kind großgezogen hat wie ich. Ich kann mich noch gut an diese Zeit erinnern, obwohl sie lange her ist.«

»Unsere Putzfrau war eine alleinerziehende Mutter«, erzählte Katja, »die mehrere Jobs machte. Manchmal hatte sie morgens einen anderen als nachmittags und abends noch einen dritten in Heimarbeit. Die arme Frau hatte einfach keine Zeit. Böse, böse Person, die das Geldverdienen und die Fruchtzwerge im Kühlschrank wichtiger nahm als die fröhlichen Wichtel-Gesellen aus Tannenzapfen.«

»Wahrscheinlich war man kurz davor, das Jugendamt einzuschalten«, frotzelte Uschi.

Katja nestelte an den neongrünen Hawaii-Blüten über ihrem Busen und wechselte in den Schneidersitz. »Und dass ausgerechnet ihre beiden Jungs die Klassenkameraden bei Augusthitze auf dem Pausenhof mit Wasserpistolen nass spritzten, galt bereits als erster Schritt in Richtung Terrorausbildungslager in der Wüste. Wir folgsamen Mütter dagegen saßen im Kindergarten auf Zwergenstühlen an Zwergentischen oder auf Holzbänken unter niedrig angebrachten Garderobenhaken, an denen wir uns mit unseren Perlenketten und seidenen Hermès-Halstüchern fast erhängten, kramten in den Werkzeugkästen des Kunstgewerbehandwerks, bastelten siebenzackige Papiersterne, beklebten selbstgemachte Kerzen mit Sand und Teelichtgläschen mit Glitzer. Nett waren auch die Windlichter im Wollmantel zu Schulzeiten meiner Tochter und die selbstgehandarbeiteten Stulpen als Überzieher für meine Kosmetikflaschen.«

Sie zog die Luft durch die Nase und presste die Lippen aufeinander, bevor sie ein Lachen ausstieß. »Mein sauteures Anti-Age-Fluid mit Kaviar dankte es mir ziemlich bald mit einem trüben Aussehen und einem üblen Geruch. Am schlimmsten aber waren die Christbaumkugeln, die mein Ältester und ich in der ersten Klasse gemacht haben, an einem dieser mukeligen Bastelnachmittage in der Schule. Wir mussten Luftballons nur ganz leicht aufblasen, in Pappmaché tauchen und nach dem Trocknen mit Abziehbildern und Glanzpapierfetzen dekorieren. Diese Monsterdinger schmückten in jenem Jahr unseren Baum. Ich konnte gar nicht hingucken. Als ich Monate später die ersten Muttertagsspots im Werbefernsehen sah, wusste ich, der Horror würde weitergehen. Aber ein Gutes hat der Muttertag. Man darf nicht dabei sein, wenn sich bei den Vorbereitungen Rosenresli und Strickliesel die Hand reichen.«

»Und das mal drei!«, sagte Uschi. »Kein Wunder, dass du die Nase voll hast von Weihnachten«.

»Nein, nein«, sagte Katja. »Das ist nicht der Grund.«

Sie drehte ihre Hände mit abgewinkelten Handgelenken zur Decke, während die Andeutung eines resignierten Zuckens um ihre Mundwinkel spielte.

»Ich habe die Nase voll von meiner eigenen Perfektion. Von einem vier Meter hohen Tannenbaum, dessen Spitze die Stuckdecke kitzelt. Von meinen Vier-Gänge-Menüs an Heiligabend. Wiener und Kartoffelsalat, das sollten die anderen machen. Die armen Würstchen in fünfundzwanzig Millionen deutschen Haushalten.«

»Fünfundzwanzig Millionen Tannen und fünfundzwanzig Millionen Schüsseln Kartoffelsalat. So geht die Gleichung«, bestätigte Eva.

»Bei uns gab es Gans mit Maronenfüllung und Orangensauce. Zwei Vorspeisen. Ein Dessert. So auch letztes Jahr, als wir meine Schwiegereltern und die beiden Brüder meines Mannes samt Anhang des einen zu Besuch hatten. Wir waren zwölf. Die Stimmung war angespannt. Hitzig. Und das kam nicht nur von den echten Kerzen am Vier-Meter-Baum. Mein Mann und sein jüngerer Bruder, von Beruf Eventveranstalter, mit hohem Frauenverschleiß, kriegten sich in die Haare, weil mein Mann ihm vorwarf, er müsse endlich erwachsen werden.«

»Ganz schlechtes Thema für Heiligabend«, sagte Pia.

»Ganz schlechtes Timing«, stimmte ihr Katja zu. »Ich spielte den Gute-Laune-Animateur im Club Betlehem und verrenkte mir dabei fast den Kiefer. Noch Tage später hatte ich Gesichtsmuskelkater. Doch all meine Bemühungen halfen nicht. Meine Kinder motzten über die Geschenke. Alles falsch, alles Mist. Es ging nur noch um Handys und Handtaschen. Ein Zweig am Baum fing Feuer, was wir zwar dank des danebenstehenden Wassereimers rasch löschen konnten, dabei wurde allerdings auch all das überschwemmt, was unter dem Baum lag. Immerhin hatte sich dadurch das Problem mit den verkehrten Handys für die Jungs und der Designertasche aus der unpassenden Kollektion für meine Tochter erledigt.«

»Das kommt davon«, sagte Mathilda, »wenn man Kinder eher verwöhnt als erzieht.«

»Ganz ehrlich«, fauchte Katja, »du gehst mir mit deiner ständigen Besserwisserei allmählich auf die Nerven! Wenn du zu den Gewissensbewegten gehörst, zieh dich nackt aus und lass dich für ›Peta‹ in einer Anti-Pelz-Kampagne fotografieren. Von mir aus in einem Netz mit toten Garnelen. Meine Kinder sind sehr wohl in den Genuss guter Erziehung gekommen.«

»Wobei Erziehung und Genuss sich eigentlich widersprechen«, gab Uschi zu bedenken.

Katja warf die langen Haare zurück und wandte sich an Pia, während sie mit einer ruckartigen Bewegung ihres Kinns auf Mathilda deutete. »Sie kennt mich überhaupt nicht«, beschwerte sie sich. »Wir haben uns zwei Mal gesehen.«

»Sie meint es nicht so«, sagte Pia. »Mathilda sagt und tut manchmal etwas Unüberlegtes, was ihr im besten Fall hinterher leidtut. Nicht wahr, Mathilda?«

»Nö«, sagte Mathilda, warf sich lachend in ihrem Sessel zurück, streckte die Beine aus und überkreuzte die Füße in den schwarzen Stiefeln.

Pia stieß einen Seufzer aus und bat Katja, mit ihrer Geschichte fortzufahren. Die zierte sich noch einen Moment, dann gab sie nach: »Als meine Schwiegermutter über die erste Vorspeise des Menüs, eine sehr aufwendig herzustellende Entenleber-Mousse mit Granatapfel-Chutney, sagte, sie habe nicht gewusst, dass man Leberwurst mit Marmelade essen könne, bekam ich einen hysterischen Lachkrampf. Ich ahnte, dass sie die Flusskrebssuppe, die nun folgen sollte, vermutlich als Dosensuppe abtun würde, und machte mich auch innerlich ans Löschen, indem ich Unmengen von Wein gegen meinen immensen Frust kippte. Am Ende kippte ich einfach – um. Ich kollabierte mitten auf einem Gletscher aus Geschenkpapier.«

Einen Moment lang herrschte Schweigen, das Annalena nutzte, um der auf dem Sofa neben ihr sitzenden Uschi ins Ohr zu wispern: »Woher kennt ihr euch eigentlich alle?«

Uschi rückte dicht an Annalena heran und raunte ihr zu: »Die Drahtzieherin ist Pia. Sie hat letztes Jahr an Weihnachten ein Liebesdebakel erlebt, und da hat sie beschlossen, diesen Club zu gründen.«

Annalena nickte. »Sie hat vorhin was von einem Gutschein angedeutet.«

»Für ein Romantikwochenende an der Ostsee. Nur dass Johannes nicht mit ihr hingefahren ist, sondern …«

»Sondern?«, flüsterte Annalena.

»Mit einer anderen.«

»Mit wem?«

Uschi zuckte die Schultern. »Keine Ahnung! Katja«, sie deutete mit einem Kopfnicken in deren Richtung, »das ist die, die Weihnachten zusammengebrochen ist …

ist um tausend Ecken mit Pia verwandt. Ihre Oma war die Schwester von Pias Opa …«

»Aha.«

»Pia und Katja haben demnach denselben Urgroßvater. Sehe ich das richtig?«

»So genau wollte ich das jetzt gar nicht …«, winkte Annalena ab.

»Sie sind Großcousinen«, sagte Uschi triumphierend, untermalt von ihrem rauen Lachen. »Genau! Katja war jahrelang eine gute Kundin im Weihnachtsladen von ›Frau Haase‹, in dem ich jetzt immerhin seit acht Jahren arbeite.« Uschi blickte sich nach allen Seiten um und reduzierte die Lautstärke. »Sie war wie du. Immer, wenn sie kam, klingelte es mächtig in der Kasse. Normale Kugeln in Gold und Rot fand sie so langweilig wie lauwarmes Wasser. In einem Jahr wurde ihr Baum mit Märchenfiguren geschmückt. Im Dezember darauf mit bunten Anhängern in Form von Zuckerstangen, Lebkuchenherzen und Lutschern. Und kam sie mit ihrem Mann Justus vom Christmas Shopping in New York, mussten es Freiheitsstatue und Empire State Building sein.«

»Scheint ihr gutzugehen«, sagte Annalena und verspürte einen Anflug von Neid.

»Kann man laut sagen. Er Anwalt mit politischen Ambitionen, sie Journalistin, die nach den Kindern langsam wieder durchstartet.«

»Du hast auch einen schönen Job.«

»Bist du wahnsinnig?« Uschi vollführte mit der Kante ihrer rechten Hand eine schneidende Bewegung an ihrer Kehle entlang. »Mir steht es bis hier. Und weißt du, wieso? Für mich ist das ganze Jahr Weihnachten. Von Januar bis Dezember. Wer zwölf Monate lang ›Last Christmas‹ von Wham! in Endlosschleife hört, ununterbrochen den Duft von ›Omas Bratapfeltee‹ mit Zimt in der Nase hat und vor sich auf dem Verkaufstresen die unvermeidliche Schale mit Dominosteinen, selbst im Hochsommer bei dreißig Grad, wenn die Rosen blühen, die Menschen Shorts und Shirts tragen, man das Johlen der Kinder aus dem Freibad hört und vor Hitze nachts nicht schlafen kann, der hat an Weihnachten keine Lust mehr auf Weihnachten. Der ist …«, stöhnte sie und steckte sich eine Ananas-Rum-Praline in den Mund, »… vollkommen satt.«

Sie hatte ihre Stimme wieder erhoben, und einige guckten irritiert zu ihnen herüber, während sie in die Küche gingen, wo es nach frisch gebrühtem Kaffee roch.

»Reine Arabica-Bohne aus dem Kona-Distrikt auf Hawaii. Angebaut an den Hängen der Vulkane auf Big Island«, erklärte Pia und kündigte an, dass Katja nach der kleinen Stärkung fortfahren werde.

»Jetzt Kaffee«, sagte Uschi, die außer Annalena als Einzige sitzen geblieben war, »und ich stehe die Nacht über im Bett. Möchtest du?«

Annalena schüttelte den Kopf. »Mir geht es genauso.«

»Weißt du«, sagte Uschi und zuckte die Schultern, »es ist nicht nur mein Job, der mir die Festtage verleidet hat. Mein Mann und ich sind ein in die Jahre gekommenes Ehepaar, müde, wortkarg, verdrossen. Nichts mehr übrig, was einem das Herz oder die Seele wärmt. Rüdiger hat sich noch nie durch Gefühlstiefe, Schwärmerei und Sensibilität ausgezeichnet. Er hält es schon für Romantik, wenn es im Urlaubsort ein ›Hotel zur Post‹ mit Fachwerk gibt. Kaum stirbt die Liebe, geht es auch mit Weihnachten bergab. Das ist wie mit zwei Partnerunternehmen, die sich gegenseitig herunterziehen.« Sie war ein wenig in sich zusammengesunken, diese patente Person, ihre kernige Kruste bröselte einen Moment lang. Wahrscheinlich ging auch sie manchmal am Abend mit einer Packung Taschentücher zu Bett, dachte Annalena.

»Vielleicht wäre alles anderes, wenn unsere einzige Tochter Nina nicht so weit weg wohnen würde. Sie ist seit vier Jahren in den USA. In Michigan. Verheiratet mit einem Zahnarzt. Ich habe eine zweijährige Enkelin, die ich noch nie gesehen habe. Keine leuchtenden Kinderaugen beim Auspacken der Geschenke. Keine Plätzchen aus Omas Weihnachtsbäckerei für die Kleine. Rüdiger und ich tauschen Heiligabend ein paar Plattitüden aus wie die über das Wetter, das früher an Weihnachten besser war. Stellen Gedankenspiele an, was wohl Nina und ihre Familie heute Abend machen. Wobei unser Abend nicht ihr Abend ist, zwischen ihnen und uns liegen sieben Stunden.« Uschi holte tief Luft und schaute hinaus, wo in der Dunkelheit das Wasser der Elbe gegen die Kaimauern platschte. »Am besten, man lässt alles so laufen, wie es ist. Oder findest du das feige?«

»Feige oder nicht«, sagte Annalena, »so ist das Leben.«

Mit gefüllten Kaffeetassen kamen die anderen aus der Küche zurück, nahmen wieder ihre Plätze ein, knabberten Kokoskekse.

»Um das von eben zu Ende zu führen: Ich kenne Katja schon ewig und durch sie wiederum Pia«, sprudelten die

Worte in gedämpfter Lautstärke aus Uschis Mund. »Mathilda ist Aufnahmeleiterin eines Fernsehteams, das ein Hoteltester-Format dreht. So kam sie ins ›Hotel am Kanal‹ und lernte Pia kennen. Henriette ist Physiotherapeutin und wird von Pias Ex Johannes gebucht für Hand- und Fußmassagen, wenn es die Gäste danach verlangt. So beginnt und endet alles bei Pia.«

Annalena zeigte mit einem Kopfnicken auf Eva, die schwer und in sich ruhend im Sessel saß, ein Lächeln im Gesicht. Ohne ein Geräusch zu verursachen, rührte sie mit einem Löffel in der Kaffeetasse. »Und sie? Wie kommt sie hierher?«

»Das ist eine verrückte Geschichte. Eva oder Pia wird sie sicherlich erzählen. Kennen noch nicht alle.«

Nun lenkte sie Annalenas Blick auf Katja, die es sich erneut im Schneidersitz auf dem Fußboden bequem gemacht hatte.

»Wenn wir mal ehrlich sein wollen«, begann Katja erneut, »sind wir es doch selbst, die die Magie des Weihnachtsfestes zerstören. Ist es nicht so? Die Illusionen, die wir als Kind damit verbunden haben, von Wärme und Geborgenheit und Balsam für die Seele. Wir Frauen radieren das mit der Dauer-Power, unter der wir stehen, einfach aus und machen aus einer Zeit der Einkehr, des Innehaltens und des inneren Friedens genau das Gegenteil. Was natürlich auch damit zu tun hat, dass man vergebens darauf hoffen kann, sämtliche Weihnachtsvorbereitungen würden sich per Osmose erledigen, indem man sich einfach nur dicht genug neben den Baum setzt. Wir sind es nun mal, die mit dem Fest der Liebe die meiste

Arbeit haben, um es den Lieben so richtig schönzumachen.«

Sie schlug mit einem lauten Klatschen ihre Hände zusammen, um ihre Entschlossenheit zu zeigen.

»Mit Weihnachten werde ich es ab jetzt halten wie mit einem maroden Gebäude, bei dem nur noch die Fundamente in Ordnung sind. Es muss kernsaniert werden. Und damit beginne ich dieses Jahr. Denn dieses Jahr trete ich in den Weihnachtsstreik.«

»Und was sagt deine Familie dazu?«, fragte Eva.

»Die wissen es noch gar nicht. Überall Friede, Freude, Lebkuchen – und bei uns Boykott. Das wird schwer. Auch für mich. Aber ich werde hart bleiben. Nicht von meiner Linie abweichen. Null. Zero. Nichts zu machen. Kein Mitleidsbonus. Keine Ausnahme. Bisher waren sie alle in schneeweiße Watte gepackt, und daraus werde ich sie jetzt unsanft befreien.«

Annalena hatte die ganze Zeit überlegt, woher sie Eva König kannte, aber es wollte ihr nicht einfallen. Sie sah sich Evas Gesicht immer wieder genau an, doch sie kam einfach nicht drauf. Da Eva im Moment nicht in eine Unterhaltung vertieft war, schien die Gelegenheit günstig. Annalena pirschte sich heran, zog sich einen kornblumenblauen Samthocker hinzu und setzte sich ihr zu Füßen. Kerzengerade saß Eva da und hieß Annalena mit einem freundlichen Lächeln willkommen.

»Ich kenne dich irgendwoher«, eröffnete Annalena das Gespräch.

»Das mag sein. Ich habe früher als Schauspielerin gearbeitet.«

Annalena schlug sich mit der geballten Faust aufs Knie. »Natürlich! Du warst in dieser Hebammen-Serie.«

»Unter anderem.« Eva lachte. »Lange her.«

»Und du hast die Imbissbudenbesitzerin in den Hafenpolizeifolgen gespielt, bei der sie immer alle Currywurst gegessen haben.«

»Auch das. Du scheinst viel fernzusehen.«

»Das wirkt nur so.«

»Hauptsächlich bin ich aber im Theater aufgetreten«,

erklärte Eva. »In Weihnachtsmärchen zum Beispiel, als die böse Hexe in ›Hänsel und Gretel‹.« Eva öffnete ihren Mund weit und fuhr ihre Krallen aus. »O ja, ich hatte die beiden zum Fressen gern!«

Sie gluckste vor Vergnügen.

»Gibst du gerade eine Kostprobe deines Könnens?«, sagte Pia, die mit einem Glas Wein in der Hand zu ihnen gestoßen war. »Störe ich?«

»Du? Nie«, sagte Eva, streckte ihre Hand aus und legte sie Pia auf den Arm. »Und mit dem Können ist es nicht mehr weit her. Ich habe alles verlernt.«

»Unsinn! Du brauchst doch nur in deiner Trickkiste zu wühlen.« Pia schaute sich prüfend im Zimmer um, ob die Gäste versorgt waren. Da sich alle prächtig amüsierten und nur Mathilda teilnahmslos in irgendwelchen Zeitschriften blätterte, war sie wohl beruhigt und ließ sich auf der Lehne von Evas Sessel nieder.

»Nimmst du überhaupt keine Engagements mehr an?«, wollte Annalena wissen.

»Engagements? Welche Engagements? Die Angebote blieben spätestens dann aus, als ich von meinen langen Haaren, meiner glatten Haut und der schlanken Figur Abschied genommen hatte. Das mag man nicht in dieser Branche. Heute habe ich einen Job bei der Beschwerde-Hotline einer Supermarktkette, wo die Kunden anrufen, weil sie sich darüber ärgern, dass die Schokolade weiße Flecken hat, die Bratensauce klumpt und das Toilettenpapier nicht richtig perforiert ist. Hochtrabend formuliert: Ich arbeite als Teamleiterin im Beschwerdemanagement zum Zwecke der Kundenbindung.«

Eva zeigte ein verschmitztes Lächeln und ließ ihre Stimme klingen, als hätte sie ihr einen Kaschmirschal umgelegt.

»Ich kann absolut nachvollziehen, dass Sie aufgebracht sind, Frau Dietz, und glauben Sie mir, wir werden alles in unserer Macht Stehende tun, um das zu ändern. Ich werde den Marktleiter in der Filiale in der Osterstraße persönlich informieren. Er wird ein ernstes Wort mit der Kassiererin reden, die sich Ihnen gegenüber so ungebührlich verhalten hat. Höflichkeit ist unser oberstes Gebot ... Sie haben natürlich vollkommen recht, Frau Weber, das ist völlig indiskutabel, ein Rehbein im Futterheu für Hasen.«

Pia stieß einen entsetzten Schrei aus, und auch Annalena verzog angewidert das Gesicht.

»Das glaubt ihr nicht? Das sehe ich euch an. Es gibt Dinge in dem Job, die gibt es nicht. Es ist schon nicht leicht, die Menschen, die sich über faule Erdbeeren ärgern oder denen man das Abendessen versaut hat, weil verschimmelte Parmesanspäne aus der Tüte gerieselt sind, mit heiteren Worten aufzumuntern. Aber wenn so etwas passiert ...« Sie atmete schwer. »Da erfordert es schon Fingerspitzengefühl.«

»Davon hast du mehr als genug«, sagte Pia.

»Ich bin darin geschult, mir den Menschen hinter der Stimme vorzustellen. Das hat wohl mit meinem Beruf zu tun und ist von Vorteil in einem Büro, in dem täglich rund dreihundert Anrufe eingehen. An Montagen noch weitaus mehr, weil die Leute am Wochenende viel Zeit haben, um sich mit ihren Problemen und den pappigen Chips zu beschäftigen. Ich merke es, wenn eine Kundin

High Heels trägt, während sie telefoniert, weil Absätze den Rücken verspannen und die Stimme piepsig klingen lassen. Ich höre heraus, ob sie schwanger ist, da die Rundungen des Körpers auch die Stimme weicher machen, und ich registriere die Molltöne, die auf Niedergeschlagenheit hindeuten.«

Nach und nach gesellten sich die anderen vier zu ihnen. Uschi und Katja setzten sich zu Annalena auf den Fußboden, Henriette zog sich einen Stuhl heran, Mathilda lehnte sich rücklings gegen die Wand, vergrub die Hände in den Taschen ihrer Hotpants, stützte sich auf dem linken Bein ab und stellte das rechte angewinkelt auf die Stiefelspitze. Annalena senkte den Blick, hob kurz darauf wieder den Kopf und stellte fest, dass sie lächelte.

So war alles auszuhalten.

Bei Wind und Regen. Im Warmen. In guter Gesellschaft.

»An den Feiertagen haben wir natürlich geschlossen«, fuhr Eva fort. »Niemand reklamiert am Heiligen Abend wässrige Tomaten oder Maden in der Nussschokolade. Es war letztes Jahr am 27. Dezember. Ich war die Letzte, die an diesem Tag noch da war, in dem Großraumbüro in der Richardstraße in Barmbek. Meine sieben Kollegen, die mit mir Dienst hatten – wir arbeiten in Schichten – waren bereits nach Hause gegangen. Als ich, es war kurz vor acht am Abend, gerade das Licht löschen und die Telefonanlage auf Bandbetrieb stellen wollte, klingelte es. Um diese Zeit ist in der Regel nicht mehr viel los. Meist sind es Anrufer, die Langeweile haben. Oft ältere Menschen. Die Frau am anderen Ende der Leitung war schon nach den ersten Sätzen vor meinem geistigen Auge entstanden. Eine attraktive, gepflegte Erscheinung, der Typ, der bei leichtem Wind niemals ohne einen zarten Schal um den Hals aus dem Haus gehen würde. Höflich und korrekt, obwohl sie verärgert war, weil sie am Morgen einen Glassplitter in ihrer englischen Orangenkonfitüre gefunden hatte. Sie schien unglücklich zu sein, diese Person, der Glassplitter nur ein Symbol dafür, dass um sie herum alles in Scherben lag.«

Eva legte im Sitzen ihren Arm um Pias Hüfte, die nach wie vor auf ihrer Lehne hockte.

»Ich hatte an diesem Weihnachtsfest eine Entdeckung gemacht«, gestand Pia, »die bis heute als schmerzhafter Knoten tief in meinem Inneren sitzt. Ihr wisst es ja alle. Johannes hatte mich betrogen. Wer zu viele Gefühle investiert, kriegt das Leid gratis dazu.«

Alle Köpfe fuhren zu ihr herum.

»Du?«, fragte Mathilda ungläubig. »Du rufst eine Beschwerde-Hotline an und beichtest einer völlig Fremden deinen Kummer?«

Pia blitzte Mathilda aus schmalen Augen an, während sich ihre glatte Stirn wellte wie nasser Sand am Strand. »Wem sollte ich sonst davon erzählen? Dir etwa? Vielleicht bist du viel zu sehr involviert.«

»Wie auch immer du das meinst!«, schnauzte sie Mathilda an. »Hast du mich hierhergelockt in deine stylische Wohnung am Wasser, um mich hier vor all deinen Freundinnen zu häuten, zu vierteilen und zu braten? Oder, um es passend zur Weihnachtszeit zu sagen: mich wie eine dumme Pute zu tranchieren?«

»Falls du mich auch nur ein wenig kennen würdest, wüsstest du, dass ich mich niemals so weit herablassen würde. Die Erfahrung mit Eva hat mich gelehrt, dass ein Tag dein Leben verändern kann. Er kann dein Leben zerstören oder es besser machen. Und solch ein Tag war der Tag, an dem ich Eva kennenlernte. Es war *mein* Tag. Trotz allem.«

»Auf jeden Fall«, sagte Eva, »war es der Beginn einer Freundschaft, die uns schließlich alle zusammengeführt hat. Ohne meine Gespräche mit Pia gäbe es den Club der Weihnachtshasserinnen nicht.«

»Die Begegnung mit dir war wie ein unerwartetes Geschenk zu einem Zeitpunkt, als ich es am meisten brauchte«, sagte Pia. »Du hast mich wieder an Land gezogen.«

»Und du, Eva?«, hakte Katja nach. »Bei welcher Hotline beschwerst du dich, wenn dein Leben nicht glattläuft?«

»Ich hatte damals eine Standleitung zum lieben Gott, weil er mir vor vier Jahren Enno genommen hat. Über die habe ich mich ständig beschwert. Hat aber nichts genützt. Man kann Wiedergutmachung leisten für Keksbruch, das Lieblingsthema unserer Kunden vor Weihnachten. Den Tod eines geliebten Menschen kann man leider nicht reklamieren. Die Besten werden von den Göttern früh dahingerafft. Das ist leider wahr. Keiner kann festhalten, was er nicht verlieren will.«

»Enno war dein …?«, hauchte Annalena.

»Mein Mann«, sagte Eva. »Meine große Liebe. Fünf Jahre jünger als ich. Er war Dramaturg. Er saß am

Schreibtisch in seinem Büro am Theater, nachdem er gerade einen Besucher zur Tür begleitet hatte. Sein Herz hörte plötzlich auf zu schlagen, meines explodierte nach seinem Tod vor Kummer. Nur noch Kälte, Schwärze, Schmerz.«

Sie schloss einen Moment lang die Augen, und falls sie das Verlangen verspürte zu weinen, so schaffte sie es, die Tränen hinter dem Schutzwall ihrer Lider zurückzuhalten, bevor sie die Augen wieder aufschlug, die Nase krauszog und mit der rechten Hand ihr Weinglas auf dem Oberschenkel auspendelte, als gäbe es nichts Wichtigeres auf der Welt, als die richtige Balance zu finden.

»Heute geht's mir gut. Vielen anderen nicht. Man hat nie so viele unglückliche Menschen am Telefon wie in der Weihnachtszeit. So viele Einsame. Desillusionierte. Verlorene. Der Dezember ist ein unheimlich sentimentaler Monat. Es war einmal, so fangen Märchen an. Auch Weihnachtsmärchen. Aber bei meinem ist schon vor Jahren endgültig der Vorhang gefallen. Ich ignoriere Weihnachten. Habe es aus meinem Kalender gestrichen. Als Enno noch lebte, sind wir entweder verreist oder haben es uns zu Hause gemütlich gemacht. Ohne die ganzen üblichen Accessoires. Ein paar Kerzen, mehr nicht. Wir haben diese Lautlosigkeit am Heiligen Abend geliebt, wenn es um einen herum immer stiller wird, wenn die Welt sich langsamer dreht, sich von allem löst wie eine Raumkapsel von einer Raumstation und man plötzlich das Gefühl hat, in dieser besonderen Nacht ganz allein zu sein, weil das normale Leben Pause macht. Das war schön. Das mag ich auch heute noch.«

Sie stellte scheinbar verblüfft fest, dass sie immer noch ihre Hand auf Pias Hüfte liegen hatte, zog sie fort und strahlte in die Runde. »Aber mit allem anderen, liebe Leute, lasst mich bitte in Ruhe! Ich teile das große Schweigen gern mit meinem Garten in Blankenese, mit dem Himmel und dem Fluss, der unten an meinem kleinen Lotsenhaus vorbeirauscht. Ich genieße das. Allein. In aller Seelenruhe. Und den Begriff könnt ihr wörtlich nehmen. Nur manchmal ist da noch eine Sehnsucht, so ein dumpfes Gefühl im Herzen, wie man es hat, wenn einen der Wunsch überkommt, noch ein einziges Mal ein ernstgemeintes ›Ich liebe dich‹ zu hören, heiß und innig ins Ohr geflüstert, nicht bloß so dahingeplappert und dahergesagt.«

Plötzlich flammte Licht auf, begleitet von einem Wutausbruch Mathildas, die kurz das Zimmer verlassen hatte, um zur Toilette zu gehen.

»Bin fast über diese Scheißtüte gestolpert!«

Wie von Furien gehetzt sprang Henriette auf, rannte hinaus auf den Flur und kriegte keinen Satz ohne Stottern und Stammeln raus.

»Tut mir leid! Tut mir wirklich leid.«

Annalena saß da mit offenem Mund und staunte. Sie roch förmlich, dass etwas Aufregendes in der Luft lag. Als Henriette wieder ins Zimmer kam, sah sie aus, als sei ihr ein ordentlicher Schreck in die Glieder gefahren. Irgendetwas schien ihr Magenschmerzen zu bereiteten. Ihre Augen waren ständig in Bewegung, sie huschten umher wie zwei ruhelose Tiere.

Mathilda lachte und genoss den Triumph, indem sie

einen banalen Fund zu einer mysteriösen Geschichte aufplusterte.

»Was transportiert man in einer riesigen Plastiktüte, dick wie ein Daunenkissen, mit Verschlussleiste?«

»Tiefkühlkost für eine Großfamilie, die zu einem Weihnachtsurlaub in einem dänischen Ferienhaus aufbricht«, sagte Uschi.

»Oder Dinge, die niemand sehen soll«, vermutete Mathilda und blickte Henriette herausfordernd an. »Was hast du denn da drin?«

»Nichts habe ich da drin«, sagte die und wiederholte es gleich noch einmal. »Nichts. Gar nichts.«

»Bisschen viel Tüte für nichts«, meinte Mathilda und schnaubte belustigt.

»Ich muss los! Es geht nicht, dass ich noch länger bleibe!«

Artig reichte Henriette allen die Hand, als Letztes der Gastgeberin. »Es war wirklich schön. Vielen Dank.«

»Wo willst du denn jetzt hin?«, bohrte Mathilda.

»Bitte, Mathilda, quetsch einen nicht immer so aus! Ich weiß zwar, du bist in deinem Beruf auch nicht gerade zimperlich …« Henriette zuckte die Achseln. »Ich gehe dann!«

Mathilda legte den Zeigefinger an ihr Kinn und ließ Henriette nicht aus den Augen, während sie sich zwischen Wohnzimmer und Flur im Türrahmen aufbaute.

»Ich muss die Tüte einer Bekannten bringen. Zufrieden? Und wenn ich mich jetzt nicht beeile, ist sie nicht mehr da. Und das wäre …«, seufzte Henriette, »… unverzeihlich.«

»Seit wann hast du eine große Unbekannte in deinem Bekanntenkreis?«

»Was weißt du schon von mir? So gut kennen wir uns nun auch nicht. Bitte, Mathilda!«, flehte Henriette. »Lass mich durch – und lass mich los!«

»So läuft's nicht!«

»Doch, so läuft's!«

»Ich mache mir Sorgen.«

»Du?«, wunderte sich Henriette. »Wenn ich mir keine Sorgen mache, musst du dir auch keine machen.«

Henriettes Gesicht wirkte noch etwas spitzer als bei ihrer Ankunft, so als hätte die allgemeine Aufmerksamkeit eine plötzliche Hohlwangigkeit hervorgerufen. Sie schlüpfte an Mathilda vorbei, hüllte sich in einen Wollmantel, dessen großes Revers ihren Körper streckte und dessen Mandelblütenrosa ihrem Teint schmeichelte, schnappte sich die Tüte und war schneller aus der Tür, als man gucken konnte.

»Jetzt haben wir deine Geschichte gar nicht gehört!«, rief ihr Katja vorwurfsvoll nach, bevor sie sich an die anderen wandte. »Ich weiß überhaupt nichts über sie. Ihr?«

»Nicht wirklich«, knurrte Mathilda und warf sich missgestimmt auf einen Sessel. »Obwohl wir uns in Johannes' Hotel schon öfter über den Weg gelaufen sind.«

»Ich habe sie heute das zweite Mal gesehen«, stellte Katja fest. »Das erste Mal war bei dieser Trockenübung im Sommer, als wir beschlossen haben, uns einmal wöchentlich im Advent zu treffen.« Sie blickte Annalena an. »Da warst du noch nicht dabei.«

»Apropos Trockenübung«, sagte Mathilda. »Du

trinkst den ganzen Abend Wasser. Bist du Alkoholikerin?«

»Noch nicht«, sagte Katja, der es mit einer gewissen Mienenakrobatik gelang, ihre Irritation angesichts Mathildas Bemerkung zu verbergen. »Aber ich war kurz davor. Bei dem ganzen Stress hielt mich der Alkohol über Wasser. Er wirbelte mich herum und setzte mich auf einem unbekannten Weg wieder ab. Symbolisch gesehen. Ich dachte jetzt nicht an eine zirzensische Meisterleistung«, flachste sie, »so sportlich war ich nie. Auf den Alkohol war immer Verlass. Er machte mich zu einer anderen. Einer, die leichten Fußes über die Untiefen ihres anstrengenden Daseins hinweghüpfte, in dem es von Einkaufszetteln und To-do-Listen nur so wimmelte. All die Termine und Turniere der Kinder. Fußball. Basketball. Schwimmen. Tennis. Hockey. Ballett. Gitarrenunterricht. Klavier. Schachclub. Die Spendenaktionen, der Elternbeirat, der Kuchen für den Kirchenbasar, das Kanzlei-Essen mit den Kollegen meines Mannes, Roastbeef und Bratkartoffeln. Mein eigener Hang zur Perfektion begann, mich auch körperlich niederzuringen. Mein Alltag war ein Hamsterrad, Weihnachten Extremsport. Andere gehen für ›Ärzte ohne Grenzen‹ in den Kongo, um die Malaria zu besiegen, ich ging an mein eigenes Limit und hatte keine anderen Probleme als die Frage, ob ich meine Weihnachtsgeschenke mit golden lackierten Buchsbaumzweigen schmücken sollte. Natürlich hatte ich andere Probleme, aber ich wollte sie nicht wahrhaben. Ich vermisste das Mädchen, das ich mal gewesen war, das Mädchen, dem immer der Frühstückstoast angebrannt ist und das sich in Klamotten wie dieser Hippiehose am wohlsten fühlte. Dieses Mädchen gab es nicht mehr. Es hatte sich aufgelöst in einer Frau mit akkurat geschnittenem Bob, dem sie jeden Tag die Locken austrieb, und einem Kaschmir-Twinset in Hanseatenblau. Diesem Alster-Uschi-Marine.«

»Danke«, sagte Uschi spitz, bevor sie in das Lachen der anderen einfiel.

»Marine ist nicht Alster«, meinte Pia. »Marine ist Elbe.«

»Auf die Megaparty, die ich all die Jahre gefeiert hatte«, sagte Katja und wandte sich an Mathilda, »folgte der Kater. Insofern hast du ganz recht, ich muss aufpassen. Ich darf mir selbst nicht mehr entgleiten. Aber wir wissen noch gar nichts von dir! Du hast im Sommer nichts erzählt und heute auch nicht.«

»Es gibt nichts zu erzählen«, sagte Mathilda. »Ich habe, seitdem ich erwachsen bin, Weihnachten meistens vergessen. Kapiert ihr? Ich habe vergessen, dass Weihnachten ist. Es existiert für mich nicht. Ich habe es einfach nicht auf dem Zettel.«

Sie erhob sich und lief gereizt im Zimmer auf und ab.

»Ich hatte eigentlich erwartet, dass wir über ein paar wesentliche Dinge sprechen, nicht nur über eure Luxusweiber-Befindlichkeiten. Diese ganze angebliche Frauen-Solidarität! Wir sind nichts anderes als eine verhängnisvolle Zweckgemeinschaft, die sich gefunden hat, weil wir dieses Aufeinandertreffen von Suff und Sentimentalität, das sich Weihnachten nennt, zutiefst verachten. Weil uns die Lust vergangen ist an einer Veranstaltung, die mehr organisatorische Meisterleistung erfordert als eine Großbaustelle in Dubai. Aber rafft es doch endlich! Das hier ist nicht Hawaii, da könnt ihr euch noch so anstrengen. Es ist Hamburg. Verstanden? Das gute alte Hamburg mit seinen Poncho-und Panflöten-Indio-Bands, die in der Adventszeit die Fußgängerzonen überfluten. Genau wie die Silbermänner, die Riesenseifenblasen-Bläser, die Drehorgelspieler. Und über allem wabert der Bratwurst- und Schmalzkuchenmief. Willkommen daheim! Nur dass es jetzt auch weißen Glühwein aus den Weihnachtsmarktbechern zu trinken gibt. Wie innovativ! Glühwein, ob weiß oder rot, ist nun mal der beste Treibstoff für rückhaltlose Gefühlsduselei. Ich hatte mir echt erhofft, dass wir ein paar Aktionen starten gegen diese Berge von Geschenkpapiermüll und die armen Gänse, die man in Fabriken erst auf ihr Festtagsgewicht mästet, um sie dann am Fließband zu schlachten. Das wäre mal ein wirkliches Engagement gegen Weihnachten.«

»Das kann man ja alles überlegen«, sagte Pia.

»Wollt ihr doch gar nicht! Gebt es doch zu! Ihr habt es zu lange genossen! Die Lichter. Die Geschenke. Das Essen. Das Miteinander. Die Designerhandtaschen, die für einige von euch zur Selbstverwirklichung gehören. Es ist doch so, dass die meisten davon träumen, sich bei Kerzenschein herzerwärmend anzulächeln, und dann kippt es irgendwann, weil Vati besoffen ist, die Gans verkohlt und das Konto leer. Und nachdem ihr lange genug in der Harmonie-Hölle geschmort habt, ist euch an einem bestimmten Punkt in eurem Leben aufgefallen, dass der Weihnachtsmann eben nicht der große Wunscherfüller ist. Diesen Job muss schon jeder für sich allein erledigen. Und da habt ihr beschlossen, dieses Monster mit einem mutigen Stich ins Herz zu töten. Ihr wollt Mariah Carey hassen, wenn sie über den Supermarktlautsprecher ›All I Want For Christmas Is You‹ singt, wollt euch von euren Familien nicht mehr ausnehmen lassen wie eine blöde Weihnachtsgans und habt diese dämliche Schenkerei dicke. Aber aus Romantikerinnen werden nicht so einfach Revoluzzerinnen. Da muss man schon was für tun. Man legt seinen Charakter nicht ab wie ein Hund sein Winterfell.«

Mathilda holte sich einen Stuhl aus der Küche und setzte sich rittlings drauf, indem sie die Beine weit spreizte, die Ellbogen auf die Lehne stützte und das Kinn auf die Fingerknöchel legte, um ihre Haltung ein paar Sekunden später zu wechseln, nach ihrem Weinglas auf dem Couchtisch zu hangeln, es mit einem Schluck auszutrinken, obwohl es fast voll war, und sich umzublicken. »Wir sollten endlich Nägel mit Köpfen machen! Bei wem treffen wir uns als Nächstes?«

Ihr Blick blieb an Annalena hängen.

Wie auf ein geheimes Kommando wandten sich ihr die Augen aller Frauen zu. Sie zuckte zusammen und klammerte sich fester an ihr Glas. Sie wollte schlafen gehen. Sie war müde. Hinter ihren Schläfen pochte es. Wenn sie Pech hatte, war eine Migräne im Anmarsch. Das hatte sie nun davon. All die Cocktails. Der Wein. Sie war nichts mehr gewohnt.

Bloß nicht aufregen, nahm sie sich vor. Das sagte sich so leicht.

Sie holte einmal tief Luft, versuchte sich zu entspannen, und sah sich im Zimmer um, ohne die Blicke der anderen zu erwidern. »Vielleicht im neuen Jahr«, sagte sie in gespielt sorgenlosem Ton, »aber vor Weihnachten geht's nicht. Ich kriege in der ganzen Wohnung ... neue Fenster.«

»Ist das ein Grund?«, maulte Mathilda. »Warum bist du eigentlich hier? Was hast du gegen Weihnachten?«

O Gott, bitte nicht, dachte Annalena. Nicht dieses Seelenröntgen! Das konnte sie jetzt gar nicht gebrauchen. Und es war nie ihr Ding gewesen, anderen Menschen einen Blick in ihr Inneres zu gestatten. Sie war eine begabte Schauspielerin, keine so professionelle wie Eva, aber sie hatte durchaus Talent darin, anderen etwas vorzumachen.

»Sie mag den Sommer lieber«, sprang ihr Pia bei.

»Das Wetter stimmt nie«, sagte Eva. »Mit weißer Weihnacht könnte ich mich ja noch anfreunden, aber ständig dieser braune Matsch. Wer hat bei Nieselregen schon Lust auf ›Leise rieselt der Schnee‹?«

»Das ist alles?« Mathilda schüttelte fassungslos den Kopf und heftete ihre Augen auf Annalena. »Mehr ist da nicht?«

»Es muss ja nicht immer etwas Großes, Weltbewegendes passiert sein, um im Kleinen die Dinge zu ändern«, sagte Annalena und merkte selbst, wie lahm das klang.

»Und du?«, horchte jetzt Pia Mathilda aus.

»Ich? Mir wurde einfach nie beigebracht, wie man Weihnachten feiert. Ich komme aus einer Familie, in der es keine Traditionen und keine Rituale gibt. Das war überhaupt keine Familie, sondern eine Brutstätte des Wahnsinns.«

»Es geht eben nicht immer so harmonisch und gottesfürchtig zu wie bei den *Waltons*«, sagte Eva.

»Kennt ihr das noch?«, warf Uschi ein. »Gute Nacht, Mum! Gute Nacht, Dad! Gute Nacht, Kinder! Gute Nacht, Mary-Ellen! Gute Nacht, Ben! Gute Nacht, Elizabeth! Gute Nacht, Jim-Bob! Gute Nacht ...«

»John-Boy«, riefen die anderen wie aus einem Munde und lachten schallend. Plötzlich hatten sie gemeinsam einen Graben übersprungen, und einen Moment lang ließen sie sich mitreißen und surften auf dieser Welle der Leichtigkeit. Es war inzwischen weit nach elf, eine frisch geöffnete Weinflasche kreiste, man war von Hula-Rhythmen zu Reggae übergegangen, und die Speisereste auf dem Büffet waren nur noch traurige Erinnerung.

»Erzähl mehr!«, forderte Eva Mathilda auf, aber die gab sich störrisch. »Ein andermal. Wir haben heute genug gehört, meint ihr nicht? Ich will noch feiern! Habt ihr Lust?«

Die Frauen wirkten unentschlossen.

»Nicht weit von hier ist der ›Kiez-Schuppen‹.« Mit diesen Worten erhob sich Mathilda von ihrem Stuhl.

Es schien das Startsignal für den Aufbruch zu sein. Annalena war angenehm schläfrig. Nicht so wie häufig in letzter Zeit, wenn sich zur Müdigkeit Trostlosigkeit gesellte. Es war eher eine gewisse Melancholie, die einen befällt, wenn man mitten in Geschichten landet, von denen man nicht weiß, wie sie ausgehen werden. Vor allem die eigene nicht.

»Henriette hat dich vorhin in der Küche nach dem Laden gefragt.« Uschi blickte Annalena an. »Erinnerst du dich? Sie tat sehr geheimnisvoll.«

»Bernhard-Nocht-Straße«, sagte Eva. »Kenne ich. Gegenüber wohnt eine Freundin von mir. Sieht ziemlich mysteriös aus. Schwarz verklebte Scheiben.«

»Was hat denn Henriette mit dem Kiez zu tun?«, rätselte Mathilda. »Der passt zu ihr wie zu mir ein Leben in den Elbvororten mit Mann und Kindern, Golden Retriever und SUV. Was macht unsere Klosterschülerin hinter schwarz verklebten Scheiben?«

»Rede nicht so von ihr, Mathilda!«, rügte Pia. »Anderen weh zu tun, macht nicht glücklich.«

»Wenn du jetzt noch predigst: Aber es tut nicht weh, andere glücklich zu machen, dann schwenke ich eine goldene Schale mit Weihrauch und Myrrhe, singe ›Maria durch ein Dornwald ging‹, und wir beiden Hübschen feiern noch händchenhaltend Heiligabend zusammen.«

»Dazu wird es nicht kommen, das garantiere ich dir. Ich wäre bei der Beichte besser aufgehoben, denn ich gestehe, ich habe schon einige Male darüber nachgedacht, wie man ein dreistes Geschöpf wie dich umbringen kann.«

»Das würdest du sogar schaffen, ohne dass die Perlenkette verrutscht«, nuschelte Mathilda, die sich vor einem Taschenspiegel die Lippen in blühendem Rot nachzog. Zum Erstaunen der anderen steckte sie anschließend einen Finger in ihren Mund, umschloss ihn mit den Lippen und zog ihn dann wie ein nuckelndes Baby wieder heraus.

»Und das war jetzt wofür?«, fragte Katja, die sich mit

hautfarbenem Glanz im Ton von Marzipan-Rohmasse auf ihren Lippen begnügte.

»Gegen Farbe auf den Zähnen«, erklärte Mathilda.

Und so war es beschlossene Sache, dass sie vielleicht nicht mehr um die Häuser ziehen würden in dieser Nacht, aber zumindest Auszug halten bei Pia, um auf dem Kiez noch einen Absacker zu trinken.

Sie ließen alles stehen und liegen, die Musik wurde ausgeschaltet, die Kerzen gelöscht. Ganze Duftwolken von Jasmin und Orchidee, von Zitrone und Kokos blieben zurück, und sogar das Aroma von Sonnencreme mit Karamellnote hing noch im Raum, als sie, dick eingemummelt in ihre Mäntel, nach draußen strebten.

Die Luft roch wie frisch gewaschen. Der Himmel war tiefschwarz; kein einziger Stern, der da oben funkelte.

Rockin' Around The Christmas Tree

Ihr Ziel befand sich an der Schnittstelle von Reeperbahn, Speicherstadt und Hafen, der Fischmarkt war nicht weit. Die Finsternis verdeckte gnädig den vom Wind zusammengetragenen Schmutz, der in den Ecken zwischen den Häusern lag, zumal die Straßenlampen hier nicht die hellsten waren. Doch das unbarmherzige Licht des nächsten Tages würde auch noch den letzten Winkel ausleuchten.

Ein paar Lokale, eine Bar, ein Rock 'n' Roll-Hotel über einer Kneipe. Für Seeleute und andere harte Jungs. Kaum Weihnachtsstimmung. Ein paar rote Kugeln, die am Fenster einer Gaststätte an dünnen Kordeln baumelten. Dazwischen eine winzige Tanne, nicht größer als eine Männerhand, Kunstschnee auf künstlichen Zweigen. Plötzlich ein Lichtblick für Großstadtfrauen, für Frauen wie sie: ein bronzener Turm, der in den Mitternachtshimmel ragte. Vielleicht war er gar nicht bronze, dachte Annalena, aber in diesem Licht wirkte es so. Oder es lag an der Vorweihnachtszeit, dass man überall Glanz witterte, wo gar keiner war. Das war raffiniert. Es war ein Hotel, erkannte sie. Sie las den Namen und stellte fest, sie hatte davon schon gehört. Es führte vollmundig die Worte

»Lifestyle« und »Design« im Namen. Das kam immer gut an. Ein Hotel aus der Kategorie, in der sie selbst früher übernachtet hatte. Heute wäre es eher das ›Rock 'n' Roll‹ und unten drunter die Kneipe. Ein paar Flaschen ›Astra‹-Bier und ein Heringsbrötchen, um das sie sich mit einer Möwe streiten müsste. Das Leben war schon bemerkenswert. Sie war ziemlich guter Dinge, als sie im Pulk der anderen auf den Club zuging.

Sie traten in dichter Reihe ein. Da die Hinteren schoben und schubsten und drängelten, damit die feuchte Kälte sie nicht länger in Waden und Wangen zwickte, obwohl die Vorderen noch mit zwei Männern an der Tür verhandelten, kam es zu einem kleinen Tumult, und eine prallte mit ihren Brüsten in den Rücken der anderen.

»Geschlossene Gesellschaft!«, verkündete einer der Männer, und es gelang ihm sogar, Bedauern in seinen Blick zu legen. Offensichtlich tat es ihm leid, sie wieder nach Hause zu schicken. Vor allem die mit den langen, schwarzbestrumpften Beinen in den Hotpants und den Lippen, gegen die das Rot jeder Weihnachtsmannzipfelmütze verblasste. Seine Augen konnten sich nicht entscheiden, wo sie lieber verweilten. Also wanderten sie hin und her, und nachdem Mathilda ohnehin im Mittelpunkt des Interesses stand, war es nur logisch, dass sie sich zur Wortführerin ernannte.

»Was soll denn das heißen?«

»Heißt, was es heißt«, antwortete der andere, der gegen ihre Attraktivität immun zu sein schien.

»Hochzeit?«

Die Männer schüttelten den Kopf.

»Runder Geburtstag?«

Mathilda spähte umher, als gäbe es bereits hier im Vorraum ein Indiz auf die Feier, die hinter einem schweren dunkelroten Samtvorhang stattzufinden schien. Man spielte »Saturday Night Fever«. Was noch nichts zu bedeuten hatte, wie Annalena fand. Das passte zu allem. Vor allem zu einem Sonnabend, der soeben auf den Sonntag umsprang.

»Nein«, brummte der Strenge.

»Was denn sonst?«

»Ganz schön neugierig!«, grinste der andere.

»Na, was wird es wohl sein!«, fauchte Pia Mathilda an. »So schwer ist das doch nicht zu erraten.«

Mathilda drehte sich in Zeitlupe zu ihr um, verschränkte die Arne vor der Brust und blitzte Pia an.

»Dann klär mich bitte auf!«

»Das ist eine dieser furchtbaren Firmenweihnachtsfeiern, für die man schon im Sommer, wenn man noch den Urlaubssand in den Schuhen hat, eine geeignete Location suchen muss.«

»Passend zum sogenannten Herbstgebäck in den Geschäften, 35. Kalenderwoche«, schimpfte Eva. »Da liegen die ersten Lebkuchenherzen, Dominosteine und Blätterkrokantkugeln, wenn einem nach Wassermelone und eiskaltem Bier ist, und wenn nach dem Grillen die Grillen zirpen. Was bitte ist an Christstollen und Zimtsternen herbstlich? Übrigens eine immer wiederkehrende Frage unserer Kunden.«

»Wollen wir diskutieren oder rein?«, sagte Mathilda.

»Sie kommen nicht rein!«, bellte der unfreundliche Türsteher.

»Dann gehen wir eben wieder«, beschwichtigte Annalena.

»Wird ohnehin besser sein«, stimmte ihr Pia zu. »Bei Weihnachtsfeiern sollte man nur mit angezogener Handbremse Gas geben. Jeder kennt doch die Geschichten vom bösen Erwachen danach. Man trinkt zu viel Sekt, man küsst Menschen, die man normalerweise niemals küssen würde, man hat vielleicht sogar One-Night-Stands mit Leuten, mit denen man im Sportstudio noch nicht mal Seite an Seite schwitzend auf der Isomatte liegen möchte, man duzt Kollegen, von denen man am nächsten Morgen schon wieder den Vornamen vergessen hat, und am Ende beleidigt man noch den Chef. Kurz und gut: Auf Weihnachtspartys passieren unter Alkoholeinfluss die peinlichsten Sachen. Und wenn man nicht aufpasst, enden sie mit Kündigungen, mit beschämenden Fotos im Netz, mit ewigen Feindschaften, Kündigungen, Ehekrächen, Scheidungen und Geschlechtskrankheiten. Ganz zu schweigen von ungewollten Schwangerschaften.«

»Fest der Liebe?«, trumpfte Katja auf. »Fest der Triebe!«

»Ist ja schon gut, Ladys!«, sagte einer der Türsteher. »Nun kommen Sie mal alle wieder runter!«

Kein Gedanke daran!

Im Gegenteil.

Annalena spürte, wie ihre Wangen glühten. So, als habe sie soeben ihren Lieblingstee getrunken, grün mit dem Aroma getrockneter Rosenknospen. Wie früher. Vier Tassen davon, jeden Tag. Was ihr Teint ihr jahrelang gedankt hatte. Diesmal kam die leichte Röte daher, dass ihr Gefühl ihr sagte, sie habe heute Abend alles richtig gemacht. Es war gut, dass sie hier war. In dem Gewirr fröhlicher Stimmen, aufgehoben und geborgen in diesem Kreis von Frauen, so unterschiedlich sie auch sein mochten.

Und etwas zu erzählen hatte sie auch.

»Ich habe neulich im ›Stern‹ gelesen, dass bei englischen Weihnachtsfeiern ein Drittel aller Angestellten kollegialen Sex hat, fast siebzehn Prozent treibt es der Einfachheit halber gleich im Büro. Das meiste Geld wird vorher für Dessous und neue Boxershorts ausgegeben, fünfundzwanzig Pfund pro Person, und wenn man dann noch erfährt, dass die Briten bei ihren Christmas-Partys einhundertfünfundzwanzig Millionen Liter Alkohol süffeln … pro Saison … mein lieber Herr Gesangverein … Das ist doch mal eine Hausmarke.«

»Meine Damen«, versuchte sich einer der beiden Männer im nun einsetzenden Gelächter Gehör zu verschaffen, »ich kann Sie beruhigen. Hier findet keine Firmenweihnachtsfeier statt.«

»Nicht?«, rief einige von ihnen.

Es klang beinahe enttäuscht.

»Was denn dann?«, bohrte Mathilda und bewegte ihre schmalen Hüften lasziv im Takt der Discomusik. »Nun los, Jungs, rückt schon raus damit! Wir schauen uns das kurz an, genehmigen uns einen Wein, zahlen sogar dafür und hauen wieder ab. Versprochen! Ich brauche dringend was zu trinken.« Sie formte mit Zeige- und Mittelfinger das Victory-Zeichen. »Peace!«

»Hier findet heute …«, sagte der Jüngere der beiden und zögerte einen Moment, als sei er sich nicht sicher, ob er diese verrückten Weiber wirklich einweihen sollte, »die traditionelle Vollversammlung der Hamburger Weihnachtsmänner und Engel statt.«

»Ja, nee, ist klar!«, sagte Mathilda und lachte ein staubtrockenes Lachen. »Dass wir darauf nicht von allein gekommen sind! Und danach gehen sie alle in die Wolkenwerkstatt zum Christkind, wo sie für die kleinen Racker gemeinsam pädagogisch wertvolles Waldorfspielzeug wie Holzeisenbahnen und lila Lämmchen basteln.«

»Ein paar Heinzelmännchen sind auch dabei«, sagte der Ältere der beiden Türsteher.

»In der Himmelswerkstatt«, feixte Eva und schaute ihn an, als hätte sie es mit einem Bekloppten zu tun.

»Hier«, sagte der Mann und gab ihr genau diesen Blick zurück. »Heute Abend.«

»Ich leg mich gehackt!«, rief Mathilda. »Das ist zwar so, als würde man die Leute von Greenpeace zum Thunfischdosen-Testessen einladen, aber, hey, Leute, wir gehen da jetzt rein! Das will ich sehen.«

Die Männer guckten ihnen verdutzt nach, machten aber keine Anstalten mehr, die sechs Frauen zurückzuhalten. Vermutlich hatten sie eingesehen, dass es ohnehin keinen Zweck gehabt hätte. Und so bewegte sich die kleine Gruppe auf den Samtvorhang zu, der von Mathilda mit einem Peitschenhieb ihrer ausgestreckten rechten Hand zur Seite geschoben wurde. Das Klimpern der goldenen Gardinenringe tönte wie Glöckchengeläut. Normalerweise wären sie bei dem Lärm, den sie machten, kaum zu ignorieren gewesen, aber bei der Lautstärke der Musik beachtete sie niemand.

Und was war schon normal in dieser Nacht?

Etwa die Dutzende von Weihnachtsmännern in offizieller Uniform, die zappelten wie John Travolta? Umschwebt von Engeln mit goldblonden Locken, auf denen Haarreifen mit Heiligenschein thronten, und die mit ihren nackten Füßen unter wallenden weißen Kleidern leichtfüßig über den Tanzboden wirbelten? Zu immer wilderen Verrenkungen angestiftet von ausgewachsenen Kobolden mit bunten Zipfelmützen?

Mathilda lächelte königlich in die Runde. »Was sagt man denn jetzt dazu?«

Niemand sagte ein Wort. Alle waren beim Anblick der opulenten Dekoration verstummt.

Man konnte sich vornehmen, nicht mehr auf Weihnachtskitsch hereinzufallen, überlegte Annalena. Und sie hatte sich das fest vorgenommen. Aber sicher würde Gott dann dasitzen und sich lachend auf die Schenkel klopfen. Das machte er immer bei ihren guten Vorsätzen. An dieser miesen Tour waren schon viele ihrer besten Absichten gescheitert, wenn man auch zugeben musste, er hatte sich selten geirrt. Auch im Moment war sie wieder dabei, alle Vorsätze zum Teufel zu jagen, bis sie ein paar Wochen später in der gewiss sehr einsamen Silvesternacht neue fassen würde – keinen Alkohol mehr, keine Kohlenhydrate, keine Süßigkeiten, dafür Bauchmuskeltraining daheim auf dem Fußboden. Das Übliche halt. Doch bei dieser Dekoration standhaft zu bleiben, das ging weit über jegliche Pasta-, Pinot- und Pralinen-Abstinenz hinaus. Das war geradezu unmenschlich. Eine Tortur.

Der ganze riesige Raum war ein Zauberwald aus Baumstämmen und Buchsbaumpyramiden, an denen Kunstschneeflocken wie weiß glitzernde Kristalle klebten. Die Leuchtröhrenskulptur eines Rentierschlittens schien geradewegs in den Himmel zu fahren. Bäume und Büsche waren mit Abertausenden von Lämpchen gespickt, die sich wie kleine Aquamarine gegen das strahlende Weiß des Schnees abhoben. Alles war in dieses magische azurfarbene Licht getaucht.

»Es wirkt wie das Blau von Eisgletschern«, brüllte Katja gegen die Musik an. »Ich habe ja schon vieles erlebt. Jede Babymassage- und Kleinkinder-Yoga-Gruppe, jede Tanzmäuse-Schar, jeder Zwergensportverein und jedes Fußballknirpse-Team glaubt ja heutzutage, eine Weihnachtsfeier veranstalten zu müssen. Aber dass die Weihnachtsmänner eine Weihnachtsfeier machen, das war mir neu.«

»Wie gefällt es euch?«, vernahmen sie eine Stimme in ihrem Rücken. Sie fuhren herum und erblickten Mathilda. Irgendwie hatte sie das Kunststück fertiggebracht, sich durch das Gedränge bis an die Bar zu schieben und mit einem Glas Rotwein zurückzukehren. Sie prostete ihnen zu, bevor sie es zum Mund führte.

»War sogar gratis. Weil morgen der erste Advent ist. Wie findet ihr's?«

»Wir haben uns gerade über die Deko unterhalten«, sagte Katja.

»Ein unverantwortlich hoher Energieverbrauch«,

sagte Mathilda. »Weihnachten ist nicht nur mentaler Müll, es ist Umweltverschmutzung mit Licht.«

»Ich hole mir ein Wasser«, kündigte Katja an, was auf Annalena den Eindruck machte, als wollte sie sich vor Mathildas Rebellentum in Sicherheit bringen. Dann sah sie sich suchend um, da sie die Theke in dem Menschengewimmel nicht entdecken konnte.

»Immer der gigantischen Weihnachtsmannattrappe nach!«, wies ihr Mathilda den Weg. Sie wirkte etwas unkonzentriert, ließ ihre Blicke schweifen und Annalena links liegen. Die stand unschlüssig da, die Tasche über der Schulter, den Mantel über ihre vor dem Schoß gefalteten Hände gehängt. »Du suchst Henriette?«, versuchte sie schließlich, Mathildas Aufmerksamkeit zu gewinnen.

»Wen sonst? Ist natürlich völliger Schwachsinn, zu glauben, sie könnte hier sein. Was soll sie auf einer Weihnachtsmann- und Engel-Vollversammlung? Hat sie keine Hobbys?« Mathilda seufzte und beantwortete ihre Frage gleich selbst. »Wahrscheinlich nicht. Aber hier ist sie auf keinen Fall. Hat sie wirklich nach dem ›Kiez-Schuppen‹ gefragt?«

Annalena nickte, spürte aber erste Zweifel in sich aufsteigen. Das hatte sie in letzter Zeit häufiger. Zuerst war sie sich ihrer Sache völlig sicher, dann plötzlich fühlte sie sich wie auf schwankendem Boden, so als wäre sie gerade aus einem Kirmeskarussell gestiegen. Manchmal suchte sie vergeblich Halt, und das sogar bei ihren eigenen Worten, denen sie auch nicht mehr so recht trauen wollte. Sie traute niemandem. Vor allem nicht sich. Doch dann fiel es ihr ein. »Uschi hat es ja auch gehört«, sagte sie zögernd.

»Ausgeschlossen! Hier kann sie nicht sein! Vielleicht hat Henriette etwas verwechselt und unterwegs ihren Irrtum bemerkt.«

»Vielleicht ist sie auch schon wieder weg? Sie wollte doch nur etwas abgeben.«

»Keine Ahnung! Ist ja auch egal. Manchmal ist sie ein bisschen durch den Wind. Ab und zu denke ich, sie passt nicht in diese Welt.«

»Du magst sie.«

»Frage oder Feststellung?«, wollte Mathilda wissen.

»Beides.«

»Kommt drauf an!«

»Auf was?«

»Wie sich das mit ihr weiterentwickelt.« Das hatte Mathilda Annalena ins Ohr geschrien, und als auf einmal die Musik verstummte, hallten ihre Worte bis zu den Umstehenden. Im selben Moment bekam Annalena einen Schubs, machte einen Satz nach vorn und stieß gegen das Steißbein des Weihnachtsmannes. Ein stämmiger Herr drehte sich in Zeitlupe zu ihnen um und brummte so gemütlich, wie nur Weihnachtsmänner brummen können.

»Wenn er jetzt noch ›ho ho ho‹ sagt«, meuterte Mathilda, »ist das voll das Klischee.«

Der Mantel des Weihnachtsmanns roch nach Mottenpulver. Auf seinem Kopf hüpfte ein Bommel an einer roten Mütze, um die üppige Leibesmitte hatte er einen breiten schwarzen Ledergürtel mit goldener Schnalle geschlungen, die Füße steckten in klobigen Stiefeln, und sein angeklebter weißer Bart war der längste, den man sich vorstellen konnte. Er reichte bis zum Gürtel und war gelockt wie Pudelfell.

»Na, kein Engelkostüm mehr abgekriegt?«, sagte er und zwinkerte ihnen zu.

»Wir sind keine Engel!«, blaffte ihn Mathilda an. »Ich jedenfalls nicht. Ich bin das Gegenteil davon.« Sie knuffte Annalena in die Seite. »Vielleicht ist sie einer.«

»Kommt drauf an!«, gebrauchte Annalena Mathildas Worte.

»Auf was?«

Sie lächelten sich in plötzlichem Einverständnis an.

»Ob du auch einen Schneeengel gelten lässt, den ich als Kind oft gemacht habe.« Annalena warf ihren Mantel über die Schulter und ruderte mit den Armen, um ein Gefieder anzudeuten.

»Dann war sogar ich mal einer«, sagte Mathilda. »Ist aber verdammt lange her.«

»Kann nicht lange her sein. Du bist jung.«

»Neunundzwanzig.«

»Und beim Fernsehen, wie ich gehört habe.«

»Kennst du die Doku-Reihe *Tester in Tarnung*?«

Annalena schüttelte den Kopf, obwohl es eine Lüge war. Sie kannte sie, wollte sich aber nicht erneut anhören müssen, dass sie zu viel fernsah.

»Kommt immer nachmittags, wenn normale Menschen arbeiten. Fünf Personen übernachten in einem Hotel, vier sind Laien, einer ein Hotelinspektor, und alle prüfen das Haus auf Herz und Nieren. Es geht zum einen darum, wie sie es bewerten, und zum anderen, ob der Hotelbesitzer den Profi entlarvt. Gelingt das, gibt es einen Bonuspunkt. So kamen wir in das Hotel von Johannes Jork. Er hat den Wettbewerb in dieser Woche übrigens gewonnen.«

Mathilda schenkte dem älteren Herrn mit dem Lockenbart einen strafenden Blick, weil er immer noch an ihrer Seite verharrte, doch das schien ihn nicht zu kümmern. Ein Lächeln pflanzte sich auf sein pausbäckiges, rotwangiges Gesicht, und der Faltenkranz um seine blassblauen Augen vertiefte sich.

Mehr Güte ging nicht.

Mehr Weihnachtsmann ging nicht.

Aus den Augenwinkeln beobachtete Annalena, wie er einem jungen Weihnachtsmann in der Nähe der Theke zuwinkte und zwei Finger in die Luft streckte.

Mathilda entschied sich, ihn nicht länger zu beachten. Sie rückte ein Stück von ihm ab, näher an Annalena heran, und setzte ihre Erzählung fort: »Henriette wird von ihrer Chefin in der Praxis als Masseurin an Johannes' Hotel vermittelt, wann immer eine für die Gäste gebraucht wird. Ihre Spezialität sind Hand- und Fußmassagen mit einem erwärmten Gewürzöl. Die Leute sind verrückt danach. Ich habe es selbst ausprobiert. Es ist der Wahnsinn! Das schwemmt dir den Stress aus den Poren. Glaub mir, wenn du beim Fernsehen bist, weißt du, was Stress ist. Auch der Profi-Tester ist ihr unter die Hände geraten. Der Typ ist schier zerflossen vor Wonne, hat ständig was von Entschleunigung gefaselt und später für das ganze Haus die Fünf-Sterne-Karte gezückt. Seit den Dreharbeiten haben Henriette und ich Kontakt. Wir trafen uns auch noch häufig mit Pia und Johannes, bis zu ihrer Trennung.

Danach war Funkstille. Bis zum Sommer, als Pia fragte, ob wir Lust hätten, bei ihrem Weihnachtsboykott mitzumachen. Henriette hat ein Weihnachtstrauma; ich hatte den Traum von Weihnachten noch nie. Sie konnte sich also ziemlich sicher sein, dass wir mit von der Partie waren. Dass sie *mich* allerdings überhaupt dabeihaben wollte, hat mich erstaunt. Ich glaube, sie kann mich nicht ausstehen.«

Der junge Weihnachtsmann, dem der ältere vor wenigen Minuten ein Zeichen gegeben hatte, kam nun auf sie zu. Ohne auf ihr Einverständnis zu warten, drückte er jeder von ihnen einen Becher Glühwein in die Hand.

Grüner Schriftzug auf roter Keramik.

Merry Christmas.

»Ich möchte kein Almosen vom Weihnachtsmann«, zischte Mathilda Annalena zu, »auch wenn er süß ist. Wahrscheinlich stellen sie nach seinem Vorbild in der Werkstatt vom Christkind Plüschhunde her.«

»Trink!«, befahl ihr Annalena und war selbst erstaunt über ihren barschen Ton.

Sie selbst nippte am Tassenrand. Es war ein sehr heißes Gebräu aus einem ganz ordentlichen Landwein, vielleicht ein Côte-du-Rhone oder ein Dornfelder, aromatisiert mit Gewürznelke, Sternanis, Zimt und der saftigen Frische von Zitrusfrüchten.

Sie musste aufpassen, dass sie sich nicht die Zunge verbrannte. Die Befürchtung schien Mathilda nicht zu haben, die mit ziemlicher Lautstärke in eine Musikpause hineinposaunte: »Mein Fall war Pia noch nie. Allein, wie sie sich immer als Hoteldirektorin aufspielte. Dabei war sie das gar nicht. Das Hotel ist einzig und allein Johannes' Sache.«

»Das ist nicht fair!«, wies Eva sie zurecht, die hinzugetreten war und ihre Worte gehört hatte. »Pia hat diesem Haus ganz eindeutig ihren Stempel aufgedrückt.«

»Du kannst das doch gar nicht beurteilen! Als ihr euch über den Weg gelaufen seid, war alles schon vorbei«, sagte Mathilda.

»Ich war mal da. Sie hat mich mitgenommen und mir alles gezeigt, als Johannes zu einem Hotelierskongress in Berlin war.«

Nun hatten sie zwei Weihnachtsmänner an ihrer Seite, und keiner der beiden machte Anstalten, das Feld zu räumen. Im Gegenteil. Der Ältere streckte seine Rechte aus und reichte sie Eva.

»Gestatten! Ich bin Rochus Klünder. Und das ist mein Sohn Benedict.« Er deutete auf den Jüngeren, der ihnen den Glühwein gebracht hatte, einen attraktiven Mann, dessen weißer angeklebter Bart im Kontrast zu den schulterlangen dunklen Haaren unter der roten Mütze stand.

»Was wird das hier, wenn's fertig ist?«, fragte Mathilda, nachdem sie alle ihre Namen genannt hatten, und scannte den Raum mit einem Hundertachtzig-Grad-Blick.

»Sie können von Glück sagen, dass man Sie reingelassen hat. Oder ...«, Benedicts Stimme war warm und lebhaft, und seine Augen glitzerten blau wie die Weihnachtsbeleuchtung, als er Mathilda anlächelte, »vielleicht sollte ich das eher von mir behaupten.«

»Was es nicht alles gibt!«, sagte Eva. »Warum versammeln sich denn um Gottes willen Weihnachtsmänner und Engel?«

»Das machen wir jedes Jahr Ende November«, erwiderte Rochus. »Wir legen unsere Kostüme an, um zu zeigen, dass sie tipptopp in Ordnung sind. Wer keines hat, kann sich eins leihen. Die Engel präsentieren ihre Flügel. Auch die haben picobello zu sein. Und wir müssen beweisen, dass jeder von uns zwei Weihnachtslieder und zwei Gedichte aus dem Effeff kann.«

»Jesus!«, rief Eva.

»Ja«, lachte er. »Genau um den geht's ja. Es ist die Generalprobe für den wichtigsten Abend des Jahres.«

»Und welche himmlischen Mächte organisieren das?«, fragte sie.

»Sehr irdische. Das Studentenwerk. Mich hat mein Sohn hergeschleift. Er studiert Musik. Er meinte, ehe ich mich weiterhin zu Hause verkrieche, was ich seit dem Tod meiner Frau vor sieben Jahren zunehmend getan habe, sollte ich lieber den Weihnachtsmann spielen und am Heiligen Abend ein paar Familien glücklich machen.«

»Wollen Sie sich als Engel bewerben?«, hakte Benedict nach. »Das ist nämlich nicht so leicht. In unserer Branche gibt es einen Frauenüberschuss. Mehr Engel als Weihnachtsmänner.«

»Für diese Engel gibt es auf Erden immer ein Plätzchen«, sagte Rochus. Sein Blick fiel auf ihre Hawaii-Ketten. »Auch wenn die Damen von einer Gegenveranstaltung zu kommen scheinen.«

Mathilda spitzte die Lippen, bevor sie mit einem maliziösen Lächeln sagte: »Sie wollen wissen, wo wir waren? Wir haben heute Abend den Weihnachtsmann in die Wüste geschickt.«

»Das stimmt so nicht«, widersprach Eva. »In die blütengeschwängerte Luft Hawaiis.«

»Erzähl doch weiter! Warum hast du nie den Traum von Weihnachten geträumt?«, nahm Annalena das Gespräch mit Mathilda wieder auf, wobei sie mit den Lippen beinahe ihr Ohr berührte.

»Das ist nichts, worüber man lange reden müsste«, antwortete Mathilda, milderte jedoch die Schroffheit ihrer Worte, in dem sie hinzufügte: »Hat sich nie ergeben. Ich bin sozusagen weihnachtslos aufgewachsen. Die einzige Konstante, die wir zu Hause hatten, waren die ständig wechselnden Beziehungen meiner Mutter. Von meinem Vater hat sie sich gleich nach meiner Geburt getrennt, Geschwister habe ich keine. Die Männer kamen und gingen, das ist heute noch so. Sie ist eine sehr schöne Frau, von Beruf Fotografin, spezialisiert auf Künstlerporträts. In einem Jahr feierten wir bei der Mutter von Clemens, im nächsten bei der Schwester von Vincent, im dritten bei den Freunden von Mattes. Immer woanders, nie bei uns. Wir wussten gar nicht, wie's geht. Keine Weihnachtsgeschichte. Keine Weihnachtsgedichte. Keine Weihnachtslieder. Keine familieneigenen Plätzchenrezepte, die man weitervererbt von Generation zu Generation.«

»Bäumchen wechsle dich«, sagte Annalena.

»Zumindest wechselten wir jedes Jahr unter einen anderen Baum«, sagte Mathilda. »Kaum hatte ich mich an einen Ersatzvater gewöhnt und an die zwei Kinder, die er mit in die Patchwork-Familie brachte, und wir hatten bei seinen Eltern Weihnachten gefeiert, mit allem Drum und Dran, mit polnischer Hafermastgans und Brettspielen und Kabelbrand im Sicherungskasten, da war Ostern schon wieder alles vorbei. Als ich klein war, habe ich meine Freundinnen beneidet. Bei ihnen gab es eine eigene Tanne, die sie mit ihren Eltern schmücken durften, sie backten mit ihrer Mutter Bethmännchen, und ihre mühevoll gebastelten Geschenke wurden nicht sofort im Keller zu Grabe getragen, wo sie Jahre später beim Ausbuddeln ähnlich gruseliges Entsetzen hervorriefen wie Funde auf dem *Friedhof der Kuscheltiere.* Meine frühen Werke aus der Periode der Wachsmal- und Tuschkastenbilder, der von mir gehäkelte Christbaumschmuck in Form kleiner Schneemänner, die Makramee-Blumenampeln und die gestrickten Weihnachtsmannmützen-Eierwärmer, nie wurde irgendwas davon benutzt, nie schien es Freude zu bereiten, nie wurde ich dafür gelobt. Es landete irgendwann einfach auf dem Müll.«

»Und was schenkte man dir?«

»Meine Mutter war nicht sehr fantasiebegabt. Hatte sie einen Freund mit einer Tochter in meinem Alter, bekam ich das, was die bekam. Das waren dann diese bunten Hartgummi-Ponys mit Mähnen in Bonbonfarben, da war ich sechs oder sieben, und ein paar Jahre später bei einem anderen, der auch eine Tochter hatte, kriegten wir beide im Alter von dreizehn einen BH.«

Mathilda schwieg einen Moment. Dann sagte sie, die Stimme plötzlich kalt wie die einer Eiskönigin: »Aber können wir jetzt bitte davon aufhören! Weihnachten ist wirklich keine große Sache für mich. Es ist wie mit der

Liebe. Menschen, die sie nicht kennen, vermissen sie weniger als diejenigen, denen sie mal begegnet ist.«

Annalena spürte sie in ihrem Rücken, bevor sie sie sah.

»Wo steckt ihr denn?«, vernahm sie Uschis Stimme.

Annalena und Mathilda drehten sich um.

Wie Vögel auf der Stange hatten sie sich hinter ihr aufgereiht.

Uschi. Katja. Und Pia.

»Wir dachten, wir gucken mal, wo ihr abgeblieben seid«, sagte Pia.

»Wir haben uns ein bisschen festgequatscht«, entschuldigte sich Annalena. »Ich wollte gerade gehen. Kommt ihr mit?«

»Warum denn so eilig?«, protestierte Benedict, der immer noch neben ihnen stand.

Mit einem lammfrommen Lächeln zwinkerte Mathilda ihr zu. »Ja, wieso auf einmal diese Hektik?«

»Ich hole uns noch was zu trinken«, sagte Benedict. »Wein?«

Sie nickten.

»Rot oder weiß?«, wandte er sich an Mathilda.

»Rot«, gurrte sie. »Rot wie dein Mantel.« Sie befingerte den Stoff. »Er ist so weich.«

»Und Sie, gnädige Frau?«, sagte Rochus Klünder zu Eva. »Was darf es für Sie sein?«

»Sie werden lachen«, sagte sie. »Ich hätte gern ein Bier.«

Nein, der Weihnachtsmann lachte nicht. Ihm war nichts Menschliches fremd.

»Endlich eine Frau mit Geschmack«, sagte Rochus.

Zuerst wippten nur Annalenas Füße. Dann kreisten ihre Hüften, die Schultern zuckten. Einen Moment lang tanzte sie selbstvergessen auf der Stelle und schwang ihren Körper sanft hin und her, denn mehr war nicht drin in dem Menschengewühl. Sie hätte sich einen Weg zur Tanzfläche bahnen können, aber das wäre nun wirklich zu auffällig, dachte sie, wenn ihr Paul McCartneys »Wonderful Christmas Time« und »Thank God It's Christmas« von Queen derart in die Beine gingen.

Und doch gelang es ihr, sich unbemerkt von den anderen mit tänzelnden Schritten in den hinteren Teil des Raumes zu bewegen. Sie registrierte ein paar bewundernde Blicke. Galten die wirklich ihr?, fragte sie sich. Standen Weihnachtsmänner auf nachhaltige Erotik? Sie war froh, dass ihre Gedanken nicht für alle sichtbar in einer Sprechblase über ihrem Kopf schwebten. Und du lieber Gott, was war das für ein Büffet, auf das sie geradewegs im Rhythmus der Musik zuglitt? Dutzende von Desserts, eines appetitanregender als das andere.

Dem Gespräch zweier Engel neben ihr entnahm sie, dass die Gäste die Süßspeisen mitgebracht hatten.

»Schau doch nur!«, sagte der eine der beiden, die Schildchen an den Speisen studierend. »Nougat-Parfait mit Rumtopfkompott. Marzipan-Crème brûlée mit Gewürzkirschen. Spekulatius-Tiramisu. Lebkuchen-Panna cotta. Honigprinten-Mousse. Christstollen-Mandel-Terrine mit Bratapfel.«

War er das, der Himmel auf Erden?

Ein Stück Kuchen nur, dachte Annalena. Ein schmales Stück von der Punschtorte.

Das machte sie noch lange nicht zu einer Streikbrecherin.

Man hatte nicht gleich ein Rückgrat aus Gelatine, nur weil man diesen Zuckerbäckerköstlichkeiten nicht widerstehen konnte.

Außerdem hatte sie mehr Alkohol zu sich genommen, als einer weiblichen westeuropäischen Leber guttat. Das war immer eine brauchbare Ausrede bei plötzlich einsetzender Charakterschwäche, schwindender Willensstärke und erschütternder Disziplinlosigkeit. Und eines war unbestritten: Wer trank, musste essen.

Sie verschloss für eine Sekunde ihren Mund mit den Fingern, um ihrem Magen zu signalisieren, dass er aufhören sollte zu knurren, damit sie noch einen kleinen Moment der Vorfreude genießen konnte, da erstarrte sie.

War das da vorne nicht Henriette? Dieser wild tanzende, blondgelockte Engel in einem bodenlangen weißen Gewand, der die Hände in die Luft warf?

Der Engel schien auch sie entdeckt zu haben. Das erkannte Annalena an den gesenkten Augenlidern, die dabei halfen, ihren Blick zu meiden, und an dem plötzlich ganz schmal gewordenen Mund.

Dann war der Engel verschwunden.

Dummes Zeug, sagte sich Annalena. Natürlich war das nicht Henriette gewesen.

Oder doch?

Nein, nein, rief sie sich zur Vernunft. Definitiv nicht. Das lag am Glühwein, der hatte es in sich. Da sah man schon mal Gespenster. Oder Engel, die einem noch kurz zuvor als irdische Wesen begegnet waren.

Und natürlich waren auch all die Nachspeisen schuld, die das Blut vom Hirn in den Magen jagten. Nun ließ es sich nicht mehr verhindern. Sie nahm ein Stück von der Punschtorte. Reine Nervennahrung, beruhigte sich Annalena. Sie war heute Abend zu einer militanten Weihnachtsgegnerin geworden, und diesen einmal eingeschlagenen Weg würde sie nicht mehr verlassen.

Durchatmen.

Durchhalten.

Es war nur so, dass der Körper im Winter manchmal nach Dingen verlangte, die einem die Sinne wärmten. Das lag an der Süße der Muttermilch, hatte Annalena neulich gelesen, die in stürmischen, kalten Zeiten einst eine verlässliche Orientierungshilfe gewesen war. Es war sozusagen ein evolutionsbiologischer Effekt. Das verdammte Erbgut.

Vielleicht spekulierte sie aber auch nur.

Hatte Spekulation eigentlich was mit Spekulatius zu tun?

Noch ein Stückchen von der Zimtsterntorte, nur eine Winzigkeit, ein Streifchen, ein Gäbelchen voll, dann ging Annalena zu den anderen zurück.

Pia und Katja waren gerade im Aufbruch und hatten Annalena gesucht, um sich zu verabschieden. Auch Uschi wollte los und wartete auf sie. Sie hatten den gleichen Weg. Da war es nur logisch, den gemeinsam zurückzulegen.

Eva und Mathilda waren die beiden Einzigen, die um halb zwei in der Nacht noch nicht den Wunsch verspürten, die Party zu verlassen und nach Hause zu gehen. Mathilda und Benedict waren ins Gespräch vertieft, und

Rochus hing an Evas Lippen. Seine Aufmerksamkeit tat ihr gut, das war nicht zu übersehen.

Er schien ein Weihnachtsmann mit Leib und Seele zu sein, und was war Weihnachten schon anderes als die innigste Mischung dieser beiden Elemente? Da mochten findige Werber ruhig weiterhin verkünden, Weihnachten würde unter dem Baum entschieden, und ihren Kram unters Volk bringen.

Eine Muh, eine Mäh, eine Täterätätä.

Weihnachten wurde immer noch in der Krippe entschieden.

Und manchmal auch in der Kiste.

Aber all das behielt Annalena heute Abend lieber für sich.

Und so verließ sie an der Seite von Uschi den Club und spazierte gemeinsam mit ihr zur U-Bahn-Station an den Landungsbrücken, wo sie sich erschöpft auf eine Bank fallen ließen. Annalenas Schädel brummte schon jetzt. Wenn der Kater so gut wurde wie der Rausch, dachte sie, dann hatte sie noch lange was davon. Glückwunsch! Ihr Kopf würde wohl den ganzen Sonntag glühweinen. Ihre Füße in den zierlichen Stiefeletten waren geschwollen und brannten an den Fußsohlen. Sie sehnte sich nach einem tiefen traumlosen Schlaf.

Wie von weither drang Uschis Stimme zu ihr.

»Glaubst du, dass es den Club der Weihnachtshasserinnen auch weiterhin gibt?«

Annalena konnte ein Gähnen nicht unterdrücken. »Nein, ich glaube nicht, dass wir uns wiedersehen.«

Bald ist Nikolausabend da

Der Nikolaus war ein guter Mann und schien nichts dagegen zu haben, dass sich an seinem großen Tag sechs Frauen, die weder Sympathie für ihn noch für seinen braven Gehilfen Knecht Ruprecht hatten, vor einer Haustür in den Elbvororten trafen. In Othmarschen im Hamburger Westen, in einer kleinen Straße, die von der Elbchaussee abzweigte und in der die Häuser es sich zur Aufgabe gemacht hatten, sich streng voneinander zu unterscheiden. Keines war wie das andere. So wenig wie Menschen. Von hier aus waren es nur acht Minuten zu Fuß bis zum Elbstrand, wo man dieses Erlebnis von Sand zwischen den Zehen hatte, mitten in der Metropole, was einzigartig war und einen an grauen Tagen selbst das fieseste Fisselwetter ertragen ließ. Im Gegenlicht wirkten die Hafenkräne auf der anderen Seite des Flusses wie gigantische Insekten in einem utopischen Film.

Othmarschen war ein feines Pflaster. Der hohe Anteil an älteren Bewohnern sorgte für eine sonntägliche Ruhe, die selbst während der Woche über allem lag.

Sie standen vor dem Haus mit der Nummer siebzehn, einer alten, dreigeschossigen Patriziervilla mit verwunschenen Türmchen und Erkern aus rotem Backstein, mit schwarzen Dachschindeln, Sprossenfenstern und einer von Säulen gestützten Pergola über dem Eingang. Das Weiß der Fensterrahmen und der Gartenpforte hatte den Ton grau gewordenen Schnees angenommen, das Grün der Eingangstür war verblichen. Rhododendronbüsche, an denen im Frühling schwere purpurfarbene Blüten hängen würden, säumten das Haus. Eine Ligusterhecke schützte das Anwesen zur Straße hin.

Annalena wusste, wie es sich anfühlte, hier zu wohnen. Sie hatte einst Freunde in der Nähe gehabt. Die Sommertage waren warm und golden, die Sommerabende mild, und Hamburg war nichts anderes als die schönste Stadt der Welt. Sie wusste, wie es war, wenn die Sonne über der Elbe stand und ein schmeichelnder Wind den Geruch des Wassers und das Parfüm der Rosen aus den Vorgärten zu einem herüberwehte. Den Geruch von frisch gemähtem Gras, süßlich duftenden Linden und allem Blühenden, von Kräutern und vom Abendessen, das in den Küchen nebenan gekocht oder in Form verführerisch riechender Steaks auf den Rost eines Grills gepackt wurde. Nichts zu spüren vom Lärm des Lebens, von der Hektik der Stadt. Sie waren an den lauen Abenden oft hier unten in der Nähe des Flusses gewesen.

»Ich will sofort Sommer haben!«, jammerte Uschi. »Und ich will ihn in diesem Garten verbringen! In dieser deprimierenden Jahreszeit, in der die Menschen ihrem Dackel zu Weihnachten einen Schal schenken und ihren besten Freunden beim Schrott-Wichteln einen Tischsauger in Form einer Kuh mit dem Staubbeutel im Euter, werde ich in Zukunft Winterschlaf halten.«

»Deine Sorgen möchte ich haben!«, zeterte Mathilda. Dann sprach sie aus, was alle inzwischen kapiert hatten: »Sie ist nicht da! Sonst wäre es ziemlich rücksichtslos, uns hier die Beine in den Bauch stehen zu lassen.«

»Das kommt davon, wenn man unangemeldet auftaucht«, tadelte Pia. »So etwas gehört sich nicht. In Hamburg schon gar nicht. Du weißt doch, dass Henriette diesen hanseatischen Dünkel hat.«

»Sie kann mir nicht verbieten, mir Sorgen um sie zu machen. Seit der Party bei dir habe ich nichts mehr von ihr gehört. Und das ist jetzt genau eine Woche her.«

»So treffen wir uns wenigstens alle mal wieder«, sagte Uschi und tuschelte Annalena ins Ohr: »Auch wenn du das nicht geglaubt hast.«

»Im ersten Stock hat sich eine Gardine bewegt!«, stellte Katja fest.

»Ich wusste, dass sie da ist«, triumphierte Mathilda. »Wo sollte sie auch sonst sein an einem Samstagnachmittag?« Sie bückte sich, zog ein Steinchen aus der lehmigen Erde eines vom tagelangen Regen aufgeweichten Blumenbeetes und warf es gegen das Fenster, auf das Katja gedeutet hatte.

»Wie ein Galan, der um Aufmerksamkeit buhlt«, sagte Eva und erntete dafür von Mathilda einen vernichtenden Blick. Rasch wechselte sie das Thema: »Wohnt sie ganz allein in diesem riesigen Haus?«

Mathilda nickte. »Tut sie. Ihr Vater lebt inzwischen in einem Luxusheim für Demenzkranke in der Nähe von Zürich mit Blick auf Wiesen, Berge und Schnee auf den Gipfeln. Das ist die gute Nachricht. Die schlechte ist: Er weiß nicht mehr, ob er drei oder vier Kinder hat, weigert sich, seine Sachen anzuziehen, weil er davon überzeugt ist, es seien nicht seine eigenen, sondern welche aus der Altkleidersammlung, und unterhält sich am besten, wenn man ihm Kinderbücher vorliest und mit ihm singt. ›Drei Chinesen mit dem Kontrabass‹ mag er besonders gern. So hat es mir Henriette erzählt.«

»Und die Mutter?«, fragte Katja.

»Die ist tot. Sie hatte …« Während das Wort »Krebs« noch aus ihrem Mund kroch, wurde die Tür langsam geöffnet, und Henriettes Kopf erschien im Spalt. Sie wirkte steif und scheu, bleich wie ein Stück Weißbrot, und konnte ihre Erschütterung nicht verbergen, dass sechs Besucherinnen unangemeldet vor ihrer Tür standen, obwohl sie die Frauen bereits vom Fenster aus erspäht haben musste. Sie kam Annalena noch unscheinbarer vor als bei ihrer ersten Begegnung am vergangenen Samstag, falls das überhaupt möglich war. Einen Moment lang schien Henriette mit einem ängstlichen Blick Annalenas Gesicht zu erforschen, als hätte sie Angst, dahinter könnte ein Geheimnis wohnen, über das Annalena gleich so unverblümt plaudern würde wie Mathilda über Henriettes Familiengeschichte.

Sie bat die Besucherinnen herein. Was sollte sie auch sonst tun? Man ließ nicht sechs Frauen im Regen stehen. Sie wartete an der Tür, bis sie alle eingetreten waren, setzte sich dann an die Spitze der kleinen Gruppe und ging voran, wobei sie unablässig am Mausezähnchensaum ihres zwetschgenfarbenen Pullovers zuppelte, der auf den Hüften über einer grauen Flanellhose endete.

So gelangten sie ins Wohnzimmer.

Das Gebäude war unheimlich und düster. Alles daran war düster. Die Nussbaumdielen auf den Fußböden, die Holzverkleidung an den Wänden, die Bücherregale und Einbauschränke aus massiver dunkler Eiche. Durch das Haus waberte ein muffiger Geruch, die Schritte der Frauen auf dem Holzboden klangen hohl. Der Blick nach draußen wurde von zahlreichen Sprossenfenstern beschränkt. Die vorderen gingen zur Straße hinaus, die hinteren zeigten auf eine Terrasse inmitten eines großen Gartens, der von hohen Tannen und Ulmen eingezäunt war. Den Wohnraum prägten Jagdtrophäen an den Wänden, in den Ecken lauerten lebensgroße Wildkatzen aus Porzellan und auf den Dielen lagen Tierfelle.

»Mein Vater war leidenschaftlicher Jäger«, sagte Henriette.

Ungefragt machte sich Mathilda an einem der Fenster zu schaffen. »Wie wäre es mal mit Lüften?«

»Lass bloß zu!«, sagte Pia. »Wir frieren uns tot!«

»Der Geruch geht nicht mehr raus«, sagte Henriette. »Warum seid ihr hier?«

»Weil niemand von uns in der letzten Woche auch nur ein Sterbenswörtchen von dir gehört hat«, erklärte Mathilda. »Reicht das als Grund? Außerdem wollten wir schauen, wie du lebst.«

»Da gibt's nicht viel zu gucken.«

»Das würde ich nicht unbedingt so sehen.«

»Wohnst du ganz alleine hier?«, drückte Eva erneut ihre Verwunderung aus. »Inmitten all dieser toten Tiere und Trophäen?« Sie schwenkte vielsagend den Arm.

»Ja. Als ich kleiner war, war mir all das unheimlich. Meine Schwester und ich trauten uns nachts nur zu zweit aufs Klo. Früher wünschte ich mich fort von hier, weit weg aus diesem Haus, dieser Stadt. Aber man gewöhnt sich an alles.«

»Eine ganz eigenartige Atmosphäre«, raunte Uschi Annalena zu. »Alles wirkt so freudlos und finster.«

Annalenas Blick fiel durch eines der hinteren Sprossenfenster. Sie blickte auf einen kleinen Teich, in dem kein Wasser mehr stand und der überwuchert war von wildem Schilf. An den Rändern hockten zwei Putten aus Stein, die mit gesenkten Augen betrübt vor sich hin starrten.

»Ich könnte Kaffee kochen«, bot Henriette an.

»Du könntest es auch lassen und uns was Stärkeres anbieten«, sagte Mathilda.

»Alkohol habe ich keinen da, wenn du das meinst. Ich trinke nicht, wenn ich alleine bin.«

»Hast du nie Gäste?«

»Eigentlich nicht.«

»Schlag mich tot!«, schnappte Mathilda. »Gegen dich sind asketische Schweigemönche ja eine völlig enthemmte Truppe.«

»Ich koche dann mal Kaffee!«

»Warum wohnt sie denn hier?«, warf Pia die Frage in den Raum, nachdem Henriette in der Küche verschwunden war.

»Es ist ihr Elternhaus«, sagte Katja. »Wahrscheinlich hängt sie dran.« Sie zuckte mit den Schultern und zog eine Grimasse. »Irgendwie. Warum auch immer. Man lässt nicht so einfach alles hinter sich.«

»Aber wieso hat sie den ganzen Plunder nicht rausgeworfen?«, fragte Eva. »Es ist doch alles sehr in die Jahre gekommen.«

»Früher sah es hier anders aus«, sagte Henriette, die unbemerkt zurückgekehrt war. »Es war alles tipptopp. Der Rasen zu gepflegt zum Fußballspielen. Der Parkettboden zu empfindlich zum Toben. Unsere Kindergeburtstagspartys waren gefürchtet. Keine Luftballons, die mit einem Knall zerstochen werden durften. Kein lautes Lachen. Kein Popcorn. Kein Wassereis. Das eine krümelte, das andere klebte. Irgendwann blieben die anderen Kinder ganz weg.«

»Was hat dein Vater beruflich gemacht?«, hakte Eva nach.

»Unternehmer. Er kam aus einem strengen Elternhaus, großbürgerlich, eine Reederfamilie. Ein Mann mit Prinzipien, ein Choleriker. Obwohl meine Eltern sehr vermögend waren, legte mein Vater viel Wert darauf, dass wir Kinder nicht verwöhnt wurden. Ich weiß noch ...«, sagte Henriette und lehnte sich an den Kaminsims, die Hände vor der Brust verschränkt, die Füße in den schwarzen Schuhen mit halbhohen Blockabsätzen tantenhaft nebeneinandergestellt, »dass wir nie einen eigenen Adventskalender hatten. Meine Brüder mussten sich einen teilen, genau wie meine jüngere Schwester und ich. Meine Mutter stellte sie selbst her, aus den Papprollen vom Toilettenpapier, die sie beklebte und bemalte. An einem Tag durfte sich meine Schwester daraus ein Stück Schokolade nehmen, am nächsten war ich dran. Meinem Vater gefiel das. ›So bekommen sie eine Ahnung vom Wert der

Dinge‹, sagte er, und meine Mutter machte sein Lob stolz. Nicht so stolz, dass sie strahlte. Sie verzog nur leicht die Mundwinkel, als müsste sie sich das Lächeln verbieten. Ich hole den Kaffee!«

Annalena, die mit dem Rücken zum Fenster gestanden hatte, sagte, sie helfe ihr, wenn's recht sei, und ging mit Henriette hinaus. Auch an der Küche hatte der Zahn der Zeit genagt. Die ehemals weißen Fronten waren vergilbt, nur schmale Lichtstreifen fielen durch die unzähligen Sprossenfenster auf die Glasfronten der Vitrinen. Die gelbbraun gemusterten Bodenfliesen hatten Sprünge und klackerten an losen Stellen. In der Mitte stand ein großer gusseiserner Gasherd, an dessen Handlauf Geschirrtücher und Topflappen hingen.

Henriette stellte blauweiß gemusterte Porzellantassen auf ein angelaufenes Messingtablett, dazu eine Dose mit Würfelzucker und einer silbernen Zuckerzange. Mit langsamen, kreisenden Bewegungen goss sie einen letzten Schwupp kochendes Wasser aus einem Kessel auf das Kaffeemehl in dem altmodischen Steingutfilter.

»Das duftet!«, schwärmte Annalena. »Per Hand gebrüht ist doch was anderes.«

Henriette hatte die Tür des Schranks offen stehen lassen. Annalena fiel ein weißes Service mit grünem Weinlaubmuster auf.

»Das ist außergewöhnlich«, sagte sie. »Außergewöhnlich schön.«

In der Reihe darunter stand eines mit Lochmuster am Rand der Teller und Wiesenblütendekor. Annalena konnte nicht anders, als einen Teller herauszuholen, doch sofort sprang Henriette hinzu und nahm ihn ihr aus der Hand.

»Vorsicht!«

»Ich weiß, dass es kostbar ist«, sagte Annalena daraufhin.

»Es ist deswegen kostbar«, sagte Henriette und drehte den Teller um. »Kurz vor ihrem Tod hat meine Mutter noch kleine Zettel unter unser Geschirr geklebt. Auf die guten Stücke, damit nichts unter den Hammer kommt. Und das hier erinnert mich an sie.«

In leicht verblasster Handschrift stand dort: »Echt Meißen«.

»Wie lange ist Ihre Mutter tot?«

»Sie starb, als ich achtzehn war«, sagte Henriette. »Das war vor genau zwanzig Jahren.« Ihr schossen die Tränen in die Augen, und sie wandte sich ab. »Sie hatte das falsche Leben an der Seite des falschen Mannes.« Henriette zog geräuschvoll die Nase hoch, was in diesem Haus vermutlich nicht allzu häufig vorgekommen war, und hatte offensichtlich Mühe, nicht zu weinen. Sie wischte sich hastig über die Augen, bevor sie sich erkundigte: »War es noch nett am Samstag?«

»Mir hat der Abend gefallen«, sagte Annalena, die verblüfft war, wie geschmeidig Henriette das Thema wechselte.

Aber Annalena spielte das Spiel ihr zu Gefallen mit und sagte: »Ich gehe so selten aus, da war das mal was Besonderes.«

»Ich bin auch keine Partygängerin«, sagte Henriette.

Fast hätte Annalena über diese Bemerkung laut gelacht. Wie kam Henriette nur darauf, dass ihr irgendjemand ein Lotterleben zutraute? Sie stellte den Kessel zurück auf die Herdplatte und glättete mit ihren Handflächen die zum Pferdeschwanz zurückgekämmten Haare.

»Wir sind noch in diesem ›Kiez-Schuppen‹ gestrandet«, erzählte Annalena und versuchte, ihre Stimme ganz unbefangen klingen zu lassen.

»Was Sie nicht sagen! Ich bin gleich wieder gegangen, nachdem ich meinen Auftrag erfüllt hatte.«

»Das dachten wir uns. Wir haben Sie schließlich nicht mehr angetroffen.«

»Wie auch, nachdem ich nicht mehr da war?«, erwiderte Henriette und lächelte Annalena zu, während sie Kondensmilch in ein Kännchen füllte. Mit Büchsenmilch war es wie mit den Schwibbögen aus Holz, überlegte Annalena, die früher den Bergmännern den Weg nach Hause gewiesen hatten und die sich nun vornehmlich ältere Menschen zur Weihnachtszeit in ihre Wohnzimmer holten. Man traf sie in den Haushalten junger Leute kaum noch an. Plötzlich zuckte Henriette zusammen und stieß einen Fluch aus, der aus dem Mund dieser kleinen zarten Person beinahe obszön klang. Sie riss ein Papiertuch von der Haushaltsrolle, bückte sich und wienerte wie eine Besessene ihre Schuhe, die ein paar Tropfen Dosenmilch abbekommen hatten, bis sie noch blanker waren als bisher. Als sie sich wieder aufgerichtet hatte, schlug sie vor: »Lassen Sie uns wieder zu den anderen gehen!«

Sie stellte das Kännchen aufs Tablett und nahm es in beide Hände.

»Kann ich was tragen?«, fragte Annalena.

»Jetzt hätte ich beinahe den Kaffee vergessen. Wenn Sie den nehmen würden …«

Annalena hob den Filter herunter, stellte ihn in die Spüle, griff zur Kanne und stülpte den Deckel drauf. Dann folgte sie Henriette zurück in den großen Wohnraum, zu dem Wildschweinfell vor dem Kamin, den Porzellanleoparden, den Hirschgeweihen, den dunklen Tannen vor dem Fenster und den fünf Frauen.

»Ich kann euch verraten, was an Weihnachten so kräftezehrend ist«, sagte Katja gerade. »Harmonie, die man künstlich erzeugen muss, wenn sie nicht da ist.«

»Vielleicht sogar eine Geschäftsidee«, schlug Mathilda vor. »Man stellt Harmonie her, füllt sie in Flaschen ab und versprüht sie, bis alle ganz benebelt sind. Man könnte das Zeug auf den Namen ›Pure Heuchelei‹ taufen.«

Annalena goss den Kaffee in die Tassen, die Henriette bereits unter den Anwesenden verteilt hatte. Die Gastgeberin selbst nahm sich keine, sie ließ sich nieder in einem Sessel, rutschte vor bis an die äußerste Kante der Sitzfläche, atmete tief durch, hielt die Luft an, atmete aus. Dann schlang sie die Arme um ihren Körper, als müsste sie sich selbst wärmen und als käme die Erinnerung zurück an Weihnachtstage, an denen man auch ohne Eis und Schnee fror.

»In Sachen geheuchelter Harmonie war unsere Familie Experte«, sagte sie dann. »An Weihnachten hatte alles zu laufen wie am Schnürchen. Wie eine gut geölte Maschine. Und wehe, wenn nicht. Wenn es irgendwo klemmte, wenn die Maschine stoppte, war das für alle Beteiligten der Horror. Ich weiß noch, damals muss ich zehn oder elf gewesen sein, wie mein Vater kurz vor der Bescherung unseren Schuhkeller inspizierte. Er entdeckte einige Paare, die nicht seinen hohen Anforderungen an Sauberkeit entsprachen oder in ihrer Reihung nicht seinen Vorstellungen von perfekter Ordnung. Mit einem Wutorkan ohnegleichen schmiss er alle Schuhe aus dem Regal und verdonnerte die ganze Familie dazu, zu putzen und aufzuräumen, während sich hinter den Fenstern in den Nachbarhäusern der Zauber der brennenden Kerzen an den Tannenbäumen entfaltete.«

Unwillkürlich fiel Annalenas Blick auf Henriettes schwarzglänzende Schuhe. Man legte die Kindheit eben nicht ab wie einen zu klein gewordenen Mantel, dachte sie.

»Der Ausbruch meines Vaters führte dazu, dass unsere Bescherung viel später begann als üblich, dass wir unser Essen am Heiligen Abend nicht wie gewohnt um acht Uhr einnehmen konnten und hetzen mussten, um pünktlich um elf zur Christmette in Nienstedten zu sein. Wie immer gab es Hummer am Heiligen Abend. Sie wurden am Mittag von einem Fischhändler lebend angeliefert und kamen in die Badewanne, bevor mein Vater höchstpersönlich sie am Abend in kochendes Wasser warf. Es war Tradition, dass die ganze Familie dabei zusehen musste. ›Sie sterben, damit es uns gutgeht‹, sagte mein Vater, und deshalb müssten wir ihnen Respekt zollen. Manchmal hätte ich schwören können, dass er dabei Tränen in den Augen hatte. Er war wie jeder Despot oft bis ins Mark erschüttert von seinen eigenen Worten. ›Jesus ist auch für uns gestorben‹, sagte meine Schwester Felicitas dann. Ein immer wiederkehrendes Ritual. Mein Vater nahm Felicitas auf den Arm, und sie guckten beide gedankenverloren in das sprudelnde Wasser mit den toten Tieren. Wir Kinder mochten das getoastete Weißbrot, das wir in die selbstgemachte Cocktailsauce meiner Mutter stippten, viel lieber, aber mein Vater bestand darauf, dass wir von den Hummern aßen. Schließlich sollte ihr Tod ja einen Sinn haben.«

Annalena fiel auf, dass Pia nicht bei der Sache war und die ganze Zeit wie hypnotisiert aus dem Fenster starrte.

»Vermutlich hat es deinen Vater nicht die Bohne interessiert«, meldete sich Mathilda zu Wort, »welche Höllenqualen die armen Tiere ausstehen mussten.«

»Ich denke nicht«, sagte Henriette leise.

»Ich dachte, die sind sofort tot«, sagte Uschi.

»Mal davon abgesehen, dass es das auch nicht besser machen würde, nein, sind sie nicht. Die kratzen noch am Topfrand, um rauszukommen. Wie würde es euch gefallen, bei lebendigem Leib gekocht zu werden?«

»Mir würde es ziemlichen Spaß bereiten, wenn dieses Schicksal einen gewissen Herrn treffen würde, der gerade auf das Haus zumarschiert kommt«, sagte Pia.

Alle Köpfe wandten sich zum Fenster.

Ein gutaussehender Mann kam schnellen Schrittes durch den Vorgarten. Annalena bemerkte seine dichten blonden Haare, die ihm seitlich in die Stirn fielen, und die lässige Art, mit der er ein am Kragen offenes Hemd zur Jeans trug, darüber nur einen achtlos um den Hals geworfenen Schal und einen dunkelblauen Blazer, keinen

Mantel. Er machte den Eindruck, als sei er in Eile aufgebrochen und habe keine Zeit gefunden, sich der Jahreszeit angemessen anzuziehen.

Hektisch sprang Henriette auf und wollte zur Tür. Ähnlich wie neulich bei Pia, als Mathilda beinahe über ihre Tüte gestolpert war und Henriette sie vor deren Neugier in Sicherheit bringen wollte.

»Was macht Johannes hier?«, forschte Pia nach, die ganz offensichtlich um Fassung rang. Ihr fragender Blick galt Mathilda, doch der scharfe Ton in ihrer Stimme ließ auch Henriette mitten in der Bewegung innehalten.

»Woher soll ich das wissen? Bin ich sein Kindermädchen?«, pflaumte Mathilda Pia an.

»Es wird was Geschäftliches sein«, sagte Henriette. »Ein Hotelgast, der nach einer Massage verlangt.«

Pia hob eine Augenbraue, ohne eine Spur von Verständnis zu zeigen. »Kann man das nicht per Anruf oder SMS regeln? Oder WhatsApp? Was weiß ich!«

»Ich kläre das«, sagte Henriette und eilte hinaus.

»Er sieht gut aus«, stellte Eva fest. »Durchaus was fürs Auge, hätte meine Mutter gesagt. Willst du ihn nicht wenigstens begrüßen?«

»Das meinst du jetzt nicht im Ernst!«, brauste Pia auf. »Ich bin einundfünfzig, auf dem Höhepunkt meiner beruflichen Laufbahn, dank Botox und Bio-Produkten vielleicht sogar auf dem meines Aussehens, und befinde mich trotzdem in einer veritablen Lebenskrise, was ich einzig und allein diesem Mann zu verdanken habe, und nun soll ich auch noch artig guten Tag wünschen? Ich weiß zwar, dass es die Zeit der Mildtätigkeit, des Mitgefühls und der Menschlichkeit ist, aber entschuldige bitte, Eva, das geht einfach zu weit.«

Sie schüttelte mit einer energischen Bewegung den Kopf und klopfte sich mehrmals mit den Fingerknöcheln gegen die Stirn. »Ich war so bescheuert. So unglaublich naiv. Wieso bin ich nicht von allein draufgekommen, dass es eine andere Frau gibt? Es war letztes Jahr im Mai, der Flieder blühte in den Gärten, die Luft war warm, und es roch bereits nach Sommer, als Johannes sich veränderte. Er wurde eitel. Er meldete sich im Fitnessstudio an. Er änderte seine Ernährung und sprach über Olivenöl wie früher über einen guten Wein, den er übrigens kaum noch trank: nach Wiese duftend und Artischocke im Abgang. Statt Kaffee musste es jetzt grüner Tee sein. Er redete nur noch von Chia-Heilsamen, Omega-3-Fettsäuren und Antioxidantien, von Brennesselsud und Grünkohl-Smoothies. Ich dachte mir nichts dabei. Er ging auf die sechzig zu, da überfällt viele Männer das Bedürfnis, ihrem Körper, diesem normalerweise trägen, triebhaften Tier, noch mal zu zeigen, wer der Herr im Haus ist, und alles, was Fett und Zucker und Weißmehl beinhaltet, zu meiden wie eine Äbtissin die heißen Engel im Stripzelt auf dem Weihnachtsmarkt in St. Pauli. Ich beruhigte mich damit, dass es gewiss nur eine Frage der Zeit war, schloss mich ihm an und wurde wieder schmal in den Hüften. Ein halbes Jahr verging, in dem er mir gegenüber auch sonst ein anderer wurde. Er verlor seinen Charme, zeigte sich unaufmerksam, ungeduldig, gereizt, jedes Wort von mir brachte ihn auf die Palme. Einmal zog ich ihn in der Adventszeit unter einen Mistelzweig in einem Türrahmen bei uns im Hotel, von denen man ja sagt, Pärchen, die sich darunter küssen, bleiben ein Leben lang zusammen. Aber er lachte nur, fuhr sich mit dem Handrücken über den Mund, weil er im Wandspiegel sah, dass mein Lippenstift einen Abdruck hinterlassen hatte, und meinte, ich sei eine unverbesserliche Romantikerin.«

Pia prustete los. »Ausgerechnet ich!«

Es gab Gemurmel und Gelächter, bis Pia dazwischenfunkte. Während sie mit dem Kinn zur Tür deutete, zischte sie: »Seid doch mal ruhig! Ich möchte wissen, ob man was hört.«

»Jetzt machst du dich aber wirklich lächerlich!«, rief sie Katja zur Vernunft. »Was willst du denn hören? Natürlich hat das Ganze berufliche Gründe. Was denn sonst?«

Annalena konnte nicht umhin festzustellen, dass dieses fassungslos-ungläubige »Was denn sonst?« beinahe einer Beleidigung für Henriette gleichkam, zumal Katja hinzufügte: »Das ist so absolut und hundertprozentig und definitiv ausgeschlossen, mich irritiert es hochgradig, dass du Henriette etwas Derartiges zutraust ...«

»Tue ich ja gar nicht«, sagte Pia, »aber vielleicht schützt sie jemanden.«

»Wahrscheinlich ist er von seinem ganzen Fitnesstraining verspannt und braucht selbst eine Massage«, sagte Uschi.

»Vermutlich macht er zu viele Liegestütze ... auf wem auch immer«, orakelte Mathilda.

»Du musst es ja wissen«, sagte Pia. »Und in Zukunft sei bitte in meiner Gegenwart nicht so taktlos. Du redest immerhin von dem Mann, den ich mal geliebt habe.« Ihr

Blick ging in die Ferne. »Und wie ich ihn geliebt habe! Mit ihm war ich auf die Butterseite des Lebens gefallen. Dachte ich. Aber plötzlich schmeckte alles nur noch bitter, so wie Betrug halt schmeckt.«

Wie aufs Stichwort kam Henriette zurück. »Hat sich alles aufgeklärt. Herr Jork war gerade in der Gegend und wollte mich fragen, ob ich heute Abend die Frau eines Hotelgastes behandeln kann. Eine Stunde Fußmassage. Nikolausgeschenk ihres Mannes. Sie ist ganz verrückt nach Fußmassagen.«

»Könnte auch eine gebrauchen«, sagte Uschi. »Bei ›Frau Haase‹ rennen sie uns im Augenblick die Bude ein. Dieses Jahr machen sie Jagd auf alles, was nach dem Sortiment eines Feinkostladens aussieht. Blauschimmelkäse als Baumanhänger. Hat man Töne?« Sie holte Atem und Schwung und ratterte los: »Auch gern genommen die Miniaturflasche Bordeaux oder wahlweise Brokkoli, Erdbeeren oder Avocado, Hotdog, Oktoberfest-Brezeln, Eiswaffel, Muffins oder Tortenstücke. Es begann alles mit der Weihnachtsgurke.« Uschi stieß einen lauter Seufzer aus.

»Eine Gewürzgurke als Tannenbaumschmuck?«, fragte Eva und schüttelte den Kopf.

»Mit ihren kleinen stacheligen Warzen so echt aussehend«, belehrte sie Uschi, »als hätte man sie soeben aus einem Glas mit Dill-Essig-Sud gezogen. Du würdest dich wundern! Meine Favoriten derzeit sind Ferkel auf dem Veggie-Trip mit einem *Tofu-Fighter*-Schild vor dem Speckbauch.« Sie warf Mathilda einen Blick zu und lachte. »Könnte ich dir zu Weihnachten schenken.«

»Nur weil ich meine Zähne nicht hemmungslos in

Gänsekeulen schlage wie ein Neandertaler, dem die Lippen vor Fett triefen, muss ich mir noch lange keinen Kitsch in die Wohnung holen.«

»Mathilda, entspann dich!«, stieß Katja hervor. »Man muss auch mal Spaß vertragen können.«

»Niemand kommt bitte auf die Idee, mir was zu schenken!«

»Da kann ich dich sicherlich beruhigen, Mathilda. Ich denke, wir sollten aufbrechen!«, forderte Pia, während sie aus dem Fenster sah und gemeinsam mit den anderen beobachtete, wie Johannes sich am Rande des Grundstücks einmal kurz zum Fenster umdrehte, als spürte er ihre Blicke wie giftige Pfeile im Rücken. »Henriette sollte sich vor ihrem Job noch ausruhen.«

Sie erhoben sich und standen einen Moment lang unschlüssig im Raum. Eine Aufnahme in einem Lederrahmen auf einem Biedermeiersekretär zog Annalena an. Sie hatte sie in die Hand genommen und betrachtete sie, als Henriette zu ihr trat, blass um die Nase und sichtlich angespannt. So viele Menschen auf einem Haufen schienen sie zu überfordern.

Das Foto zeigte eine Bilderbuchfamilie, der Vater mit Schlips sogar am Feiertag, die Mutter, der Henriette ähnlich sah, fliehendes Kinn, flüchtender Blick, die vier Kinder blank geschrubbt und tadellos gekleidet, wie Püppchen, die man aus der Vitrine geholt hatte, um sie Stunden später, wenn alles vorbei war, wieder zurückzustellen. Im Hintergrund ein Traum von einem Baum. Ganze Kaskaden von Silberflitter, weiße Kugeln und weiße Lilien, die zwischen den Zweigen steckten.

»An Weihnachten feierte mein Vater sich und seine Vorstellung von einer glücklichen Familie«, sagte Henriette. »Es war seine Bühne, bereit für die große Aufführung. Und dann kam auch noch der Weihnachtsmann, vor dem wir alle schreckliche Angst hatten, und listete unsere Sünden auf.«

»Den ja inzwischen Coca-Cola exklusiv unter Vertrag hat«, warf Katja ein, die hinzugetreten war und lachend ihre Arme um Henriette und Annalena legte.

»Die Feiertage waren für alle eine Strafe«, sagte Henriette, und Katja suchte das Weite, weil sie nicht in der Stimmung war für Dramen, von denen es an Weihnachten nur so zu wimmeln schien.

»Wie gut, dass die Zeit des Stanniol-Lamettas vorbei ist«, sagte Mathilda, die über Annalenas Schulter hinweg ebenfalls einen Blick auf das Bild warf. »Ich muss euch ja wohl nicht sagen, dass es giftiges Blei enthält. Eine absolute Todsünde unter Umweltschutzgesichtspunkten.«

»Du musst nicht ständig dozieren, Mathilda!«, stöhnte Pia. »Eines Morgens wachst du noch mit einem Heiligenschein auf, weil du diejenige bist, die die Welt vor dem Verfall bewahrt hat. Und wie ich dich kenne, ist das genau die Art von Accessoire, auf das du nicht den geringsten Wert legst.«

Nun war es Henriette, die ein Bild in einem Silberrahmen vom Sekretär nahm. Es zeigte einen Engel bei einer Theateraufführung.

»Meine Schwester Felicitas. Sie war das Glückskind der Familie, der Liebling meines Vaters. Jeder, der sie zu Gesicht bekam, konnte nicht umhin, ihre goldbraunen Augen zu bewundern, die hohen Wangenknochen, ihren vom Ballett gestählten Körper, die langen hellblonden Locken, den perfekt geschwungenen Mund, die Haut, die so hell und transparent war, als würde sie ständig von Mondlicht beschienen. Ich beneidete sie glühend, dass sie bei den Aufführungen in der Schule immer den Engel spielen durfte. Die ganze Bühne war ein Weihnachtswunderland. Auf dem Boden Kunstschnee, auf den Baumattrappen zarter Raureif, der Himmel aus schwarzem Samt mit Hunderten von funkelnden Steinen und mittendrin sie, die Schönste von allen. Ich dagegen war höchstens mal das Rentier in einem unförmigen, fensterlederfarbenen Sack aus Plüsch, oder ein Weihnachtszwerg mit roter Zipfelmütze, der sich zur Vortäuschung einer Wichtelwampe ein Sofakissen unter die Jacke geschnallt hatte. Es gibt noch nicht mal ein Foto davon.«

Sie lachte, aber es klang alles andere als heiter.

»Warum auch? Ist wohl besser so. Einmal nur, ein einziges Mal, wollte ich der Engel sein.«

Sie zuckte mit den Achseln und stellte den Rahmen zurück. »Hat sich nicht ergeben. Wie so vieles nicht.«

»Und wo ist der Engel jetzt?«, horchte sie Katja aus.

»Davongeflattert«, sagte Henriette mit einem wehmütigen Lächeln. »Wie auch meine beiden Brüder, die älter sind als wir. In alle Winde verstreut. Der eine lebt in Wien, der andere in München, Felicitas ist Chirurgin in Wales, verheiratet, eine Tochter. Ich war nie ein Engel. Deshalb hatte ich auch keine Flügel und konnte nicht davonfliegen.«

Sie stellte den Rahmen zurück auf das seidig schimmernde, helle Birkenholz des Sekretärs und machte sich auf den Weg in die Eingangshalle.

»Weihnachten fährt jeder von uns in die Schweiz, um meinen Vater zu besuchen. Aber alle kommen zu unterschiedlichen Zeiten, und so kann es passieren, dass der eine aus der Tür ist, wenn der andere gerade ins Zimmer kommt. Manchmal verabreden wir uns, aber immer nur kurz, weil Felicitas und meine Brüder schnell wieder heimwollen zu ihren Familien. Die kommen nicht mit. Warum auch? Mein Vater könnte ohnehin nichts mehr mit ihnen anfangen. Und mir macht das nichts. Weihnachten ist doch nichts Besonderes. Ich bin froh, dass ich Frauen getroffen habe, die das genauso sehen.«

»Machen wir uns doch nichts vor!«, widersprach Annalena. »Wäre es nichts Besonderes, dann wären wir jetzt alle nicht hier. Da könnt ihr reden, was ihr wollt! Man rebelliert immer gegen das, was man liebt.«

»Wird da jemand rückfällig?«, frotzelte Mathilda. »Schnuppert da eine an ›Purer Heuchelei‹?«

»Und diese Villa?«, drückte Eva erneut ihr Erstaunen aus. »Wieso verkauft ihr die nicht?«

Sie hatten die Halle erreicht, die noch beklemmender war als das Wohnzimmer, da es an Fenstern fehlte. Ein paar Gemäldeschinken in Öl protzten an den Wänden, in der Luft hing der Geruch nach Staub, Bohnerwachs und dem Rauch längst verkohlter Kaminfeuer, und das Grün der Sessel vor dem Feuerplatz war verblichen wie eine längst vergangene Erinnerung.

Henriette war gerade im Begriff, ihre Hand auf die Klinke der Haustür zu legen.

»Eines Tages vielleicht«, sagte sie schlicht. »Manchmal sollen ja Dinge passieren, die einem Flügel wachsen lassen.« Sie spannte die Gesichtsmuskeln an, nachdem sie ihnen zum Abschied ein Lächeln geschenkt hatte, öffnete die Tür und ließ sie hinaustreten.

Für Himmel und Wasser begann die blaue Stunde.

»Soll ich jemanden mitnehmen?«, bot Pia an. »Ich bin mit dem Wagen da.«

»Ich fahre mit dem Bus«, antwortete Annalena. »Der Sechsunddreißiger hält fast bei mir vor der Haustür.«

Auch die anderen hatten eine Möglichkeit, heimzukommen, und so verabschiedete man sich, nicht ohne vorher noch eine Verabredung zu treffen.

»Wir sollten uns auf jeden Fall noch mal sehen, um uns gegen den zunehmenden Weihnachtswahnsinn zu wappnen«, drängte Mathilda. »Die Frage ist nur: wo? Hast du schon deine neuen Fenster, Annalena?«

Sie zögerte einen Augenblick, bevor sie rasch sagte: »Können jeden Tag kommen.«

»Das gibt ordentlich Dreck!«, schaltete sich Uschi ein. »Hatten wir auch vor kurzem. Wir sollten alle bei dir auf der Matte stehen und dir beim Putzen helfen. Das wäre mal was Sinnvolles. ›Cilit Bang‹ statt Christkind. Die Muckis von ›Meister Propper‹ statt Weihnachtsmann …«, sie fasste sich mit gespreizter Hand unters Kinn, »… mit so einem Bart. Was haltet ihr davon?«

»Nichts!«, stammelte Annalena. »Wirklich nicht. Das kommt gar nicht in Frage. Das wäre mir unangenehm. Jede hat genug vor ihrer eigenen Tür zu fegen.«

»Kehrst du etwas unter den Teppich?«, erkundigte sich Mathilda lauernd.

»So meine ich das nicht. Jede hat genug Arbeit in ihren vier Wänden. Was anderes wollte ich nicht sagen.«

Pia erlöste sie. »Wir haben alle Telefon, und wir werden etwas ausmachen. Und jetzt«, richtete sie sich an Annalena, »fahre ich dich noch bis zur Haltestelle Liebermannstraße.«

»Das musst du nicht!«

»Ich möchte aber.«

»Ich laufe gern ein paar Schritte. Ist doch nur um den Block.«

»Keine Widerrede! Es ist kalt geworden. Es wird Winter.«

Heraus kam eine dieser Autofahrten, für die man nur ein paar Minuten benötigt und die Stunden dauern.

Pia war in Plauderlaune, als sie den Motor ihres schwarzen Minis anließ und losfuhr.

»Du musst mich nicht gleich bei den anderen verraten, aber eigentlich habe ich Weihnachten immer geliebt.«

Annalena kicherte hinter vorgehaltener Hand. »Ich auch.«

Pia blickte sie verwundert an. »Tatsächlich?«

»Ich mochte es sogar lieber als meinen Geburtstag.«

»Welche Frau mag schon ihren Geburtstag?«, sagte Pia.

»Als Kind mochte ich ihn sehr«, sagte Annalena. »Und den Achtzehnten fand ich extrem prickelnd.«

»Ich hatte sogar letztes Jahr noch große Lust, Weihnachten zu feiern«, sagte Pia, die mit den Gedanken ganz woanders zu sein schien und gar nicht auf Annalenas Bemerkung einging. »Es war Ende November, erbarmungslos kalt noch dazu, und ich plante unseren Heiligen Abend. Wir würden schließen und wie all die Jahre zuvor das Hotel ganz für uns allein haben.«

»Stelle ich mir ein bisschen so vor, wie allein im Kaufhaus eingeschlossen zu sein«, sagte Annalena. »Ein aufregender Gedanke.«

»Durchaus.« Pia bog um die Ecke, und Annalena konnte bereits die Busstation sehen, an der sie aussteigen musste. Doch Pia hielt ein paar Meter davor in einer Haltebucht, stellte den Motor ab und machte keine Anstalten, Annalena ziehen zu lassen.

»Wir würden kochen, kosten, kosen. Paolo Conte hören, im Foyer direkt am Kamin speisen, neben einem prächtigen Tannenbaum mit echten Kerzen und Kugeln in allen Tönen von Grün, Blau, Türkis und Silber, Wein trinken, den Abend genießen und uns schon auf den nächsten freuen. Aber ich hatte meine Rechnung ohne den Wirt gemacht, in dem Fall ohne den Wirt des Hotels …«

»Johannes«, ergänzte Annalena.

Sie blickte dem Bus nach, der weiterfuhr, ohne zu stoppen, da niemand an der Haltestelle wartete. Würde sie eben den nächsten nehmen. Sie stieß einen lautlosen Seufzer aus. Dreißig Minuten Wartezeit waren lästig im Dezember.

»Weißt du, was?«, sagte Pia, als hätte sie ihre Gedanken gelesen, und startete das Auto. »Ich fahre dich heim!«

Mit quietschenden Reifen wendete sie auf der stark befahrenen Elbchaussee, kassierte einige erboste Blicke und ein Hupkonzert und schien sehr zufrieden, dass sie die Richtung vorgab, in diesem Fall zurück in die Stadtmitte.

»Ich wusste nicht gleich, was Johannes meinte, als er sagte: ›Können wir dieses Jahr nicht einen Gang runterschalten?‹ Ich erinnere mich noch, dass ich lachte, als es mir zu dämmern begann, und sagte, keine Angst, es gäbe nicht den üblichen Dinner-Dino in Form einer Gans. Und dass ich dann ein schlankes Menü entwarf mit rohem Thunfisch als Vorspeise und einem zungenzarten Rinderfilet zum Hauptgang. Hatte er nicht recht? Musste man die Völlerei so übertreiben?«

Stumm blickte Annalena auf die Herrenhäuser inmitten der Parklandschaften zu ihrer Rechten, auf die Grünflächen mit Spazierwegen, dazwischen immer wieder auf Wasser, auf in Zeitlupe vorbeifahrende Schiffe, auf all die Pracht und Herrlichkeit, untermalt von Pias leise dahinplätscherndem Redefluss.

»Er meine eigentlich die Geschenke, sagte Johannes, und ich ahnte, dass etwas Umstürzlerisches im Gange war. ›Wir schenken uns nichts‹, verkündete er. ›Nichts?‹, fragte ich. ›Nichts!‹, sagte er. ›Gar nichts?‹, hakte ich nach. ›Ab-so-lut nichts.‹ Ich fühlte mich wie ein Kind, das soeben die deprimierende Wahrheit über den Weihnachtsmann erfahren hat, riss mich jedoch zusammen und stimmte ihm zu. Schließlich lebten wir in einem Hotel und hatten alles. Und was wir nicht hatten, kaufte sich jeder selbst.«

»Das klingt eigentlich sehr vernünftig«, sagte Annalena, die ihren Blick jetzt wieder Pia zuwandte.

»Die Vernunft ist die Feindin der Fantasie«, sagte Pia, »und ich kam auch sehr bald drauf, dass er mich nur auf eine falsche Fährte locken wollte. Ein paar Tage vor dem vierten Advent brachte ich seinen Wintermantel zur Reparatur. Der Faden am Saum war gerissen, ein Stück Stoff hatte sich gelöst und hing als dreieckiger Lappen herunter. Die Schneiderin bestand darauf, dass ich noch mal die Taschen durchsah, ehe ich ihn ihr überließ, da sie neulich wegen eines angeblich aus der Hosentasche entwendeten Zehneuroscheins Ärger mit einem Kunden gehabt hatte. Ich winkte ab. Sie sollte einfach nähen, nachher würde ich den Mantel wieder abholen, und alles wäre gut. Bloß keine Umstände, kein Tamtam. Sie habe mein volles Vertrauen. Aber da hatte sie bereits einen Umschlag aus weißem Bütten aus der Innentasche gezogen und drückte ihn mir in die Hand.«

»Hast du ihn geöffnet?«

Pia runzelte die Stirn, schürzte die Lippen und wiegte den Kopf hin und her, als müsste sie im Geiste abwägen, was für eine Lüge sprach und was für die Wahrheit.

»Ja. Sobald ich zu Hause war. Ich fühlte mich schuldig, aber nicht zu sehr.«

»Manchmal kann man seine Neugier nicht zügeln«, tröstete sie Annalena. »Das ist menschlich.«

»Es war mehr als das«, sagte Pia mit mattem Lächeln. »Zuerst dachte ich, es wäre ein Einladungsschreiben für uns beide, bei dem er nur vergessen hatte, es mir zu geben. Männer vergessen so etwas gern, nicht wahr? Dann rechtfertigte ich mich damit, dass ich nicht wie ein Idiot mit leeren Händen dastehen wollte, wenn er ein Geschenk für mich hatte, ich aber keines für ihn.«

»Und in dem Umschlag war dieser berühmte Gutschein?«, mutmaßte Annalena.

»Für einen Aufenthalt zwischen den Jahren in einem Wellnessresort am Meer, eine gute Autostunde von Hamburg entfernt. Nach der Reparatur steckte ich ihn wieder zurück in Johannes' Manteltasche. So, als wäre nichts gewesen. Ich war glücklich. Ich lief den ganzen Tag umher, sang Weihnachtslieder vor mich hin und fieberte mit duseliger Vorfreude dem Fest entgegen.«

Als sie in der belebten Innenstadt an einer roten Ampel hielt, trommelte Pia ungeduldig mit den Fingern aufs Lenkrad und starrte vor sich hin. »Ich war noch nie ein Fan von Überraschungen. Dafür bin ich zu strukturiert. Vater Richter, Mutter Lehrerin. Da kann das nicht ausbleiben. Meiner Ansicht nach kommen Überraschungen ohnehin immer im falschen Moment. Erwischen einen auf dem falschen Fuß, der im Fall einer Überraschungsparty womöglich noch im falschen Schuh steckt. Deswegen war ich ganz froh, dass ich wusste, was mich erwartet.«

Als es hinter ihr hupte, hob Pia die Hand und verdrehte die Augen. »Da hat es aber jemand eilig! Kein Wunder! All die abgehetzten Gestalten mit ihren Weihnachtseinkäufen können es gar nicht abwarten, nach Hause zu kommen.«

Sie fuhr an, fuhr fort: »Was dann passierte, war in der Tat doch noch eine Überraschung. Der Heiligabend war gekommen. Wir feierten die abgespeckte Version. Ohne Baum, dafür mit roten Amaryllis in einer Bodenvase. Außerdem rieselten vom Adventskranz an der Decke des Foyers immer mal wieder ein paar Nadeln, was ziemlich stimmungsvoll war. Ein Adventskranz hat durchaus das Recht, an Weihnachten zu ermüden. Da hat er seine Schuldigkeit getan. Es gab Sushi. Anders als sonst, aber gut. Ich wollte das übliche Weihnachten gar nicht mehr zurückhaben. Blaukraut und Knödel und schweren Roten – später mal wieder. Aber bitte nicht jetzt!«

»Und die Bescherung?«, wollte Annalena wissen.

»Schöne Bescherung«, lachte Pia höhnisch. »›Ich habe noch etwas für dich‹, sagte Johannes. So ist er. Er fällt nicht gleich mit der Tür ins Haus, er serviert die Dinge lieber in feinen Scheiben, wie den spanischen Schinken, den er früher so gern gegessen hat. Und dann gab er mir sein Geschenk. Ich öffnete die Schleife, faltete das knisternde Seidenpapier auseinander und hielt eine rechteckige Schachtel in Händen. Hübsch, in elegantem Gold, aber sie hatte so gar nichts mit einem Briefumschlag gemeinsam. In der Schachtel steckte das Parfüm, das ich schon oft von ihm bekommen hatte. Ein verführerischer Duft von Orchidee, schwarzer Johannisbeere, mit einem würzigen Akzent von Pfeffer und Nelke.«

In Pias Augen standen Tränen. Sie wischte sich mit den Fingerknöcheln ihrer rechten Hand über den unteren Wimpernrand und sprach mit ruhiger Stimme weiter.

»Erst einmal lieferte ich eine hollywoodreife Vorstellung und gab die Beschenkte und Beglückte. Ich wartete den ganzen Abend darauf, ob noch etwas kommen würde, ob das erste Geschenk nur die Ouvertüre zur großen Oper war.»

»Und?«

»Fehlanzeige! Irgendwann stand Johannes auf, servierte uns noch einen Verveine-Tee, in dem frische Pfefferminzblätter schwammen, gab mir einen Gute-Nacht-Kuss und ging zu Bett. Ich packte mich aufs Sofa, trank noch eine ganze Flasche Wein und schaute mir *Der kleine Lord* im Fernsehen an, weil mir nach Kitsch war und nach der Hoffnung, dass alle Probleme dieser Welt in der Heiligen Nacht gelöst werden würden. Dafür war diese Nacht schließlich da, oder nicht? Am nächsten Morgen beim Frühstück, Körner und Kamille, erklärte mir Johannes ganz nebenbei, dass er morgen für ein paar Tage zu seiner Tante nach Nürnberg reise, die zu erblinden drohte. Diese Tante gibt es wirklich, trotzdem glaubte ich ihm kein Wort, denn seine Reise fiel genau in die Zeit, für die er das Hotel am Meer gebucht hatte. So reagierte ich voller Zynismus und foppte ihn, ob er glaube, dass er nur durch seine pure Anwesenheit an den Weihnachtstagen Blinde wieder sehen machen könne – o Zeit der Wunder. Beleidigt stand er auf und verließ den Tisch.«

Sie waren vor Annalenas Wohnhaus angekommen. Pia bog in eine Parklücke direkt vor der Apotheke neben dem Haus und schien darauf zu warten, noch mit hinaufgebeten zu werden. Doch Annalena rührte sich nicht.

Also blieb Pia nichts anderes übrig, als ihre Geschichte im Wagen zu Ende zu erzählen. Die Scheinwerfer der entgegenkommenden Autos warfen Licht und Schatten auf ihre Gesichter, und im Schaufenster der Apotheke packte ein Weihnachtsmann auf einer Reklametafel schwere Säcke auf einen Schlitten und sang ein Loblied auf ein Rheumamittel, während um ihn herum ständig Lämpchen in Form kleiner Sterne aufflammten.

»Am nächsten Morgen«, sagte Pia, »es war der zweite Feiertag, reiste Johannes ab. Als er drei Tage später zurückkam, sah er prächtig erholt aus. Nicht wie jemand, der in Mittelfranken den Blindenhund gespielt hatte. Eher wie einer, der im Ostseewind spazieren gegangen war. Meine Anwesenheit und mein Sarkasmus würden ihn ersticken, warf er mir vor. Es funktioniere nicht mehr mit uns. Und so war es dann auch. Es war vorbei. Mit unserer Liebe war es wie mit dem Saum seines Mantels, der sich aufgeribbelt hatte.«

Sie berührte einen kleinen Moment lang Annalenas Hand, die auf ihrer schwarzen Chanel-Tasche im Schoß lag. »Bist du verheiratet?«

»Noch, aber getrennt von Tisch und Bett.«

»Und wo stehen *sein* Tisch und sein Bett?«

»Er lebt in einem modernen betongrauen Gebäude in einem ganz anderen Stadtteil. Ich hier in diesem Altbau. Wie es halt so ist, wenn man verschiedene Wege geht.«

»Im besten Falle kreuzen sie sich eines Tages wieder«, sagte Pia.

»Hat er eine andere? Hast du einen anderen?«

»Nicht doch«, protestierte Annalena. »Eine neue Liebe könnte ich momentan gar nicht gebrauchen. Und er ...«

Sie stockte. Ihr Gesicht mit dem zu stark aufgetragenen Puder war eine starre Maske. »Er hätte wohl momentan Probleme, überhaupt jemanden kennenzulernen. Außerdem ist er nicht der Typ für Küsse und Balladen zu Limoncello in Mondscheinnächten. War er mal, aber nicht mehr in letzter Zeit. Er hat immer nur gearbeitet.«

»Was macht er?«, wollte Pia wissen.

»Er ... er baut Badezimmermöbel.«

Von weitem sah Annalena ihre Nachbarin Mira Delling auf das Haus zukommen. Die alte Dame ging so beschwingt, als würde sie tanzen. Ganz so, als hätte *sie* an einem Limoncello genippt. Es war, so beschloss Annalena, eine günstige Gelegenheit, um den Fragenkatalog zuzuklappen und sich von Pia zu verabschieden. Sie bedankte sich für die Fahrt und stieg aus, um sich Frau Delling in die Schusslinie zu werfen.

»Sie haben doch gewiss eine Waage! Bei Ihrer Topfigur müssen Sie eine haben!«

Das war schon mal ein gelungener Anfang, lobte sie sich selbst. Mit einem Kompliment beginnen, um dann eine Bitte vorzutragen.

Als Frau Delling bejahte, fragte sie: »Dürfte ich die wohl mal benutzen?«

Mira Delling lachte: »Wie ich das kenne! Nur zu gut. Diese gemeine Zeit vor Weihnachten! Die ganze Welt ein Schlaraffenland, in dem Milch und Honig fließen. In dem überall Marzipantorte und glasierte Maronen lauern. Schauen Sie!« Sie zog eine zu einem Dreispitz gefaltete Papiertüte aus der Manteltasche. »Gebrannte Mandeln vom Weihnachtsmarkt. Ich konnte nicht widerstehen.« Sie öffnete die Tüte. »Möchten Sie?«

Annalena bediente sich. Und erst da bemerkte sie, dass Pias Wagen immer noch auf dem Parkplatz stand.

»Ich glaube, es war Mathilda«, rief Pia ihr durch die geöffnete Fensterscheibe der Beifahrertür zu. »Er war mit Mathilda am Ostseestrand.«

»Woher …«, wollte sie fragen, aber der Wind wehte ihr die Worte aus dem Mund. Pia verstand die Frage auch so.

»Ich weiß es eben«, sagte sie. Und brauste davon.

All Alone On Christmas

Als Annalena am Sonntag erwachte, registrierte sie dankbar das warme Licht der Kerzen und Lampensterne in den Fenstern der gegenüberliegenden Häuser an der sechsspurigen Straße, an der sie wohnte. Sie freute sich über den milden Schein, der den späten Vormittag des zweiten Advents erhellte und den Trübsinn draußen erträglich machte. Den in ihrem Inneren auch.

Sie stopfte sich ein paar kleine Kissen in den Nacken und ließ den Kopf zurücksinken, legte ihre Arme links und rechts vom Körper auf die Bettdecke, die sie bis zu den Achseln gezogen hatte.

Es hatte wieder zu regnen begonnen. Annalena lauschte dem Pladdern am Fenster. Das flüsternde Klopfen an der Scheibe brachte eine gewisse Behaglichkeit in die Wohnung, die außer ihrer Lage unter dem spitzwinkligen Dach und den daraus resultierenden schrägen Wänden nichts Gemütliches hatte. Sie war nur möbliert zu mieten gewesen. Nicht einmal ihr Boxspringbett, das sie noch aus der ehelichen Wohnung hatte retten können, fand auf den dreiundzwanzig Quadratmetern Platz. Sie schlief auf einer ausklappbaren Couch, die sie aus Bequemlichkeit durchgehend zum Bett umgebaut ließ.

Warum sich die Mühe machen? Sie hatte nicht vor, hier Besucher zu empfangen.

Das Wollplaid, das sie sich in kalten Nächten zusätzlich auf die Bettdecke legte, war ein rotes Stoffknäuel auf dem Boden. Sie strampelte es in der Nacht meistens herunter. Die Möbel, Sessel, Regale, Jalousetten, der Couchtisch, der gleichzeitig ihr Esstisch war, die zwei Stühle, der kurzflorige Teppich über dem Laminat, all das war in den Farben Grau und Weiß gehalten. Die Kissen und Bilderrahmen, die Hängeleuchte über dem Tisch und die Stehlampe neben dem Sofa leuchteten rot wie die Decke für die Füße. Grau. Weiß. Rot. Das war keine Kombination, die sie mochte. Es erinnerte sie an das Kundenservicecenter einer Sparkassenfiliale. Der Kleiderschrank war provisorisch. Ein helles Holzregal mit Fächern links und rechts und in der Mitte eine Stange für die Bügel. Sie hatte immer mal überlegt, ein Stoffrollo davorzuhängen, sich aber nie auf den Weg zu Ikea gemacht. Nun konnte jeder, der kam, einen Blick auf ihre Unterwäsche werfen, aber sie hatte sehr viel Geschick darin entwickelt, mögliche Besucher auf Abstand zu halten. Die Schwarzweiß-Bilder in den Rahmen zeigten Charlie Chaplin, Audrey Hepburn, den Kopf eines Zebras und einen Wald im Frühnebel. Eine merkwürdige Zusammenstellung, hatte sie gedacht, als sie das Zimmer zum ersten Mal betrat, Chaplin und Zebra, aber die Miete war günstig, und sie hätte es schlimmer treffen können. Das einzige Zugeständnis an Weihnachten war eine dicke rote Kerze auf dem Couchtisch. Sie stand in der Mitte eines Kranzes aus Efeu, den sie selbst gewunden hatte. Das Grün hatte sie vor einem Mehrfamilienhaus gegenüber vom Supermarkt abgeschnitten. Die Hecke duckte sich im Dunkeln vor das Haus, und sie hatte ungestört ein paar Zweige abknipsen können. Ganz verzichten auf ein Adventsgesteck wollte sie nicht. Das hieß nicht, dass sie ihrem Weihnachtsboykott untreu wurde. Es bedeutete lediglich, dass sie zu den Menschen gehörte, die wacker ein Licht gegen die Finsternis anzündeten.

Sie sollte nun wirklich aufstehen, ermahnte sie sich. Natürlich hätte sie ohne Probleme liegen bleiben können. Doch sie wusste, wenn sie keine Struktur in ihr Leben brachte, wenn sie einfach im Bett blieb, Löcher in die Zimmerdecke starrte und sich am Kerzenglanz von gegenüber wärmte, war sie verloren. So erhob sie sich, duschte, zog sich an, kochte sich einen Pfefferminztee, machte sich ein Spiegelei und Gedanken darüber, was sie ihrer Nachbarin sagen sollte. Sie vertraute auf ihr Improvisationstalent und beschloss, es von der Situation abhängig zu machen. Das hatte sie immer gekonnt. Ihr würde schon etwas einfallen.

Kurz darauf klingelte sie an der Tür im Stockwerk unter dem ihren. Wie immer, wenn sie Mira Delling sah, war sie sprachlos, wie gut die große, schlanke Frau mit ihren achtundsiebzig Jahren aussah. Über ihre fast knabenhaften Hüften hatte sie eine dunkelblaue Jeans gestreift. Die Haare waren kurzgeschnitten und in einem rötlichen Ton wie Eichhörnchenfell sorgfältig gefärbt. Kein Grau dazwischen, kein Fältchen in der rosa-weiß karierten Bluse, die sie in den Hosenbund gesteckt hatte. Eine große, auffällige Brille aus Horn. Dezent geschminkt. Die Lippen perlmuttfarben wie die Nägel.

Annalena wünschte einen schönen zweiten Advent und bat um die Waage, auf die sie Mira Delling bereits am Vorabend angesprochen hatte.

»Treten Sie doch ein, Frau Schiller, und wiegen sich bei mir! Ich habe eine Digitalwaage, mit der man auch den Body-Mass-Index berechnen kann.«

Annalena schwieg.

»Den Körperfettanteil.«

»Ich weiß, was das ist. Aber ich weiß auch, dass ich den garantiert nicht wissen will«, sagte Annalena. »Jedenfalls nicht heute. Das hebe ich mir für ein anderes Mal auf. Man soll die Freuden des Lebens in kleinen Happen dosieren.«

Während Mira Delling kicherte, trat Annalena dicht an sie heran, als hätte sie Angst vor Mithörern.

»Ich wiege mich immer nackt, und da fühlt man sich doch freier, wenn man es bei sich daheim macht, ist es nicht so? Ich brauche Ihre Waage höchstens eine Stunde, dann bringe ich sie zurück. Unversehrt und ohne ein Staubkörnchen.«

»Eine Stunde brauchen Sie zum Wiegen?«

»Ich mache es mehrmals. In zeitlichen Abständen. Trage das Gewicht in eine Tabelle ein …«

»So gewissenhaft sind Sie? Erzielen Sie denn da unterschiedliche Ergebnisse?«

»Ganz erstaunliche«, sagte Annalena.

»Wo bleibst du denn, Augenstern?«

»Bin gleich wieder bei dir, mein Adonis!«

»Sie haben Besuch? Dann will ich nicht weiter stören. Ich nehme die Waage, wenn's recht ist, und …«

Doch Annalena hatte nicht mit Mira Dellings zupackender Art gerechnet. »Hereinspaziert! Sie kommen gerade richtig! Lassen wir das Mittagessen ausfallen und gönnen uns einen Adventstee! Ich habe Bratapfelkuchen gebacken. Wiegen können Sie sich auch morgen!«

Kaum hatte Mira Delling ausgeredet, da stand Annalena auch schon neben Augenstern im Wohnzimmer unter einer Stuckrosette, von der ein prächtiger Adventskranz mit dunkelroten Kerzen und großen Schleifen aus Atlasseide hing. Adonis entpuppte sich als ein gepflegter älterer Herr mit einer vollen weißen Haartolle sowie Jeans und Hemd im Partnerlook mit Mira, nur dass sein Hemd hellblau kariert war, in der Farbe seiner Augen.

»Das ist mein Freund, Paul-Gustav Aigner«, stellte Mira Delling sie einander vor. »Und das ist Frau Schiller von oben aus der Dachgeschosswohnung.«

Fast hätte Annalena gelacht und gesagt, dass ihre Adventsbox auch auf den Namen Paul gehört hatte, bevor sie im Müll gelandet war, doch stattdessen sagte sie: »Ich wusste gar nicht, dass Sie …«

»… einen Freund haben?«, vollendete Mira und lachte. »Ich war immer der Meinung, dass man, um das optimale Ergebnis zu erzielen, bei allem im Leben zwei Anläufe braucht. Vielleicht ist es auch so mit der Liebe. Er ist mein Weihnachtsgeschenk. Aber eines, das ich schon im Oktober bekommen habe. Man kann sich ja auch außer der Reihe mal was gönnen. Setzen Sie sich doch, bitte! Ein Stück Kuchen? Eine Tasse ›Lady Grey‹?«

»Ich will wirklich nicht …«

Ehe sie sich's versah, wurde Annalena von Mira in einen geblümten Sessel bugsiert. Der Tee war heiß und fein und der Kuchen ein Genuss.

»Soll ich Ihnen erzählen, wie alles begann?«, fragte Mira. »Wie ich mit knapp achtzig noch mal der Liebe begegnet bin? Wiederbegegnet, sollte ich wohl besser sagen.«

Und während Paul zwei der vier weinroten Kerzen am Kranz mit einem Kaminstreichholz anzündete und Annalenas Augen durch den Raum spazierten und auf den afrikanischen Masken verweilten, die ihn so einzigartig machten, begann Mira zu sprechen. Ihre Stimme war fest, nichts von der Zittrigkeit schwang darin, wie sie an Menschen ihres Alters so häufig zu beobachten war, an Händen und Kinn und Kehlkopf.

»Seit über drei Jahren ist mein Mann Ronald tot. Und ich war es praktisch auch. Zwölf Jahre habe ich ihn gepflegt. Parkinson. Dabei ist vieles auf der Strecke geblieben: mein Freundeskreis, Theaterbesuche, Reisen. Aber wir hatten ein wunderschönes Leben, und deshalb darf ich nicht undankbar sein. Er war Repräsentant eines deutschen Pharmakonzerns in Kenia, wo wir fünfundzwanzig Jahre lang ein gastliches Haus am Lake Naivasha geführt haben. Manchmal träume ich heute noch von den Farben Afrikas, wenn ich durch das neblige Hamburg gehe.«

Sie drückte Paul, neben dem sie auf dem Sofa Platz genommen hatte, fest die Hand. Saß so eng an ihn geschmiegt, dass keine Weihnachtskarte zwischen sie gepasst hätte.

»Eines Tages werden wir zusammen dorthin reisen, Liebling«, sagte sie, und der Blick, den er ihr zuwarf, ließ daran keinen Zweifel.

»Meine Kinder haben längst ihr eigenes Leben. Nach Ronalds Tod ertappte ich mich manchmal dabei, dass ich ihm immer noch aus der Zeitung vorlas, und oft fragte ich mich, wem die matten Augen gehörten, die mir im Spiegel entgegenschauten. Waren das wirklich meine? Doch letzten August, fast drei Jahre nach dem Tod meines Mannes, passierte etwas, was mein Leben total auf den Kopf stellte. In meinem Postkasten lag ein Brief mit einer Einladung zum Klassentreffen. Sechzig Jahre Abitur. Der Brief löste große Verwirrung in mir aus. Ich ahnte: Wenn ich dorthin ging, würde ich auf meinen Klassenkameraden Paul-Gustav treffen, meine erste große Liebe. Wir waren nach dem Abitur einige Jahre zusammen gewesen, während er Jura studierte und ich einen kaufmännischen Beruf erlernte. Doch während ich mir durchaus hätte vorstellen können, ihn zu heiraten, galt für ihn der Satz ›Keuschheit ist ebenso wenig eine Tugend wie Unterernährung‹. Heißt: Er hat alles mitgenommen, was mitzunehmen war. Und so habe ich mich für Ronald entschieden. Er war auch nicht der treueste Ehemann unter der Sonne, aber immerhin war diese die afrikanische, und unser Leben schien wenigstens nach außen hin perfekt zu sein. Paul aber habe ich nie ganz aus dem Kopf bekommen. Trotzdem war ich mir nicht sicher, ob ich zu dem Klassentreffen gehen sollte. Ja. Nein. Vielleicht. Obwohl. Lieber doch nicht. Hin und her, ich zögerte, warf die Einladung in den Müll, holte sie wieder raus, bis meine Tochter Tessa am Telefon ein Machtwort sprach. ›Du gehst! Basta!‹ Und wie gut, dass ich es getan habe! Denn kaum sah ich ihn, klopfte mein Herz wie bei einem Teenager. Ist er nicht ein Bild von einem Mann? Ein unverschämt notorischer Gutausseher?«

Annalena bejahte. Was blieb ihr übrig? Aus den Augenwinkeln beobachtete sie, wie Paul-Gustav voller Stolz ihr Nicken registrierte.

»Wie geschmeidig er immer noch seinen Körper bewegt«, schwärmte Mira. »Wie lässig sein Lächeln ist – und dieses Hollywoodstargesicht mit den stahlblauen Augen. Ist das nicht, als würde man in den Himmel gucken? Finden Sie nicht auch?«

Jetzt kam es ein bisschen dicke, fand Annalena. Es war nicht gerade Paul Newman, der hier auf dem Sofa saß, auch wenn eine gewisse Ähnlichkeit nicht zu leugnen war.

»Im Nu war wieder die alte Vertrautheit zwischen uns da. Mitten in der Nacht brachen wir zu einem Spaziergang an der Alster auf, und als am nächsten Tag fünfzig rote Rosen bei mir abgegeben wurden, zappelte ich im Netz. War mindestens so verliebt wie damals. Und so begann alles wieder von vorn.«

Einen Moment lang, während sie dem Mandelaroma der Marzipanmasse nachschmeckte und ihre Zähne auf knackige Walnüsse bissen, gab sich Annalena ihren Träumen hin. Erlebte es im Zeitraffer nach: das geheimnisvolle Tuscheln. Das Anlachen. Das Miteinander-Lachen. Die zarten Berührungen mit den Fingerspitzen, das sehnsüchtig-wilde Betatschen des Hinterns. Das Füttern mit Schokolade, die Küsse im strömenden Regen, das Kitzeln und Kribbeln, die Schlaflosigkeit, die Liebesschwüre. So war es mit Stefan gewesen. Gott, es war lange her! Ein Leben.

Die Stimme von Mira Delling drängte sich wieder in ihr Bewusstsein.

»Als wäre man achtzehn und nicht achtundsiebzig«, sagte sie gerade, »immer noch das verknallte Schulmädchen aus Eimsbüttel, das beim Sonntagsspaziergang die Blütenblätter von den Gänseblümchen rupft.«

Mira war noch etwas dichter an Paul herangerückt, die Hände der beiden waren ineinander verschlungen. Sie deutete auf einen Adventskalender. Vierundzwanzig kleine Päckchen, grün mit roten Schleifen, rot mit grünen Bändern, aufgehängt an einem weißlackierten Ziergitter vor dem Heizkörper. »Das hat er für mich gemacht. Sieben Päckchen habe ich schon ausgewickelt. Bonbons in Herzform. Eine Dose mit Schokoengeln. Glückskleesamen. Ein Teesieb in der Gestalt von Rudolph, dem Rentier mit der roten Nase. Entzückend, nicht?«

»Hoffe, das Rentier rentiert sich, und du verwöhnst mich auch weiterhin mit deinem Tee«, schmeichelte er, nahm ihr die Brille ab, hinter der sie ihre Augen verbarg, und küsste sie, bis nur noch ein sattes Schmatzen zu vernehmen war. »Dann komme ich durch den Schornstein, ho ho ho!«

Die beiden seufzten und kicherten, gluckstem voller Wonne und radierten sich jeglichen Anflug von Vernunft aus dem Gesicht. In Miras Augen lag Weihnachtsleuchten und auf ihren Lippen eine Spur Puderzucker.

Annalena verabschiedete sich überstürzt, ehe die beiden noch alberner wurden. Man tauschte an der Tür noch ein paar Nettigkeiten aus, in der Art, wieso man sich bisher nie so recht unterhalten habe, da man doch nur ein paar Meter voneinander entfernt wohnte, man wisse so gut wie gar nichts vom anderen, und dann bekam Annalena die Waage (geborgt), zwei Bratapfeltortenstücke auf einem Papierteller (kontraproduktiv zur Waage) und das Geschenk, das heute in Miras Adventskalender gewesen war, ein Schächtelchen mit Pflastern, versehen mit unterschiedlichen Aufdrucken. *Alles gut! Tut schon nicht mehr weh! Heile, heile Gänschen! Heulen hilft!* Sie sehe so aus, als bräuchte sie manchmal ein Trostpflaster, sagte Augenstern und schloss hastig die Tür, um schnell wieder bei Adonis zu sein, der die Magie zu haben schien, für sie jeden einzelnen Zimtstern in einen Stern am Himmel zu verwandeln.

Umkränzt von Efeu, flackerte die Kerze auf dem Couchtisch. Die Waage stand mitten im Zimmer, darauf ein leerer Pappkarton, in den Annalena ihre gesammelten Schätze füllte. Ein Glas Nescafé, ein Kästchen mit fünfundzwanzig Beuteln Ostfriesentee, ein paar Tafeln Zartbitterschokolade, eine Tüte Zitronenbonbons, dänische Butterkekse in einer Blechdose, Goldfischli zum Knabbern, ein großes Stück Gouda (eingeschweißt), eine französische Salami (ebenfalls in Folie), einen kleinen Schwarzwälder Schinken (original verpackt), zwei Taschenbücher, eine Dose Tabak, Zigarettenpapier, Briefmarken. Dazu eine schmucklose Karte, kein Geschenkpapier, keine Schleifenbänder. Sie wusste, sie war viel zu früh dran. Das Paket sollte erst kurz vor den Feiertagen an seinem Bestimmungsort eintreffen, aber man konnte gar nicht zeitig genug damit anfangen. Es war nicht so leicht. Naja, eigentlich war es das doch. Es durfte auf keinen Fall schwerer als fünf Kilogramm sein. Sie wog ab, packte, tarierte aus, und irgendwann war es vollbracht. Noch nie war es so ins Gewicht gefallen, was sie jemandem zu Weihnachten schenkte. Noch nie hatte sie solche Probleme gehabt, den Inhalt eines Paketes zu bezahlen. Ihr ganzer schöner Weihnachtsschmuck von ›Frau Haase‹, den sie bei eBay verhökert hatte, war dafür draufgegangen. Sie brachte die Waage zu Mira Delling zurück.

»Zufrieden mit dem Ergebnis?«, fragte die alte Dame.

»Es hat sich eine Menge angesammelt«, sagte Annalena vage. »Die Kunst ist nur, es geschickt zu verpacken.«

Zurück in ihrer Wohnung, warf sie sich aufs Bett, legte den Arm über die Augen und versuchte zu schlafen. Aber es wollte sich keine Müdigkeit einstellen, und so beschloss sie, das Beste aus dem Nachmittag zu machen und zu einem Spaziergang aufzubrechen, ehe die bald einbrechende Dunkelheit die Stadt umarmte.

Es war, als würden ihre Beine ein Eigenleben führen, denn ehe Annalena so recht kapierte, wie ihr geschah, stand sie vor dem ›Hotel am Kanal‹. Sie war schon manches Mal hier vorbeigekommen, hatte seine Pracht bewundert, ihm aber nicht weiter Beachtung geschenkt. Was nicht verwerflich war, fand sie. Wer interessierte sich schon für die Hotels der Stadt, in der man wohnte?

Annalena sah sich um. Sie blickte auf das glitzernde Wasser, auf Trauerweiden und Hausboote am anderen Ufer. Nach ihrer Winterflucht würde man hier auf Haubentaucher und Blässhühner treffen und auf die Schwäne, die im Frühjahr aus ihrem Schlechtwetterquartier zurückkamen. Über allem würde sich ein sommerblauer Himmel wölben, der sich abends mit einem zarten Veilchenton verabschiedete.

So viel Natur mitten in der Stadt, dachte Annalena – und der Hauptbahnhof nur vier U-Bahn-Minuten entfernt.

Sie betrat die Treppe, die mit fünf Stufen hinaufführte zu dem kleinen Hotel in der Jugendstilvilla, und versuchte, durch die Glasscheibe der Eingangstür einen Blick ins Foyer zu erhaschen. Elegant, so viel konnte man auf den ersten Blick erkennen, weißer Marmorfußboden, Kamin, französischer Kronleuchter, üppige Stoffe. Ehe sie es sich anders überlegen konnte, trat Annalena ein. Ein beeindruckender Adventskranz hing von der Decke. Auf dem Kaminsims standen die ersten Weihnachtskarten. Im Wintergarten mit Blick aufs Wasser wurde der Nachmittagstee serviert. Ein blumiger Duft, der an Jasmin erinnerte, wehte ihr entgegen. Auf weißen Etageren waren Leckereien angerichtet. Scones und Petit fours, winzige Patisserie-Kunstwerke, und kleine Sandwiches mit Gurke und Räucherlachs. In Windlichtern mit silbernen Füßen brannten dicke weiße Kerzen. In einem Kühler lagen mehrere Flaschen Champagner auf Eis, von der Kälte wie mit Reif beschlagen. Etwas Weihnachtliches kroch ihr in die Nase. Ein verführerischer Geruch nach

Vanille, der von den Schalen mit Kipferln aufstieg, die auf jedem Tisch verteilt waren.

Und dann sah sie sie.

In ein Buch versunken saß Katja in der hintersten Ecke am Fenster. Sie hatte nicht den kleinsten Versuch unternommen, ihre blonden Locken zu bändigen, die so viel wilder daherkamen als die zahme schwarze Hose und der cremefarbene Rollkragenpulli. Annalena wollte sich schon davonstehlen, aber da hatte Katja sie bereits entdeckt, lächelte und gab ihr ein Zeichen.

»Was machst du denn hier?«, sagte sie statt einer Begrüßung, und obwohl Annalena genau diese Frage ebenfalls auf der Seele brannte, verkniff sie sie sich. Es war ein seltsames Gefühl, Katja hier zu treffen, aber genau das dachte diese vermutlich auch über sie.

»Setz dich«, forderte sie Annalena auf, nachdem sie aufgestanden war und sie umarmt hatte, »und trink einen Tee mit mir! Der weiße aus Südostchina ist fantastisch.«

»Ich war noch nie hier«, sagte Annalena und ließ sich auf dem Polster eines mit königsblauem Samt bezogenen Sessels nieder.

»Ich schon öfter«, sagte Katja. »Immer dann, wenn meine Familie mir den Rest gibt. Es ist ein perfekter Rückzugsort. Aber verpetz mich nicht bei Pia.«

»Warum darf sie das nicht wissen?«

»Sie hat so viel Herzblut in dieses Hotel gesteckt. Sie hat es selbst eingerichtet, alle zwölf Zimmer ganz individuell gestaltet. Es würde sie umbringen, wenn sie wüsste, wir kommen hierher zum Tee, und sie hat hier nichts mehr verloren.« Katja nahm eine Haarsträhne, wickelte sie um den Finger und lächelte sie an. Annalena verspürte das Bedürfnis zu schweigen, und wenn sie noch etwas herbeigesehnt hätte, wäre das die versprochene Tasse Tee gewesen und vielleicht sogar ein Sherry, der warme Wellen durch ihren Körper jagen würde. Aber sie wollte hier nicht bleiben, und genau das teilte sie auch Katja mit. Es wäre ihr wie Verrat vorgekommen, an einem Ort zu sein, wo diejenige, die ihn geprägt hatte, nicht länger erwünscht war.

»Das will man doch nicht, oder?«

»Damit ist allerdings auch keinem geholfen«, sagte Katja, während sie der jungen Kellnerin bedeutete, dass sie zahlen wollte. »Aber es ist schon bedauerlich. Pias Leben hier war wie der Inhalt dieser Etagere.« Sie deutete auf den Nachbartisch. »Voll süßer Überraschungen, delikater Beilagen, köstlicher Abwechslungen. Aber jetzt im Augenblick hat sie richtig zu knabbern. Manchmal ist es mit den Männern wie mit Tee. Man muss sie ziehen lassen. Wie wäre es, wenn wir unseren Tee morgen bei mir nachholen? Um siebzehn Uhr? Hast du Lust?«

Ihr Kinderlein kommet!

Das Auffälligste am Haus von Katja Meerbusch war seine Unauffälligkeit. Es war das Einzige, an dem nichts strahlte, glänzte, flimmerte, blinkte oder leuchtete. Eine Frau ohne Lippenstift inmitten perfekt geschminkter Gesichter, dachte Annalena. Auch wenn diese Frau es nicht nötig hatte nachzuhelfen, weil sie ohnehin die Schönste war, so fiel es doch auf.

Es war fünf Minuten vor fünf, und wie immer war Annalena zu früh, als sie auf das Haus an der Bellevue zuging, der prachtvollsten Straße im Hamburger Stadtteil Winterhude. Die Alster vor der Tür, auf den Gehwegen Touristen und Jogger, die den Villen bewundernde Blicke zuwarfen. Über jede dieser Schönheiten war eine Lichterkettenbeleuchtung gestülpt wie funkelnde Perlenschnurkleider über die Körper von Las-Vegas-Tänzerinnen. Nur bei Katjas Anwesen nicht. Sie schien mit ihrem Weihnachtsboykott ernst gemacht zu haben.

Doch es blieb Annalena nicht verborgen, dass ihre Gastgeberin angespannt war, als sie die Tür öffnete. Vielleicht sollte sie gleich wieder verschwinden und ein anderes Mal wiederkommen? Aber davon wollte Katja nichts wissen.

»Ich brauche jemanden, der mir dabei hilft, hart zu bleiben. Je näher das Fest rückt, desto mehr vibrieren meine Nerven, denn Weihnachten ohne Weihnachten ist ein ziemlich waghalsiges Experiment. Ich habe meiner Familie heute Morgen verkündet, dass wir uns die Kocherei an den Feiertagen aufteilen werden. Heiligabend ich. Am ersten Feiertag die Kinder. Am zweiten mein Mann.«

»Das klingt nach einem guten Plan«, entgegnete Annalena. »Nach einem sehr guten. Meiner Meinung nach.«

»Das finde ich auch«, stimmte ihr Katja zu. »Aber damit stehe ich leider alleine da.«

Das wütende Zuknallen einer Tür im ersten Stock unterstrich diese Aussage.

»Und ich verlange nun wirklich keinen Fasan an karamellisiertem Rotkohl auf Feigen-Pfeffer-Sauce. Spaghetti Bolognese oder Spiegeleier mit Spinat würden es auch tun. Aber Julian, mein Ältester, hat plötzlich eine unaufschiebbar wichtige Hausarbeit zu schreiben, zusammen mit einem Schulfreund, der nur am 25. Dezember kann, weil er tags darauf mit seinen Eltern in den Skiurlaub in die französischen Alpen fährt. Meine Tochter Emma erwägt offenbar, sich zur Not beim Tennis eine Kreuzbandruptur zuzuziehen. Wer kann schon kochen, wenn er an Krücken geht? Mein Jüngster Felix meint, er sei vollauf zufrieden mit Tiefkühlpizza. Und mein Mann schlug vor, ob wir am zweiten Feiertag nicht einfach die Reste essen könnten oder Kalte Platte mit Aufschnitt und Gürkchen. So nennt das seine Mutter.«

Während Katja sprach, führte sie ihren Gast in den Wohnraum.

Auf dem Boden edelste Pitchpine-Dielen, viel Licht und jede Menge Weiß. Weiße Sessel, weiße Sofas, dazwischen zwei schwarz-weiß gestreifte Polsterhocker. Ein flacher Couchtisch mit einer Glasplatte oben und unten und gläsernen Streben dazwischen, was ihn bei näherer Betrachtung fast wie einen Irrgarten wirken ließ. In dem Labyrinth aus Fächern lagen prachtvolle Kunstbände. Auch hier lockerten rote Kissen das strenge Farbspiel auf, hingen ebenfalls Schwarzweißfotografien an den Wänden. Doch welch ein Unterschied zu ihrer eigenen Behausung!, dachte Annalena. Allein das riesige Bild mit dem Segelschiff über dem Kamin, das auf den Betrachter zuzugleiten schien. Dazwischen immer wieder Aufnahmen einer schlanken Schwimmerin beim Kopfsprung vom Startblock.

»Das bin ich«, verriet Katja. »Ich habe vor meinem Zeitungsvolontariat als Model für Bademoden gearbeitet.«

»Wundert mich gar nicht«, sagte Annalena. »So fantastisch, wie du aussiehst.«

Katja lachte laut und herzhaft. »Meine Kinder halten mich im Moment eher für eine hässliche Hexe. Und wenn das mit der miesen Stimmung hier so weitergeht, saust die tatsächlich irgendwann auf ihrem Besen davon. Aber erst, wenn sie ihre Mission erfüllt hat.«

»Die da wäre?«

»Endlich ein wenig Respekt zu kriegen für die ganze Schietarbeit, diese verdammte Schinderei, die man das ganze Jahr an der Backe hat. Hast du eigentlich Kinder?«

»Nein«, antwortete Annalena ohne großes Bedauern, während sie in dem ihr angebotenen Sessel Platz nahm.

Sie hatte sich mittlerweile damit abgefunden, und in vieler Hinsicht war es besser so. Sie musste sich nur das missmutige Mädchen angucken, das gerade die Treppe heruntergestapft kam und deren Augen ihrem Blick auswichen.

»Leider habe ich gar kein Geschenk dabei«, entschuldigte sich Annalena. »Ich finde es problematisch, etwas mitzubringen, wenn man bei jemandem noch nie zu Hause war. Vielleicht hat der Gastgeber ja einen ganz anderen Geschmack als man selbst.« Annalena blickte sich um. »Das lässt sich allerdings bei diesem herrlichen Zimmer nicht behaupten.«

Am heutigen Montag, zu Beginn der dritten Adventswoche, hatte der Supermarkt bei ihr um die Ecke wieder eine kleine Aufmerksamkeit verteilt. Rote Miniweihnachtssterne im Töpfchen, nicht größer als eine Clementine. Sie hatte nur fertig abgepacktes Vollkornbrot in Scheiben und ein Töpfchen Quark gekauft, dazu Spaghetti, eine Flasche Ketchup und frische Milch, alles zusammen 3,23 Euro, mit ihr konnte niemand ein großes Geschäft machen. Aber die Kassiererin hatte ihr trotzdem ein Töpfchen mitgegeben, das jetzt neben dem Efeukranz ihren Couchtisch schmückte. Gegen diesen Markt ließ sich Annalenas Meinung nach durchaus eine Menge sagen. Die Arroganz des Geschäftsführers war von ebensolchem Gardemaß wie seine Körpergröße und sein adeliger Doppelname, und er schien nicht zu kapieren, dass Kassen vor allem in Stoßzeiten besetzt gehörten, da Feierabend eigentlich Muße und freie Zeit bedeuten sollte und nicht zwanzig Minuten Schlangestehen für Kiwis, Koteletts und Camembert, aber eines hatte er begriffen: Kleine Geschenke erhielten die Freundschaft. Vor allem die der Kunden. Selbst wenn die Pflänzchen im Laden nur neunundneunzig Cent kosteten.

Für eine Frau, die ihren Tee nachmittags im Hotel trank, das schönste Haus unter der Sonne hatte und vermutlich schon für einen Müllbeutel einen Euro ausgab, wäre diese Minipflanze ohnehin nicht das Passende gewesen.

»Immer diese Schenkerei«, sagte Katja, »die verpflichtet einen nur. Es erstaunt mich, dass ausgerechnet du auf Präsente Wert legst. Das hat sich neulich bei Pia ganz anders angehört.«

»Ich schenke gern«, gestand Annalena, »aber ich will nicht von einem Datum im Kalender dazu gezwungen werden.«

»Da bin ich ganz deiner Ansicht«, sagte Katja.

»Meine Mutter hat's nicht mehr mit Schenken«, mischte sich das Mädchen ins Gespräch, das jetzt betont lässig auf sie zugeschlendert kam. »Die ist im Moment auf einem ganz anderen Trip.« Ein Spalt nackter Haut klaffte zwischen ihrem fliederfarbenen Pulli und dem Bund einer schwarzen Leggings. Als Mutter konnte man gar nicht dankbar genug sein für die Erfindung der Zentralheizung, dachte Annalena, die pubertierende Töchter vor Nierenbeckenentzündungen bewahrte.

»Das ist Emma«, stellte Katja ihre Tochter vor. »Und das, mein Schatz, ist Annalena. Wir haben uns bei Pia kennengelernt.«

»Auch so eine krasse Haterin?«, fragte Emma, während sie Annalena eine schlaffe Hand reichte. Immerhin das.

»Haterin?«

»Sie meint Weihnachtshasserin«, dolmetschte Katja.

»Stimmt, so in der Art«, sagte Annalena und lachte.

Emma warf die taillenlangen Haare mit so viel Schwung zur Seite, dass sie Annalena übers Gesicht wischten, und diese kam zu dem Schluss, selten ein schöneres Mädchen gesehen zu haben. Emma war ihrer Mutter nicht unähnlich, und das Blond auf ihrem Kopf war derart intensiv, dass es fast zu leuchten schien.

»Trip nennt sie das!«, empörte sich Katja und nestelte an dem prallen Knoten aus Haaren, den sie am Hinterkopf mit so etwas wie chinesischen Essstäbchen festgesteckt hatte. Sie war ganz in cremiges Weiß gekleidet, weite Hose, flauschiger Pullover mit Schalkragen, nackte Füße in Bambusschlappen, die Fußnägel in einem Schlammton lackiert, das Gesicht ungeschminkt. »Weihnachtsstreik bedeutet nun mal auch Geschenkeboykott. So ist das eben.«

»Insgesamt eine Scheißidee«, sagte Emma.

»Nicht diese Ausdrücke!«, warnte Katja sie und wandte sich an ihren Gast. »Ich hatte es so satt. Jedes Jahr bin ich derart beladen durch die Straßen gehetzt, dass ich mich nicht gewundert hätte, wenn mir wohlmeinende Rentner ihren Hackenporsche geliehen hätten. Gute Gaben für die Eltern. Die Schwiegereltern. Meinen Mann. Die Schwäger.« Sie stutzte. »Ist das der korrekte Plural? Ich als Journalistin sollte das eigentlich wissen.« Sie ließ die Schlappen von den Füßen gleiten und kickte sie unter den Glastisch. »Muss man entschuldigen. Habe lange pausiert wegen der Kinder. Die drei kamen so kurz hintereinander, da wäre ich sonst mit Möhrenbrei zwischen den Brüsten zum Interview mit der Kuratorin für Zeitgenössische Kunst erschienen ... Dann die Frauen der Schwäger.«

»Nennt man Schwägerinnen«, berichtigte sie Emma.

»Danke, meine Süße! Meine Geschwister. Neffen. Nichten. Drei Patensöhne. Drei Patentöchter. Meine eigenen Kinder.«

»Wir kommen mal wieder ganz zum Schluss. Unter ›ferner liefen‹. Typisch!«

»Ich glaube nicht, dass ihr euch beklagen könnt.«

»Nicht Weihnachten zu feiern, ist kalt und herzlos«, nölte Emma. »Du bist kalt und herzlos.«

»Bin ich nicht.«

»Bist du wohl.«

»Ihr hättet mir eure Hilfe anbieten können, ich habe euch immer wieder darum gebeten. Ihr lasst mich hängen, also müsst ihr auch die Konsequenzen tragen.«

»Für Weihnachten sind die Eltern zuständig.«

»Und was ist mit dem Rest des Jahres?«, erkundigte sich Katja.

»Eine Konsumfeindin und Kapitalismusgegnerin bist du«, trotzte ihre Tochter, ohne auf die Frage einzugehen.

»Auch das bin ich nicht. Ich hatte euch vorgeschlagen, dass wir uns alle Kleinigkeiten schenken. Fünfzig Euro Limit pro Person. Eure ellenlangen Gesichter reichten bis zur Teppichkante.«

»Wir haben keinen Teppich«, sagte Emma und kaute auf ihrer Unterlippe herum.

»Das war eine Metapher!«, belehrte Katja sie.

»Wenn schon ein Dior-Lippenstift fast vierzig Euro kostet, was kann man sich da schon wünschen?«, maulte Emma und trabte auf ihren Gazellenbeinen in den schwarzen Leggings davon in Richtung Küche. Kurz darauf hörte man das Schlagen einer Kühlschranktür und das Zischen von Kohlensäure beim Öffnen einer Flasche.

Katja stieß einen tiefen Seufzer aus, drehte Annalena den Oberköper zu und erklärte: »Da meine verwöhnten Kinder einhellig der Meinung sind, man könne sich für fünfzig Euro nichts Gescheites wünschen, habe ich kurzerhand die Option auf Geschenke gestrichen. Jetzt bekommt jeder einen Umschlag mit eben diesem Betrag und dazu die Aufforderung, das Geld für einen guten Zweck zu spenden.«

Sie senkte die Stimme und hielt die Hand an den Mundwinkel, während sie Annalena zuraunte: »Ich werde die Umschläge aber sehr hübsch einpacken.«

In normaler Lautstärke fügte sie hinzu: »Und von ›Bofrost‹ lasse ich einen großen Vorrat an Tiefkühlpizza kommen. Himmelherrgott, was habe ich mir früher für einen Stress gemacht! Rehrücken in Portweinsauce. Ente mit Walnussknödeln. Rinderfilet in Blätterteig mit Mangold. So sahen die Hauptgänge für Heiligabend und die beiden Feiertage aus. Bereits Anfang November habe ich Plätzchen gebacken. Ganze Dosen voll mit Nusstalern und Nougatsternen. Ich war nie eine von denen, die von Weihnachten überrollt werden wie von einer Naturkatastrophe. Das Weihnachtsfest war in meinen Augen immer etwas, das perfekt organisiert werden musste. Besinnlichkeit ist harte Arbeit, und vor dem Fest der Herzen steht die Hetze. Und mit der begann ich im Spätsommer. Ich trieb es auf die Spitze. Wofür erstand man schließlich eine Nordmanntanne, pyramidenförmig, buschige Äste, dicht und nach Wald duftend?«

»Und teuer«, sagte Annalena. »Da ist man bei den hohen Altbaudecken schnell mal achtzig Euro los.«

»Aber hallo!«, stimmte ihr Katja zu. »Jeden Adventssonntag war unser Haus voll bis unters Dach. Es war ein Kommen und Gehen. Ich wirbelte durch die Zimmer, kochte Tee und Kaffee, kredenzte meine selbstgebackenen Kekse, Glühwein und Kinderpunsch, in riesigen Töpfen simmerte Gulaschsuppe, und kaum war die Party vorbei, bereitete ich die nächste vor. Mir fiel schon gar nicht mehr auf, dass ich selbst keine ruhige Minute mehr hatte. Keine Atempause. Ich achtete auch nicht weiter darauf, dass ich an unserem hölzernen Glühweinstand im Garten, den wir jedes Mal eigens für die Adventszeit zimmern ließen, mein bester Kunde war. Diesmal haben wir keinen. Und auch keine Tanne.«

»Noch nicht mal eine kleine?«, bohrte Annalena nach.

»Noch nicht mal eine kleine.«

»Das ist so megascheiße!«, tönte es aus der Küche. »Weihnachten ohne Baum geht gar nicht. Baumlos ist hirnlos. Julian, Felix und ich werden einen Schaden fürs Leben davontragen. Freut euch schon mal auf die Psychiaterrechnungen!«

Katja zwinkerte und zeigte lachend einen Vogel in Richtung Küche.

»Wäre alles anders gelaufen, wenn ihr nicht so ein faules Pack wärt! Wenn ihr einmal mitgeschmückt hättet! Und auch mal die Nadeln aufgesaugt.« Sie grinste Annalena an. »Bei uns hatte jeder Baum immer schon ganz früh die Lizenz zum Nadeln. Aber so?« Sie lehnte sich entspannt zurück. »So ist es eben, wie es ist.«

»Wo ist eigentlich unser Baumschmuck?«, fragte Emma, linste mit einer Wasserflasche in der Hand um die Ecke und wollte sie gerade an die Lippen führen.

»Nimm dir ein Glas! Im Waisenhaus der Domschule«, erwiderte Katja seelenruhig und lächelte wie die possierlichste Putte auf einem Glitzerbild in Großmutters Poesiealbum.

»WAS?«

»Im Waisenhaus der Domschule«, wiederholte Katja mit Puttenlächeln. »Ich habe ihn gespendet.«

»Bist du ...?«, zischte Emma, konnte sich aber gerade noch beherrschen.

»Nachdem hier letztes Jahr an den Feiertagen alles drunter und drüber ging und ich danach allein mit diesem Trumm von Tanne dasaß und irgendwie sehen musste, wie ich das Ding auf die Straße zerre, damit es die Müllabfuhr mitnimmt, hatte ich die Faxen dicke. Ihr habt ja wie immer alle viere von euch gestreckt und fünfe gerade sein lassen, und euer Vater hat sich zwischen Aktenbergen verschanzt.«

»Und was wollen die in einem Waisenhaus mit unserem ganzen Baumschmuck?«

»Die werden schon Verwendung dafür haben.«

Katja strahlte Annalena an. »Emma hat recht. Wir hatten tatsächlich eine gigantische Auswahl.«

Aus Emmas Mund drang ein gurgelndes Geräusch, während ihre Mutter in Erinnerungen schwelgte.

»Keine dieser Geschmacksohrfeigen, die einem an Weihnachten oft ins Gesicht klatschen.« Sie schnalzte mit der Zunge. »Und hier über dem Tisch hing immer ein großer Kranz auf skandinavische Art, aus Tannenzweigen, mit Beeren und Glaskugeln.«

»Eigentlich ist doch jeder froh«, schaltete sich Annalena ein, »wenn die Festtage wieder einmal überstanden sind und man die Sachen auf den Speicher packen kann.« Es war nicht ganz das, was sie selbst dachte, eigentlich war es sogar das komplette Gegenteil davon, aber wenigstens half ihre Bemerkung, dass sie wie die Kugeln im Januar jetzt auch dieses Thema zur Seite legen konnten.

Katja erhob sich und schnippte mit den Fingern. »Jetzt setze ich das Teewasser auf, und während wir warten, dass es kocht, zeige ich dir was.«

Kurz darauf führte sie Annalena ein Stockwerk tiefer und öffnete die Tür zu einem Kellerraum, der aussah wie ein kleines Lager. In Metallregalen stapelten sich Kartons mit elektrischen Saftpressen, Eismaschinen und Fritteusen, daneben fanden sich Grillwerkzeuge, Nudelzangen, Salzkristalllampen, weiße Porzellanpferde. Katja nahm eine Schachtel in die Hand. »Hast du so etwas schon mal gesehen?«

Annalena las den Aufdruck laut vor und konnte sich ihre Verblüffung nicht verkneifen: »Ein Eiersollbruchstellenverursacher.«

»Geschenke, die man nicht braucht und für die man

keinen Platz hat. Am liebsten würde ich sie weitergeben. Aber du kennst das sicherlich, dass die Dinge dann manchmal in Form eines Bumerangs auf einen zurückkommen. Man sollte lieber gleich den *Trödeltrupp* rufen. Schaut meine Schwiegermutter immer. Kennst du die Sendung?«

Annalena schüttelte in einer gut gespielten Mischung aus Desinteresse und Entrüstung den Kopf. Meine Güte, ja, sie war mal zufällig nachmittags beim Zappen da reingeraten, aber konnte man wirklich von »kennen« sprechen?

»Eine Freundin von mir kriegt regelmäßig die Sachen überreicht, die sie selbst ein paar Jahre zuvor verschenkt hat«, erzählte Katja, »ganz dekorativ verpackt, versteht sich. Entweder ist das eine ganz perfide Form von Rache, oder die Menschen haben wirklich ein so schlechtes Gedächtnis.«

Als sie wieder nach oben kamen, zeigte Katja auf drei nebeneinanderliegende Türen auf der Empore im ersten Stock. »Das in der Mitte, aus dem zurzeit vor allem Jammern und Jaulen am Handy zu vernehmen ist, höchstens mal unterbrochen von hysterischem Gekicher, gehört Emma. Aus dem linken, dem von Felix, meinem Jüngsten, kommen in der Regel die Fußballreporterstimmen aus der digitalen Kommentatorenkabine von ›FIFA 15‹ auf der Playstation und aus dem rechten von Julian, unserem Siebzehnjährigen, das nervtötende Piepen elektronischer Geräte, die allesamt klingen, als läge dort ein Herzpatient auf der Intensivstation. Durch meinen Weihnachtsstreik sorge ich dafür, dass *ich* nicht die Infarktgefährdete bin.«

»Echt cool«, höhnte Emma, die ihre Flasche in die Küche gebracht hatte und auf dem Weg nach oben noch einmal vorbeikam. »Glückwunsch!«

»Es wird sehr erholsam. Wir tragen alle Hüttenschuhe, essen Pizza und belegte Brote, trinken Kakao, hören Jazz …«

Emma fiepte vor Entsetzen.

»… und Papas anstrengende Sippe bleibt, wo sie ist. Wir werden endlich einmal nicht gemästet und geschafft in die Falle steigen, sondern haben Besseres zu tun.«

»Für Besseres seid ihr zu alt«, sagte Emma. »Und Papa hat auf so'n Weihnachten absolut keine Böcke.«

»Das überlass mal mir«, sagte Katja.

»Der Kessel pfeift«, sagte Emma.

»Wie wäre es, wenn du ihn vom Herd nimmst?«, schlug Katja vor.

»Nö.«

Katja bat Annalena um Entschuldigung. »Bin gleich wieder da.«

Annalena beglückwünschte sich zu ihrer missglückten Familienplanung.

»Sie will mir nur meinen Herzenswunsch nicht erfüllen«, beschwerte sich Emma bei ihr, als Katja verschwunden war. »Deshalb hat sie Weihnachten gecancelt.«

»Welcher Wunsch wäre das denn?«

»Ein Tattoo.«

»Ein Tattoo wünschst du dir? Ein Blümchen, nicht größer als ein Maiskorn, auf deiner Schulter?«

Emma sah sie entgeistert an. Träum weiter, sagte ihr Blick. »Ein Adler über den ganzen Rücken.«

»Oh«, sagte Annalena. »Das würde ich dir als Mutter auch nicht erlauben. Wie alt bist du? Fünfzehn?«

»Was hat das damit zu tun? Maschas Mutter ist da entspannter«, erwiderte Emma so laut, dass Katja es hören musste, als sie mit dem Teetablett aus der Küche kam.

»Bei was ist Maschas Mutter entspannter?«, wollte Katja wissen.

»Mit Tattoos und allem. Mascha kriegt zu Weihnachten einen Nasenring.«

»Das fehlt noch!«

»Silber mit zwei türkisfarbenen Steinchen. Maschas Eltern haben tierisch Kohle«, führte sie aus und guckte Annalena an, als wäre das eine ungeheure Provokation. »Ihre Mutter hat im Keller einen speziellen Geschenkeverpackungsraum. Tausende von bunten Bändern und Papierrollen, von Folien und Tüten und Schachteln.«

»Ein Raubvogel auf dem Rücken passt irgendwie nicht zu Tüllschleifen-Tüddelüt«, sagte Katja. »Du müsstest dich jetzt mal für eine Richtung entscheiden. Rockerbraut oder Rothschild.«

»Rothschild, was soll'n das sein?«

»Erklär ich dir später. So, mein Herzchen«, forderte Katja ihre Tochter auf, »jetzt erzählst du alles Weitere deinem Friseur …«

»… zu dem *du* mal wieder dringend müsstest«, ätzte Emma.

»… und lässt uns hübsch alleine. Einverstanden?«

Emma trollte sich grummelnd, warf noch einmal die

strahlende Pracht ihrer blonden Haare nach hinten über den fliederfarbenen Pullover, unter dem vielleicht in nicht allzu ferner Zukunft ein Adler seine Schwingen ausbreiten würde, und rief im Davongehen zurück: »Ich feiere übrigens Heiligabend bei Mascha. Ihre Mutter hat mich eingeladen. Der tue ich leid.«

»Darüber ist das letzte Wort noch nicht gefallen«, sagte Katja.

»Doch«, sagte Emma. »Ist es. Bei uns passiert ja nichts.«

Katja zuckte die Achseln, als ihre Tochter in ihrem Zimmer verschwunden war.

»Es ist zwar noch ein bisschen früh, aber Mädchen sind ja schneller reif. Wenn's Zeit ist, zu gehen, verabschiedet man sich und baut neue Brücken. Manchmal gelingt das Kindern besser als Eltern. Ich habe meiner Familie alles gegeben, meine Liebe, meine Wärme, aber man darf nicht damit rechnen, dass man viel zurückbekommt. Im Moment jedenfalls nicht. Später vielleicht mal. Das Ego pubertierender Kinder ist gefräßiger als jeder Labrador, und der Rest der Menschheit scheint nur dazu auf der Welt zu sein, um es zu füttern.«

Als sie wieder in ihren Sesseln saßen, beobachtete Annalena, wie Katja den Tee aus einer gusseisernen schwarzen Kanne einschenkte.

»Ich hoffe, du magst grünen?«

»Sehr gerne«, antwortete Annalena, die den Duft aus ihrer Tasse inhalierte. Sie fand zwar, dass grüner Tee besser roch als schmeckte, wie feuchtes Gras im Sommerregen, aber das spielte jetzt keine Rolle. Ihr war nach etwas, was entgiftete. Sie nahm sich einen von den Reiscrackern, die Katja ihr in einer weißen Schale reichte, genauso edel und schlicht wie die Teekanne im japanischen Design. Dabei konnte sie sehen, dass Katjas Hand zitterte.

Ist so kalt der Winter

»Kundenservice! Mein Name ist Eva König. Guten Tag! Einen Moment bitte, ich bin gleich bei Ihnen! Ich habe noch ein Gespräch auf der anderen Leitung … Natürlich schicken wir Ihnen Ersatz für den klietschigen Stollen, Frau Humboldt! Nicht durchgebacken ist ungenießbar. Da haben Sie vollkommen recht! Ich wünsche Ihnen trotzdem frohe Feiertage! Passen Sie auf sich auf! Mit einer Kreuzallergie ist nicht zu spaßen … So, jetzt bin ich ganz für Sie da! Was kann ich für Sie tun?«

»Hier ist Annalena.«

»Annalena! Das ist ja eine Überraschung! Hier ist der Teufel los. Sagen wir: Engel und Teufel. Es geht ja schließlich auf Weihnachten zu. Glassplitter im Honig. Nagel im Hundefutter. Kostet die Firma fünfhundert Euro an Tierarztrechnungen. Ich kann dir sagen! Kurz vor dem Fest drehen alle durch.«

»So ist es doch immer«, sagte Annalena.

Eva senkte ihre Stimme. »Ich freue mich schon auf den Feierabend, wenn ich die Pforte meines Häuschens ins Schloss drücken kann.«

»Wo wohnst du nochmal?«

»In einem Lotsenhaus im Treppenviertel von Blankenese. Sehr malerisch. Du musst mich mal besuchen kommen, im Frühling! Ich habe einen Steingarten mit Fetthenne und Schillergras, die Wiese hinterm Haus wird von Stieleichen gesäumt, die dem Kräutergarten die Sonne rauben, aber das macht nichts. Minze, Kresse und Bärlauch gedeihen selbst im Schatten prächtig. Sogar Petersilie und Dill schlagen sich tapfer … Gott, warum erzähle ich dir das? Weil ich wahrscheinlich genug habe von Hartgummi im Brot, Plastik in der Leberwurst und Kieselsteinchen im Champignonglas. Und von den Beschwerden der Kunden, dass nach zwanzig Uhr nur noch eine Kasse besetzt ist.«

»Könnte *mein* Supermarkt sein«, sagte Annalena.

»In welchen gehst du?«

»Zur Konkurrenz.«

»Bleib bloß da! Noch jemanden, der meckert, könnte ich heute nicht ertragen. Zufall übrigens, dass du bei mir gelandet bist und nicht bei einem Kollegen. Kann ich etwas für dich tun?«

»Ich mache mir ein bisschen Sorgen.«

»Um wen oder was?«

»Ich war vorgestern Nachmittag bei Katja zum Tee.«

»In ihrem schönen Haus, du Glückliche!«

»Unschöne Stimmung.«

»Wie meinst du das? Warte mal kurz! … Ich komme, wenn ich hier fertig bin!«

»Ich will nicht weiter stören.«

»Kein Problem. Ich muss zu einer Schulung. Aber die können noch ein Momentchen warten. Das sind die kleinen Privilegien einer Teamleiterin.«

»Was für eine Schulung?«

»Rechtschreibung für Mail-Verkehr. Aneinanderreihung von drei Konsonanten.«

»Schifffahrt«, sagte Annalena.

»Kommt recht selten vor bei den Kundenbeschwerden einer Supermarktkette«, wandte Eva lachend ein. »Eher schon Erdnusssauce und Essschokolade. Aber du wolltest von Katja berichten.«

»Mit ihrem Weihnachtsstreik steht sie ziemlich alleine da. Ihre Tochter will Heiligabend bei einer Freundin verbringen. Sie hat es sich nicht anmerken lassen, aber ich hatte das Gefühl, es hat Katja getroffen. Ich dachte, vielleicht weißt du …«

»Einen Rat?«

»Pia hat bestimmt nicht umsonst von dem Telefonat mit dir geschwärmt.«

»Sie hat sich selbst geholfen, indem sie sich etwas von der Seele geredet hat. Manchmal muss man einfach nur was loswerden. Einer macht den Mund auf und ein anderer seine Ohren. Das ist das ganze Geheimnis. Davon leben Heerscharen von Therapeuten.«

»Da magst du recht haben.«

»Man muss natürlich dazu bereit sein.«

»Das muss man.«

»Hast du jemanden, mit dem du reden kannst?«

»Ich?« Annalena lachte gekünstelt. »Jaja. Alles gut. Alles fein.«

»Das freut mich«, sagte Eva, bevor sie betrübt seufzte: »Jetzt schalten sie im Büro schon wieder die Neonlampen ein. Natürlich, was bleibt einem übrig angesichts der früh einsetzenden Dunkelheit und des wolkenverhangenen Himmels? Aber die machen ein so scheußliches Licht.«

»Das kenne ich. Man wartet darauf, dass es endlich Tag wird. Doch das dauert. Manchmal wird es gar nicht richtig hell.«

Eva schwieg einen Moment. »Mich würde interessieren, wie du letztes Jahr Weihnachten verbracht hast. Pia hat erzählt, du bist getrennt.«

»Wie ich Weihnachten verbracht habe?« Annalena schaffte es, in einer synchronen Bewegung den Kopf zu schütteln und ihre Schulter hochzuziehen, um ihre Verwunderung über diese Frage auszudrücken, wohl wissend, dass Eva sie nicht sehen konnte. »Es ist nicht so, dass ich niemanden hätte. Ich sollte mit meiner Mutter bei meinem Bruder und dessen Familie in Hannover feiern. Aber ich wollte nicht. Ich bin kein gutes Anhängsel. Ich bin lieber allein geblieben. Habe mir Milchreis gekocht und ein Glas Apfelsaft getrunken, habe stundenlang aus dem Fenster geschaut, auf die Autos, die unten auf der breiten Straße vorbeifuhren, ganz gemütlich, so als hätten sie alle Zeit der Welt. Als würde auf einmal ein ganz besonderer Zauber über allem liegen, der die Hektik der vergangenen Wochen aufsaugt. Vielleicht war es bei vielen aber auch nur der Gedanke, den Besuch bei der Schwiegermutter noch ein wenig hinauszuzögern. Heiligabend lässt viel Raum für derartige Spekulationen. Ich habe gegrübelt, wohin sie alle unterwegs sein mögen. Hätte es doch wenigstens geschneit! Es wirkt beruhigend, wenn alles weiß ist. Schnee kann einen über so vieles hinwegtrösten. Man kann sich einbilden, dass in diesen Tagen noch einmal alles von vorn beginnt. Alles auf Anfang. Noch einmal über Los. Aber es wurde einfach nicht richtig Winter. Nicht in dieser Nacht.«

Annalena war irritiert, wie viel sie von sich preisgab, und fast bedauerte sie es, dass Eva von einer Kollegin unterbrochen wurde. »Augenblick bitte, Annalena! ... Darüber kann man streiten, ob Pistazienhalbmonde etwas in einer Weihnachtsgebäckmischung zu suchen haben. Aber selbstverständlich streitest du nicht, Susi, sondern streichelst die Kundin. Vielleicht solltest du die Möglichkeit erwähnen, dass zu den süßen Gaben der Heiligen Drei Könige, die sie in den Stall nach Bethlehem gebracht haben, auf jeden Fall Pistazien gehört haben. Dann stehen die Pistazienmonde gleich in einem ganz anderen Licht da.«

»Ihr streichelt eure Kunden?«, sagte Annalena und lachte. »Wie nett!«

»Mit verbaler Stahlwolle kommt man hier nicht weit.«

»Woher du das alles weißt!«

»Was meinst du?«

»Das mit den Pistazien und den Heiligen Drei Königen.«

»Verrate mich nicht!«, sagte Eva, ein Lächeln in der Stimme. »Ich weiß es gar nicht.«

»Es war gar nicht so?«

»Es könnte so gewesen sein. Findest du nicht? Pistazien passen doch perfekt zu den drei Weisen aus dem Morgenland.«

Annalena prustete los.

»Das hört sich nach einem sehr einsamen Weihnachten

an«, stellte Eva fest. Ihre Stimme hatte plötzlich wieder einen ernsten Klang angenommen, da sie gewillt schien, das Gespräch von eben fortzusetzen.

»Es war mein erstes Weihnachten ohne meinen Mann.«

Annalena hielt es nicht mehr auf der Bettkante ihres Schlafsofas, sie sprang hoch und wanderte im Zimmer umher.

»Im Jahr davor habe ich noch zu retten versucht, was zu retten war. Wenigstens dieses Fest. Ein bisschen Wärme. Ein bisschen Lichterglanz. Wir fuhren zu meiner Mutter nach Bad Gandersheim am Harz. Sie hat nur eine schmale Rente, aber sie gab sich Mühe, es für uns so schön wie möglich zu machen. Sie hatte kleine Geschenke besorgt und einen Minibaum im Topf, den man nach den Feiertagen in den Garten pflanzen konnte. Eine Weihnachts-CD von den Wiener Sängerknaben lief, es gab Harzer Schmorwurst, Grünkohl und Bier. Doch Stefan und ich hatten seit längerem eine neue Freizeitbeschäftigung entdeckt: Streiten – und das war das, was wir am besten konnten. Wir waren eine Zumutung für alle, und schon am ersten Feiertag reisten wir wieder ab. Unsere Nerven lagen blank wie Drähte nach einem Kabelbrand, um uns herum war alles verschmort. Gemeinsam schleppten wir uns noch ins neue Jahr, doch daheim knallten nur noch die Türen. Schließlich beschlossen wir, uns zu trennen. Das heißt, eigentlich beschloss er, sich zu trennen. Er wollte mir das alles nicht mehr zumuten. Er meinte, es sei besser, wenn jeder für sich sein Leben überdenkt und sich neu darin einrichtet.«

»Was wollte er dir nicht mehr zumuten?«

Annalena schwieg. Sie hatte sich weit vorgewagt, und nun war es zu spät, wieder in Deckung zu gehen. Es gab keinen Hinterhalt mehr.

»Es ist schlimm, nichts zu haben. Noch schlimmer aber ist es, oben gewesen zu sein und sich auf einmal unten wiederzufinden. Das ist wie schön geboren zu werden und dann langsam zu verfallen.«

»Ihr hattet kein Geld mehr, willst du sagen?«

»Mein Mann sammelte Oldtimer, und ich trug Gucci. Aber das war einmal. Als ich neulich mit meinen drei Baguette-Broten und der Flasche billigem Weißwein unterm Arm zu unserem ersten Treffen bei Pia kam, hatte ich noch genau einunddreißig Cent im Portemonnaie. Früher Penthouse, heute Parterre. Auch wenn ich unterm Dach wohne. Lange Zeit mussten wir uns nie Gedanken über Geld machen. Es war einfach da. Mehr als genug. Reisen nach St. Barths, nach Saint-Tropez und St. Moritz, Wellness im Ayurveda-Hotel in Sri Lanka, ein Luxus-Wochenende auf Sylt, Essen in Sterne-Restaurants, Reisegepäck von Louis Vuitton. Ich kriegte Wutausbrüche, wenn ich nicht auf die Warteliste für die neue Kelly Bag von Hermès kam, meine Haare wurden immer heller, mein Teint immer sonnengebräunter, ich quälte mir jedes Gramm von den Rippen, obwohl ich von Natur aus eher zur Üppigkeit neige. In gewissen Kreisen können zehn Pfund zu viel ein sichtbarer Kontrollverlust sein, für den man jemanden entweder verachtet oder im besten Fall bemitleidet.«

»Annalena!«

»Nach dem Abitur habe ich eine Lehre als Bürokauffrau gemacht und bin bald darauf in einer Firma gelandet, die Werkstoffe für Haushaltsgeräte herstellte. Polycarbonat-Materialien.«

»Annalena!«

»Alles andere als sexy. Im Gegensatz zu einem der Geschäftsführer, Stefan Schiller, einige Jahre älter als ich, attraktiv und mit viel Ahnung von guter Personalführung. Er heiratete seine Sekretärin. Mich. Irgendwann machte mein Mann sich selbstständig. Im- und Export Fernost. Durch die Zulieferdienste für die Werkstoffe hatte er gute Kontakte nach Asien. Am Anfang lief es bombig.«

»Es tut mir leid, Annalena!«

»Ich ging zum Tennis, hatte einen eigenen Personal Trainer bei Lady Fitness, jettete mit Freundinnen nach Florenz oder Santorin und bestand darauf, dass mir als Stammkundin die New Arrivals vom Modehaus Unger am Neuen Wall unverzüglich mitgeteilt wurden, genau wie die Occasions der Designer-Shops, günstige Gelegenheiten, etwa in Form einer reduzierten schwarzen Schluppenbluse aus Tüll von Valentino für 499 Euro.«

»Ich will dich nicht abwürgen, Annalena«, versuchte es Eva erneut, »ganz bestimmt nicht, aber ich …«

»Viel später sollte ich erfahren, dass Stefans besessenes Arbeiten irgendwann nichts mehr mit der erstklassigen Auftragslage zu tun hatte, sondern mit dem genauen Gegenteil. Die Geschäfte gingen in die Knie. Er war Tag und Nacht im Einsatz, führte ein Leben auf der Überholspur. Nachts um drei noch ein paar Telefonate und diverse Espressi zum Wachbleiben, um die Geschäftspartner in

Bangkok, Shanghai und Singapur nicht zu verpassen, die Europa schon fünf oder sechs Stunden voraus waren. Ich höre immer noch seine Stimme, wenn er nachts telefonierte, dieses englische Fachlatein aus Exportzahlen und Chargennummern und Zollvorschriften. In allen finanziellen Dingen habe ich meinem Mann vollkommen vertraut.«

»Tut mir wirklich leid, Annalena! Aber ich muss zu dieser Schulung. Darf ich dich zurückrufen?«

Es war, als käme Annalena nach einigen Minuten des Weggetretenseins wieder zu sich. Als würde sie Evas Stimme erst jetzt wahrnehmen. Ihr wurde bewusst, dass in dem Großraumbüro, in dem Eva arbeitete, ein ständiges Kommen und Gehen herrschen musste und dass Eva ihr beim besten Willen nicht länger zuhören konnte.

»Verzeih mir bitte!«, rief Annalena aus. »Ich stehle dir die Zeit. Störe dich bei der Arbeit. Ich bin unsensibel und egoistisch. Weiß gar nicht, was mit mir los ist. Diese hochemotionale Weihnachtszeit weicht einem das Hirn auf, bis es knatschig ist wie euer Stollen.«

»Ist doch alles in Ordnung«, beschwichtigte sie Eva. »Darf ich dich heute Abend zu Hause anrufen? Ich werde kurz nach halb neun daheim sein. Bitte!« Es klang fast drängend, fand Annalena.

»Da arbeite ich«, entgegnete sie.

»Pia erzählte etwas von einer Gebäudereinigungsfirma.«

Annalena musste trotz ihrer Anspannung lachen. »Alle Achtung! Bei euch spricht sich ja alles fix herum.«

»Ist das nicht normal? Wir kümmern uns umeinander.«

»Ich gehe putzen«, sagte Annalena. »Jeden Abend von acht Uhr bis Mitternacht in der Gewerbeschule für Gastronomie und Ernährung in der Angerstraße. Deshalb bin ich immer bestens darüber informiert, was nachmittags und am frühen Abend im Fernsehen läuft. Da habe ich nämlich Zeit. Ich melde mich wieder bei dir. Tschüs, Eva!«

Noch lange nach dem Gespräch tigerte Annalena unruhig auf und ab. Sie bemühte sich um Ruhe und Gelassenheit, aber unter der Oberfläche brodelte es. Sie hatte die Schleusen geöffnet, und das Wasser kam angerauscht. Als sie beim Blick auf ihre Uhr feststellte, dass seit dem Auflegen des Hörers bereits eine Stunde vergangen war, wählte sie erneut die Nummer von Evas Büro. Wie lange konnten sich Menschen mit Konsonanten beschäftigen? Sie hoffte darauf, Eva sofort wieder am Apparat zu haben, denn sie hatte das unbedingte Bedürfnis, etwas klarzustellen.

»Kundenservice! Guten Tag! Mein Name ist ...«

»Hier ist noch mal Annalena. Ich möchte nicht, dass du den Eindruck hast, Stefan hätte den Karren allein in den Dreck gefahren. Das wäre nicht fair. Ich habe mir wie die berühmten drei Affen Augen, Ohren und Mund zugehalten. Mein Fehler.

Weißt du, mein Beschwichtigungsprogramm funktioniert hervorragend. Das Verdrängen und ich, wir sind schon lange gute Freunde. Ich streckte mich auf der Chaiselongue aus und dachte: Mach mal! Immer noch konnte ich in atemberaubendem Tempo umschalten von Krisen-Modus auf Kaviarfrühstück. Zwar gelang es auch mir nicht mehr, die Augen zu verschließen, nachdem ich eines Tages auf der Suche nach einem leeren Aktenordner in einem Stahlschrank seines Arbeitszimmers einen ganzen Stapel ungeöffneter Rechnungen gefunden hatte. Aber selbst dann wollte ich die ganze Katastrophe, von der ich genau wusste, dass sie kommen würde, noch auf übermorgen verschieben. Am besten auf den Sankt Nimmerleinstag. Eine Zurückstufung in die Holzklasse war unvorstellbar für mich.«

Sie holte tief Luft. Nun war schon einiges gesagt, und sie fühlte sich wie befreit. Es nützte ja nichts, die eigenen Fehler mit Zuckerguss zu verzieren. Hingerissen hatte sie den süßen Gesängen der Werbung gelauscht, besonders zur Weihnachtszeit, sie war moralisch verludert gewesen, was das Geldausgeben anging, sie liebte es, zu beschenken, vor allem sich selbst, und sie hatte zu lange die weichen Stellen ihrer Seele gehätschelt, anstatt die Ärmel hochzukrempeln. So waren allmählich Druckstellen daraus geworden, die nicht mehr so leicht verschwanden.

»So bin ich, Eva! Immer aufs eigene Wohl bedacht. Habe ich mich etwa für Katja ins Zeug gelegt? Habe ich sie irgendwie unterstützt beim Streit mit ihrer Tochter, die sich ein ganzes Greifvogelgehege auf den Rücken tätowieren lassen will? Aber wenigstens ist mir eingefallen, dass sich auch der Brennnesseltee mit drei ›N‹ schreibt. Und was ist eigentlich aus deinem Flirt mit diesem Rochus geworden? Noch nicht mal danach habe ich dich gefragt.«

»Einen Moment bitte, gnädige Frau«, erklang die Stimme am anderen Ende. »Eva! Übernimmst du das mal? Ich bin im Moment echt überfordert. Hier geht's um Kaviarfrühstück, unbezahlte Rechnungen, irgendwelche Druckstellen und Brennnesseltee. Da muss die Expertin ran! Außerdem wusste ich gar nicht, dass du dich wieder mit einem Mann triffst!«

In Schockstarre legte Annalena auf und beschloss, das Klingeln des Telefons in den nächsten Tagen zu ignorieren.

Fröhliche Weihnacht überall

Der Himmel war kaltblau und silbrig. Sauber geblasen von der steifen Brise der letzten Tage. Es war der Samstag vor dem dritten Advent, als Annalena am Nachmittag an der Seite von Uschi Wolff über den vielleicht schönsten Weihnachtsmarkt Hamburgs am Jungfernstieg bummelte.

›Weißer Zauber‹ nannten ihn die Einheimischen, was sehr poetisch klang, wie Annalena fand, wie ein köstlicher Adventstee oder eine besondere Duftkerzensorte für den Winter. Man musste schon eine sehr militante Weihnachtshasserin sein, um diesem Charme widerstehen zu können.

Märchenschiffe schaukelten auf der Alster, später in der Dämmerung würden die ersten Lichtdiamanten auf der Wasserfläche funkeln, der Wind lud zu Wellentänzen ein. Jedes Jahr wurde hier die Eisprinzessin gewählt, die Schönste der Kühlen. Hier hatte man keine alpenländischen Holzhütten, hier gab es weiße Beduinenzelte, in denen man Eierpunsch, Flammkuchen, Crêpes und Christbaumschmuck bekam. Tagsüber war es malerisch, abends magisch. Dann tauchte die Weihnachtsbeleuchtung alles in weiß-gold-silbernes Licht, und Hamburgs

Prachtstraße glich einer zum Leben erweckten Ansichtskarte, die bevölkert war von Menschen mit rotblinkenden Weihnachtsmannmützen.

Doch sie waren nicht zum Vergnügen hier. Uschi hatte den Auftrag, mehrere Schachteln mit Baumschmuck von ›Frau Haase‹ zu einem der Stände zu bringen, mit denen sie kooperierten und die die Anhänger weiterverkauften. Da Uschi keine Lust gehabt hatte, sich dem ganzen Zinnober, wie sie es nannte, alleine auszusetzen, war sie froh über Annalenas Begleitung. Auch wenn es eine Weile gedauert hatte, bis sie Annalena ans Telefon bekam.

»Eva hat sich Sorgen gemacht und mich gebeten, es ebenfalls bei dir zu probieren. Sie meinte, ich sollte mal nach dir schauen, da wir doch fast um die Ecke wohnen, und vielleicht ein paar Tränen trocknen.«

»Wenn hier jemand Tränen trocknen muss, dann sind das die Kollegen in Evas Büro. Und zwar Lachtränen«, sagte Annalena.

»Wieso? Was ist passiert?«

»Hat sie das nicht erzählt?«

»Nee.«

»Dann liebe ich sie dafür und schweige.«

Sie hatten ihr Ziel erreicht und betraten eines der weißen Zelte. Eine junge Frau nahm nach der Begrüßung die Pappschachteln entgegen, öffnete die erste und betrachtete das Gelieferte. Auf Luftpolsterfolie gebettet lag Christbaumschmuck in Form von Figuren aus Tausendundeiner Nacht. Haremsdamen und orientalische Prinzen. Aladdin, Sindbad, Ali Baba und Scheherazade.

Sie konnte nicht anders. Beinahe zärtlich strich Annalena über die Pantöffelchen mit den nach oben hin gebogenen Spitzen, die ein kleiner Sultan passend zum goldenen Wams seiner türkisfarbenen Pumphose trug.

Uschi beobachtete sie.

»So eine hatte Katja bei Pia an«, beeilte sich Annalena zu sagen, deutete auf die Hose und ließ vor Verlegenheit zwischen ihren Fingern ein Bläschen der Plastikfolie platzen, was ihr einen tadelnden Blick der Verkäuferin eintrug, bevor die Frau zürnte: »Die Kunden wollen immer speziellere Sachen.«

»Zeige mir deinen Baum«, ergänzte Uschi, »und ich sage dir, wer du bist! Ob Hobby, Haustier oder Haute Couture. Napfkuchen und Eiffelturm, Basketball, Reiterstiefel und pinkfarbene High Heels mit Swarovski-Steinen und grüner Schleife? Ziemlich eindeutige Sache, oder? Wir haben es hier mit einer Naschkatze zu tun, die gern nach Paris reist, deren Sohn Basketballspiel spielt, während die Tochter reitet, und die manchmal das scharfe Luder gibt. O Tannenbaum, du lässt tief blicken! Und wir geben ihnen auch noch die Kugel, manchmal sogar in Form von silbernen Totenköpfen.«

»Wie kommt es eigentlich«, fragte Annalena, nachdem sie das Zelt verlassen hatten und an der Binnenalster entlangschlenderten, »dass ausgerechnet du in diesem Laden gelandet bist?«

»Weil ich vor rund acht Jahren meine Arbeit in der Papierwarenabteilung von Karstadt verloren habe, als sie das Kaufhaus an der Hamburger Straße dichtmachten. In dem Angelshop, den mein Mann Rüdiger mit seinem Kompagnon betreibt, war keine Stelle als Verkäuferin frei.

So viel wirft der Laden nicht ab. Außerdem sind Karpfenruten und Köderfische nicht mein Ding. Das war eine schwere Zeit für mich. Mit neunundvierzig ist das Leben kein Heimspiel mehr, ein neuer Job war nicht leicht zu finden. Meine Tochter Nina, unser einziges Kind, hatte gerade Abitur gemacht, war zum Studium nach Berlin und anschließend in die USA, da sie sich während eines Florida-Urlaubs in einen Zahnarzt aus Michigan verliebt hatte.«

Uschi zog eine graue Strickmütze aus der Seitentasche ihres braunmelierten Tweedmantels und stülpte sie über den Kopf, bis ihr langer Pony noch tiefer über den Lidern hing, was sie aber nicht zu stören schien.

»Als ich nach langem Suchen den Job bei ›Frau Haase‹ fand, war das ein Lichtstreif am Horizont. Ich war so ziemlich am Ende, sie am Anfang. Sie hatte sich gerade erst selbstständig gemacht mit einem Weihnachtsladen, der das ganze Jahr über geöffnet hat. Eine kultivierte ältere Dame vom Umfang einer Opern-Walküre, mit weißgrauer Prinz-Eisenherz-Frisur und einer Leidenschaft für helle Pudel und dunklen Port. Sie raucht zu viel und hat eine unselige Neigung zu Buletten und Gurkengemüse mit Dill. Unselig vor allem deshalb, weil ich das meistens zubereiten muss.«

Uschi lachte aus vollem Hals, und Annalena spürte ihren leeren Magen. Die Erwähnung frisch gebratener Frikadellen machte die Sache nicht besser. Sie konnte die krosse braune Kruste und die geschmälzten Zwiebeln förmlich riechen, auch wenn es ein eingebildeter Geruch war.

»Bei mir«, sprach Uschi weiter, »hat sich in den Tagen seit unserem ersten Treffen einiges getan. Ich habe endlich gemerkt, dass ich nicht länger das machen möchte, was ich mache. Das Leben ist zu kurz, um es an Menschen ohne Herz, an Jobs ohne Spaß und an Schmorgurken zu verschwenden.« Mit beiden Händen zog sie die Strickmütze über dem Hinterkopf stramm. »Ich höre auf.«

»Du tust was?« Annalena war stehen geblieben und starrte Uschi an.

»Ich höre auf.«

»Du kündigst?«

»Ich höre damit auf, bei ›Frau Haase‹ angestellt zu sein.«

»Du hast schon gekündigt?«

Annalenas Magen knurrte. Ausgerechnet jetzt. Sie war ihrem gefütterten Steppmantel dankbar, dass er die Geräusche dämpfte.

»Ich habe schon gekündigt. Ganz richtig. Um ...«, nun strahlte sie Annalena an, während sie sie zu einem Stehtisch vor einem der Zelte zog, »... den Laden zu übernehmen.«

»Was?«

Uschi breitete die Arme aus, stellte in ihren Nietenstiefeln einen Fuß vor den anderen und deutete eine leichte Verbeugung an.

»Voilà! Vor dir steht die neue Besitzerin von ›Frau Haase‹! Denn die alte geht in Rente.«

Ihr Lächeln war das breiteste auf dem ganzen Boulevard.

»Aber du hast doch die Nase voll von dem Weihnachtskram.«

»Und wie! Soll doch jemand anderes die Glücksschweine mit den goldenen Flügeln verkaufen!«

»Schweine-Engel«, sagte Annalena, wobei sie den verführerischen Duft eines Riesenschaschliks am Nachbartisch wahrnahm. Ihre Nasenflügel blähten sich, so dass sie den Geruch besser einsaugen konnte.

»Engel-Schweine«, sagte Uschi. »So heißen sie korrekt. Oder auch geflügelte Schweine.«

Könnte ihretwegen auch Huhn sein, befand Annalena. Lamm. Rind. Kalb. Was auch immer. Hunger war eine heimtückische Qual.

»Ich werde das Weihnachtssortiment aufgeben«, fuhr Uschi fort. »Und trotzdem den Laden erweitern. Der südafrikanische Weinhändler nebenan geht raus. Ich beabsichtige, mich auf Deko wie Vasen, Kerzenständer und Tischlampen zu spezialisieren, nicht saisongebundene Ware, die wir verkaufen und für Fotoproduktionen von Wohnzeitschriften oder Lifestylemagazinen gegen Gebühr ausleihen werden.«

Annalena spürte einen Stich im Herzen. ›Frau Haase‹ ohne Christbaumschmuck war wie ein Liebesapfel ohne Zuckerglasur, wie ein Hollywoodfilm ohne Herzensbrecher.

Sie bemühte sich, Uschi ihre Enttäuschung nicht merken zu lassen.

»Hast du denn Ahnung von Buchführung und all dem?«

»Ich nicht. Aber mein Mann. Schließlich hat er selbst

einen Laden. Und ehe er weiterhin in seiner Freizeit beim Angeln darauf wartet, dass nichts geschieht, und wir abends den Suppentellern beim Trocknen zusehen, komme ich und gebe seinem Leben wieder einen Sinn. Es wird uns guttun, etwas gemeinsam zu machen. Und nächstes Frühjahr, so haben wir beschlossen, fliegen wir zu unserer Tochter nach Michigan und lernen endlich unsere Enkelin kennen.«

»Das ist aber mal ein üppig belegtes Brötchen«, sagte Annalena.

»Hast du Hunger?«

»Nee. Wieso?«

»Weil du plötzlich vom Essen sprichst.«

»Ich hätte auch sagen können: Das ist echt ein dickes Ding. Bei mir führt so ein Überangebot eher dazu, dass mir der Appetit vergeht. Genauso geht es mir mit Büffets. Ich sehe die vielen Schüsseln und Platten …«, Annalena breitet die Arme aus, »… und bin satt.«

»Geht mir nicht so«, sagte Uschi. »Wünschte, es wäre so.«

Annalena merkte, wie ihre Nase warm wurde, obwohl sie still in die kalte Winterluft ragte. Das passierte immer, wenn sie log. Sie konnte nur hoffen, dass die Nase nicht auch noch rot wurde wie bei Rudolph, dem Rentier.

»Du lebst allein, hörte ich?« Uschis zaghafter Ton bewies Annalena, dass sie sich dem Thema vorsichtig annähern wollte. Wie eine Schlittschuhläuferin, die erst mal den Rand testete, bevor sie sich auf die Fläche wagte.

Sie hatten beide schon zu viel erlebt. Jede von ihnen wusste, wie dünn das Eis war, wie leicht man einbrechen konnte. Und war das erst mal geschehen, gab es keinen Schutz mehr gegen Unterkühlung.

»Das hat sich wirklich schnell herumgesprochen.«

»Bleibt nicht aus«, sagte Uschi. »Warum habt ihr euch getrennt?«

»Warum trennt man sich? Weil die Gefühle auf der Strecke geblieben sind. Weil man die Abnutzungserscheinungen einer langen Ehe nicht mehr erträgt. Weil der Lack ab ist, die Knochen brüchig werden und es in den Gelenken knirscht. Das hast du doch neulich bei Pia selbst erzählt. Es ist doch eigentlich egal, was Eheleute machen, die keine Kinder haben. Die können mit ihrem Leben anstellen, was sie wollen. Sie schaden niemandem. Sie sind niemandem gegenüber verpflichtet. Nur sich selbst und dem eigenen Leben. Das ist eine ehrliche und anständige Sichtweise, oder nicht?«

Sie wollte die Aufmerksamkeit ganz rasch wieder von sich ablenken, und Uschi spürte das wohl, denn sie kam ihr zu Hilfe.

»Warum erlauben wir uns heute nicht, einfach mal zu schlemmen?« Uschi hakte sich bei Annalena ein. »Wir haben doch was zu feiern! Meinen eigenen Laden.«

Annalena blickte sich erschrocken um. »Hier? Auf dem Weihnachtsmarkt?«

»Wo sonst? Wo wir schon mal da sind! Ich lade dich ein! Wie wäre es mit einem dieser Schaschliks und einem Chablis?«

»Wenn du meinst«, sagte Annalena und hoffte, dass

es angemessen unenthusiastisch klang. Es war kein richtiges Weihnachtsmarktessen, beruhigte sie sich, nichts mit Schmalzgebäck und Punsch. Sie würden ihrem Boykott nicht untreu. Kulinarisch betrachtet war das so weit von Weihnachten entfernt wie die Osterinseln von Lappland. Wo sich übrigens die Heimat des Weihnachtsmannes befand, angeblich, und wo er sich gewiss von so läppischem Zeug wie Elch, Pilzen und Preiselbeeren ernährte.

Der erste Schluck Chablis rauschte zuverlässig durch Annalenas Blutbahn. Dazu drehte sich das nostalgische Riesenrad am Alsterufer in den Himmel, an dem es zu dämmern begann. Anthrazitfarbene Wolkenbänke türmten sich auf, dazwischen wehten Chiffonschleier in Korallenrot und Zuckerwatte-Rosa.

»Diese ganzen Änderungen werden erst im neuen Jahr vollzogen«, erklärte Uschi, die fasziniert die verschwimmenden Farben am Horizont betrachtete. »Bis dahin läuft noch alles wie gehabt. Sag mal, du könntest nicht zufällig an Heiligabend bei uns aushelfen? Nur für ein paar Stunden. Eine Kollegin ist schon im Weihnachtsurlaub, Frau Haase bei Tochter und Enkeln. Man weiß nie, welche Verrückten noch mit ausgefallenen Wünschen kommen. Vielleicht will noch jemand ein Containerschiff als Christbaumkugel für seinen Großonkel, der einst zur See gefahren ist.«

»Das müsste möglich sein«, sagte Annalena und warf den Kopf so schwungvoll nach hinten, dass ihre Haare zurückflogen.

»Das gibt's«, sagte Uschi. »Haben wir gerade reinbekommen.«

»Dass ich dir aushelfe, meine ich«, sagte Annalena mit einem Diva-Lächeln, das einen dunklen Kinosaal hätte erhellen können.

Grandios.

»Du hast Glück! Ich habe nicht allzu viel vor dieses Jahr.« Uschi wusste, dass Annalena flunkerte, und Annalena wusste, dass Uschi es wusste. Mit Sicherheit hatte Eva von Annalenas letztem einsamen Weihnachtsfest bei Milchreis und Apfelsaft erzählt, aber Uschi brachte ein wahres Kunststück fertig. Auf ihrem Gesicht flammte das gleiche Entzücken auf wie bei einem Kind, sobald man mit dem Einwurf eines Chips das Karussell in Gang setzte.

Damit war das geklärt, und sie konnten sich endlich ihren Spießen widmen. Annalena hatte sich für Huhn entschieden. Sie knabberte an dem weißen, saftigen Fleisch, schaute aufs Wasser, eine gefräßige Stille inmitten des Trubels. In diesem Augenblick tippte ihr jemand auf die Schulter. Zuerst dachte Annalena, sie hätte sich geirrt, sich das Klopfen eines Fingers an ihrer Rückseite nur eingebildet. Oder es hätte sie jemand im Vorbeigehen gestreift, ihr im Gedränge versehentlich das Hölzchen eines abgenagten Schoko-Bananen-Spießes in den Stoff des Mantels gebohrt. Doch als sich das Stupsen wiederholte, drehte sich Annalena um. Uschi tat es ihr gleich, und so blickten sie beide in die vorwurfsvollen Augen von Mathilda. Wie schon vor einer Woche war ihr Outfit aufsehenerregend: schwarze Lederhose, die schwarzen Stiefel, die sie auch bei Pia getragen hatte, ein grüngrau gesprenkelter Wollmantel und ein langer, breiter Schal in einem Farbengemisch aus Pink, Pflaumenpurpur und Lavendel. Die Lippen hatte sie in Fuchsia geschminkt.

»Ihr kennt doch sicherlich diesen Mafia-Streifen, der in New York spielt und in dem Frank und Miss Cissy Streikbrecher verprügeln?«

Annalena kannte ihn nicht, doch sie nickte. Genau wie Uschi.

»Eure dehnbare Haltung unserem Boykott gegenüber ist schon bedenklich genug. Aber was noch schlimmer ist: Ihr scheint noch nie etwas von Massentierhaltung gehört zu haben!« Sie piekte mit dem Finger auf Annalenas Huhn. »Laut der Tierschutzorganisation ›Peta‹ werden in Deutschland jedes Jahr rund eine Milliarde Landlebewesen für unsere Ernährung getötet. Eine Legehenne hat noch nicht mal einen Lebensraum von einem Din-A4-Blatt. Brathähnchen werden mit einer Schlachtgeschwindigkeit von tausend Stück die Stunde gemetzelt.«

Annalena legte ihren Spieß beiseite.

»Und du«, hielt Mathilda einen etwa sechsjährigen Jungen an, der im Vorübergehen eine Dose Cola zum Mund führte, »solltest deinen Eltern mal sagen, dass du mit dem ersten Schluck dieses Getränks gerade den Gegenwert von sieben Teelöffeln Zucker zu dir genommen hast. Gottlob haben sie Phosphorsäure reingetan, die netten Herren Chemiker, sonst würdest du mir nämlich vor die Füße kotzen, du dummer kleiner Kerl. Oder besser gesagt: auf meine Stiefel.« Sie schenkte ihm einen böse-bissigen Blick. »Aus Kunstleder. Im Gegensatz zu deinen.«

Der Junge und seine Eltern starrten Mathilda an wie eine Erscheinung.

Uschi murmelte hastig eine Entschuldigung und zog sie mit sich fort, mitten hinein ins Gewühl, während sie Annalena ins Ohr brummte: »Typisch Mathilda, unser Öko-Agitator!«

»Öko-Alligator«, knurrte Annalena.

Uschi grinste. »Politisch korrekter als ein Flaschenrecycler im Dienste hungernder indischer Straßenhunde. Was sie leider nicht davor schützt, peinlich zu sein. Und uns beide nicht vorm Fremdschämen.«

»Was tut sie eigentlich auf einem Weihnachtsmarkt?«, wunderte sich Annalena.

»Genau«, pflichtete ihr Uschi bei. »Immer große Klappe und selber …«

Sie wurden von dem Jungen mit der Coladose unterbrochen, der Mathilda entdeckt hatte, auf sie zukam und ihr die Zunge rausstreckte. »Meine Mama sagt, von Kunstleder kriegt man Schweißfüße.« Damit rannte er davon. Mathilda schaute einen Moment lang irritiert, dann legte sie den Kopf in den Nacken und lachte so schallend, dass es über den halben Weihnachtsmarkt hallte.

»Der war nicht schlecht«, sagte sie. »Aus dem wird mal was. Jetzt brauche ich einen Drink.«

»Immerhin kann sie über sich selbst lachen«, wisperte Uschi Annalena zu. »Ist ja auch schon mal was.«

Ungefragt nahm Mathilda Annalena das Glas aus der Hand und trank einen tüchtigen Schluck Chablis. Dann beantwortete sie die Frage ihrer Freundinnen, die sie offensichtlich gehört hatte. »Was ich auf dem Weihnachtsmarkt mache? Kommt mit!«

Spaziergänge an lauen Sommerabenden durch Grünanlagen oder an Flussufern entlang und das Schlendern über Weihnachtsmärkte hatten gemeinsam, dass die Menschen immer nur paarweise oder in Gruppen unterwegs zu sein schienen. Insbesondere dann, wenn es nicht nur darauf ankam, wohin man ging und mit wem man ging, sondern vor allem, wie man rasch sein Ziel erreichte und sich gar nicht erst dem Schlendrian hingeben wollte. Und das wollte Mathilda auf keinen Fall. Es war ein einziges Abschwenken, Ausweichen, Beiseitetreten und Platzmachen, während sie, die beiden Frauen im Schlepptau, durch die lichter- und lebkuchenverzierte Stadt hetzte. Zum Glück war es nicht weit bis zum Gänsemarkt.

Dort, mitten in der City, in der Nähe von Binnenalster und Jungfernstieg und dem berühmten Hotel Vier Jahreszeiten, gab es einen sehr überschaubaren Weihnachtsmarkt, wo dicht an dicht altmodisch aussehende Holzbuden einen Kreis bildeten. Sie boten ein etwas anderes Sortiment an, als man es auf den anderen Plätzen der Stadt sehen und erstehen konnte.

Es war Kitsch mit einer Mission.

Es gab südamerikanische Rhythmen statt Bing Crosbys »White Christmas«, Poffertjes statt Pommes, selbstgestrickte Schafwollsocken, Holzspielzeug und einen Verkaufsstand mit Naturkosmetik wie Latschenkiefer-Badesalz, Winterzauberseife, Klosterkräuter für den Magen, Schnupfpulver und Ringelblumenpflege für spröde Frost-Lippen. Das Pfandgeld an den Glühweinständen konnte man, wenn man edel, hilfreich und gut sein wollte, wahlweise zum Wohle eines Kirchendaches oder zotteliger Zirkus-Lamas spenden. Musste man doch wollen. War ja Weihnachten. Wozu sonst war Jesus vor mehr als zweitausend Jahren geboren worden? Nur, damit Liebe in die Welt kam. Sonst wäre doch alles umsonst gewesen, dachte Annalena. Und für große Gefühle erwartete man im Gegenzug gute Gaben.

Genau darum schleppte man um die Weihnachtszeit überall selbstgemachte Sauerkirschmarmeladen und kunterbunte Kekse an, auf die Plätzchen, fertig, los!, besorgte andalusischen Rotwein für den Hausmeister, einen Gutschein für eine Gesichtsbehandlung im ›Nivea-Haus‹ für die beste Freundin und einen iPad für den Sohn, mein Gott, es ist Weihnachten, nun habt euch nicht so, ihr Geizhälse! Dezember ist die Zeit des Gebens, ihr Pfennigfuchser. Und Geben ist seliger denn Nehmen. Steht schon in der Bibel. Ich schenke, du schenkst, er/sie/es schenkt, wir schenken, ihr schenkt und so weiter.

Aber sie hatte kein Geld, um irgendwem irgendwas zu schenken. Bei ihr mussten Priester, Ponys und Patenkinder leer ausgehen.

Doch Annalena blieb keine Zeit, sich noch länger mit diesen trüben Gedanken zu beschäftigen, denn Mathilda führte sie zu einer Bühne, auf der sich paraguayische Folklore und eine Weihnachtsmannband abwechselten. Links davon war eine Pyramide aufgebaut, der man erst auf den zweiten Blick ansah, woraus sie bestand. Es war ein Werk aus zusammengeknülltem Geschenkpapier. Aus den bunten Knäueln stachen Annalena vor allem die Farben Türkis, Dunkelgrün, Gold und Rot ins Auge, in denen sphinxäugige ›Douglas‹-Verkäuferinnen die Parfümflakons für die Kunden verpackten.

»Was soll das sein?«, wollte Uschi wissen.

»Wonach sieht's aus?«, stellte Mathilda die Gegenfrage.

»Nach Müll«, antwortete Uschi und lachte Annalena an. »Ich bin da bekennender Banause. Kennst du das? Ist das Müll oder kann das weg?«

»Es *ist* Müll«, sagte Mathilda streng. »Dreißig Kilo Papier. Wenn man bedenkt, dass jeder von uns jedes Jahr zu Weihnachten einhundert Gramm Geschenkpapier verbraucht …«, sie hob die Stimme, um die Menschen auf sich aufmerksam zu machen, was ihr mühelos gelang, »dann ist das hier genau die Menge Papier, die dreihundert Bundesbürger pro Fest verschwenden, bevor es in Fetzen durchs Zimmer fliegt.«

Einer der musizierenden Weihnachtsmänner, die gerade Auftrittspause hatten, näherte sich und stellte sich zu den Weihnachtsmarktbesuchern, um Mathilda zu lauschen. Annalena war so, als hätte sie ihn schon einmal gesehen, sie konnte ihn jedoch nicht zuordnen. Sie hatte ein gutes Namensgedächtnis, aber keines für Gesichter. Doch irgendwo war ihr dieser Kontrast zwischen angeklebtem weißen Bart und schulterlangen dunklen Haaren schon mal aufgefallen. Auch Mathilda schien ihn zu kennen. Sie lächelte ihm zu, und plötzlich wirkte ihre Miene wie mit einem Weichzeichner fotografiert. Was sich aber rasch wieder änderte, als sie den Anwesenden die nächste Zahl entgegenschmetterte.

»Bei rund achtzig Millionen Einwohnern in Deutschland macht das achttausend Tonnen Geschenkpapier pro

Jahr! Der Eiffelturm wiegt zehntausend. Das muss man sich mal vorstellen! Und alles nur, damit wir uns einen Moment lang für schönes Papier begeistern können. Ist das nicht Wahnsinn?«

Mathilda war nicht zu stoppen. Gewisse Dinge mussten endlich gesagt werden, und so hielt sie nun eine lange flammende Rede über die Opfer des Weihnachtsfestes, all die Tannen aus dem heimischen Forst, die Hummer aus Neuengland, die Mastgänse aus Polen, die Erderwärmung, die Leuchtketten in Dauerbetrieb, die geschundenen Wirbelsäulen der lastenschleppenden Leute, krummer Rücken, krummer Baum, wenigstens da näherten sich Mensch und Materie über Weihnachten an.

Mathilda wurde befeuert von der immer größer werdenden Menschenmenge, die sich um sie versammelt hatte, und vom Grog, den der junge Weihnachtsmann in einer Thermoskanne dabeihatte und ihr ausschenkte. Mit einem ordentlichen Schuss Rum ließ es sich leichter über den Baum der weihnachtlichen Erkenntnis reden, selbst wenn es nur eine Rotfichte war, die man dieses Jahr besonders günstig erwerben konnte. Und während sie redete und vermutlich gleich Autogramme geben würde, standen Uschi und Annalena an einem der Holztische ganz in der Nähe und trauten sich unter Mathildas Argusaugen nicht ran an den Feind. Keine pralle Bratwurst, nachdem sie schon ihre Fleischspieße nicht mehr hatten genießen können, kein Glühwein, kein französischer Nougat aus Montelimar mit Pistazien und Mandeln, der bauklötzchengroß und honigsüß die prächtigsten Löcher in die Zähne bohren würde. Eine Versuchung, der man nicht nachgeben durfte.

Annalena seufzte, und sie hatte das Gefühl, dass Uschi neben ihr leise einstimmte. Denn nur mit den Kastanien, die man hier an einem der Stände aus dem Feuer holte, lockte man niemanden hinterm Ofen hervor.

Es war nicht erquicklich, sich bei dieser Kälte auf einem Weihnachtsmarkt herumzutreiben, ohne dass es mit Genuss verbunden war. Aber noch konnten sie sich nicht aus dem Staub machen. Das hätte Mathilda ihnen übelgenommen. Sie schien noch eine Menge zu sagen zu haben. In über zweitausend Jahren Weihnachten hatte sich einiges angestaut. Als sie schließlich geendet hatte, kam sie auf sie zu. An ihrer Seite ging der junge Mann in Weihnachtsmannkluft.

»Benedict kennt ihr ja«, sagte sie lapidar, und da erst dämmerte es Annalena. Der junge Weihnachtsrocker war der Sohn von Rochus Klünder, Evas Flirt bei der Vollversammlung im ›Kiez-Schuppen‹ nach Pias Party. »Er macht hier Musik mit seiner Band«, erklärte Mathilda, »und beschert der Holy Night den Heavy Metal.«

»Ho, ho, ho«, sagte Benedict zur Begrüßung, was Mathilda so zu entzücken schien, dass sie ihn küssen musste.

Annalena und Uschi wechselten einen stummen Blick, bevor Annalena ihrer Freundin in einem unbeobachteten Moment ins Ohr tuschelte: »Voll das Klischee.«

»Wie hat's euch gefallen?«, fragte Mathilda.

»Du warst sehr engagiert«, lobte Uschi.

»Wahrscheinlich hast du einige hier zum Nachdenken gebracht«, sagte Annalena.

»Ist sie nicht süß?«, schmeichelte Benedict.

»Ach was!«, tat Mathilda die Komplimente mit einer unwirschen Handbewegung ab. »Auf diesem Gut-Menschen-Markt sind ohnehin überwiegend Leute, die Weihnachten zelebrieren wie unaufgeregte Bräute ihre Hochzeit. Keine Blumen, keine Torte. Aber irgendwo muss man ja anfangen, und mit Gleichgesinnten ist es immer am einfachsten.« Sie war bester Laune, lachte vergnügt und hing an Benedict wie eine Klette, wobei ihr fuchsiafarbener Lippenstift perfekt zu seinem Mantel passte.

»Spürt ihr nicht die Energie, die sich hier bündelt? Es ist ein kraftvoller Ort. Das sind alle Grinchs ohne die grüne Farbe, die kurz vor dem Absprung stehen.«

»Und ich habe bald blaugefrorene Füße«, klagte Uschi, während von weitem ein kleiner Junge, der die Welt nicht mehr zu verstehen schien, mit vor Aufregung zitternder Stimme rief: »Papa, die gemeine Frau küsst den Weihnachtsmann!«

Als die gemeine Frau, die auf einmal gar nicht mehr so gemein war, seinem Sohn zublinzelte, erwiderte der Vater: »Ja, der Weihnachtsmann ist auch nicht mehr das, was er mal war.«

»Da war eine Menge Rum in Mathildas Grog«, stellte Uschi fest, nachdem sie sich verabschiedet hatten. Zu zweit marschierten sie zurück über den Jungfernstieg in Richtung Rathausmarkt, vorbei an dem großen beleuchteten Baum und weiter in die Mönckebergstraße, in der es immer noch von Menschen wimmelte. An den Glühweinständen kämpften sie um jeden Zentimeter Platz für ihre

Tüten, wischten ihren Kindern den Ketchup der Pommes vom Mund und die Zuckerglasur der Krapfen von den Wangen und teilten mit den Worten »Gesehen! Gekauft!« allen Umstehenden mit, dass sie keine Sorgen hatten, jedenfalls keine, die finanzieller Natur waren.

Annalena war selten jemandem für seine Gesellschaft so dankbar gewesen wie Uschi an diesem Nachmittag, der rasend schnell vergangen und fast unbemerkt in den Abend hinübergeglitten war. Sie hätte ihr gern etwas Nettes gesagt, wusste aber nicht, was. Allerdings wurde sie abgelenkt, als sie auf ein älteres Paar trafen, das Annalena in dem Gewusel erst auf den zweiten Blick erkannte. Es war ihre Nachbarin Frau Delling mit ihrem Freund, Paul-Gustav Aigner. Sie trugen Norwegerpullover im Partnerlook, mit Mustern in hellem Grau und dem cremigen Ton von Mandelmilch, und Mützen aus rehbraunem Fellimitat.

Annalena stellte Uschi und die beiden einander vor, und man plauderte, wie man es tat, wenn man sich unverhofft in der Stadt begegnete. Mira Delling bestritt den größten Teil der Unterhaltung allein, bevor Paul-Gustav den roten Faden aufnahm und sich beschwerte über die Unhöflichkeit der Gehetzten, die sich an den Rolltreppen vordrängelten, alle anderen über den Haufen rannten, auch Kinder und ältere Menschen, bis sein Wehklagen schließlich mit der Feststellung endete, im Ausland sei alles viel besser. Es folgte ein kleiner Exkurs über eine jüngst absolvierte Reise mit Mira Delling nach St. Petersburg sowie die Ankündigung einer unmittelbar bevorstehenden zu einem gemeinsamen Schulfreund, der in Boston lebte. Und Kenia, ja, natürlich werde er sich auch Afrika angucken, wie neulich schon gesagt, ihr zuliebe und mit ihr, der Liebsten. Er lächelte Mira an und blickte zum Himmel, an dem schon die weiße Sichel des Mondes stand.

Miras Angebot, gemeinsam mit ihnen in der Taxe nach Hause zu fahren, schließlich hätten sie einen Weg, lehnte Annalena erst einmal ab.

»Sind doch nur drei Stationen mit der U-Bahn«, sagte sie.

»Papperlapapp!«, widersprach Mira. »Es ist kalt und stockdunkel.«

»Stockdunkel ist vielleicht der falsche Ausdruck für die Hamburger Innenstadt. Allein in einer Luxus-Shoppingmeile wie dem Neuen Wall funkeln fünftausend Glühbirnen. Habe ich gerade erst in der Zeitung gelesen«, sagte Uschi und lachte, als Annalena sie aufforderte, diese Zahl umgehend an Mathilda zu übermitteln.

Schließlich gab Annalena nach, und beim Abschied von Uschi gerieten die Dinge in Fluss. Denn ganz nebenbei sagte Mira Delling zu Uschi Wolff den folgenschweren Satz: »Wie beruhigend, dass Frau Schiller eine so sympathische Freundin hat, nachdem sie doch mutterseelenallein ist und Weihnachten schon um die Ecke guckt.«

Jauchzet, ihr Himmel, frohlocket, ihr Engel

Mochte Weihnachten auch gucken, Annalena sah nicht hin. Es war der Sonnabend vor dem vierten Advent. Die ganze Woche über hatte sie weder von Uschi noch von den anderen Weihnachtshasserinnen gehört. Sie schaute aus dem Fenster und sah den Autos auf der stark befahrenen Straße vor ihrem Haus zu. Blinzelte ins kalte Licht dieses Mittags, die Hände in den Hosentaschen, den Knoten der zusammengesteckten Haare im Genick, den Hals eingepackt in Rollkragen und Schal, denn sie spürte eine Erkältung kommen. Ihre Glieder waren schwer, die Augen tränten, der Hals kratzte, der Kopf fühlte sich an wie Matsch. Sie beschloss, sich einen Salbeitee zu kochen. Der war außer Fliederbeersaft und Zwiebelsud das Allheilmittel ihrer Kindheit gewesen. Die Erinnerung an damals, als sie noch die Tochter besorgter Eltern war, tat weh und war schmerzhafter als alles andere.

Heute Morgen hatte eine Karte von Mira Delling auf dem Laminatfußboden unter dem Briefschlitz gelegen, Annalena hatte sie in die hintere Tasche ihrer Jeans gesteckt. Jetzt zog sie sie heraus und las.

Liebe Frau Schiller,

ich bin froh, dass ich noch diese Weihnachtskarte von der »Kenia-Hilfe« gefunden habe. Sind die beiden halbnackten Santas mit ihren roten Mützen im Indischen Ozean nicht erfrischend?

Dürfte ich Sie bitten, im Januar bei mir die Blumen zu gießen? Vor allem den Ficus am Wohnzimmerfenster. Er braucht viel Licht. Wie wir auch. Paul-Gustav hat mir eine Reise nach Rom geschenkt. Ist es nicht wundervoll, seine Liebe in einer Stadt zu krönen, in der schon die Nudelsorten romantischer klingen als ein Balladentitel? Man denke nur an Armoniche!

Ich wünsche Ihnen frohe Weihnachten!
Wenn Ihnen langweilig ist, kommen Sie einfach runter!

Ihre Mira Delling

P.S. Paul-Gustav lässt herzlich grüßen.

Annalena wollte sich gerade vom Fenster lösen, da sah sie den gelben DHL-Wagen vorfahren. Der Bote lud einen Stapel Pakete auf seinen Schubwagen, und als es kurz darauf bei ihr klingelte, war sie sicher, dass es um nichts anderes gehen konnte als die Bitte, ein Päckchen für irgendwelche Nachbarn anzunehmen. Das kannte sie schon. Die Leute bestellten wie verrückt im Internet und waren nie da, wenn ihre Sachen kamen. Da es nichts für sie sein konnte, brauchte sie keine Gedanken an Trinkgeld zu verschwenden. Das war etwas sehr Lästiges vor den Feiertagen, alle Welt erwartete etwas. Der Briefträger, der Paketkurier, und selbst die Sprechstundenhilfen beim

Arzt, der praktischerweise in ihrem Haus praktizierte, freuten sich über eine kleine Aufmerksamkeit. Dann wurde die erste Blutabnahme im neuen Jahr sogleich viel angenehmer. Man musste für alles im Leben bezahlen, dachte Annalena und schluckte schwer, was nicht nur an dem Kloß in ihrem Hals lag.

Zu ihrem großen Erstaunen war das Paket doch für sie. Zu seinem Erstaunen gab es für ihn nichts außer einem fast schon übermütig ausgestoßenen »Fröhliche Weihnachten!«, was den Mann nicht wirklich zu versöhnen schien. Als er gegangen war und Annalena auf den Paketaufkleber schaute, schrie sie auf, trat mit dem Fuß voller Zorn gegen den Karton und war gerade im Begriff, in einem Anfall von Verzweiflung auf den Fußboden zu sinken, als es erneut klingelte.

»Was denn noch?«, rief sie ungehalten. »Ich habe keine Lust, für die Thiel ständig die Klamotten von diesem Naturtextilversand entgegenzunehmen! Und ich weiß sehr wohl, dass Sie eigentlich ein Trinkgeld bekommen sollten! Schließlich haben wir Weihnachten. Aber mir sind alle meine Münzen unter die Fußleisten gerollt, Sie können schließlich nicht erwarten, dass ich Ihnen einen Zwanziger gebe, und außerdem habe ich gelesen, dass Sie gar keine Geldgeschenke annehmen dürfen. Also, ehe wir beide uns strafbar machen, lassen wir es doch lieber gleich und ersparen uns Ärger! Sonst habe ich immer diese wundervollen Sachen von ›Lindt‹ da, ganze Schubladen voll, Samt-Pralinés von diesen Maîtres Chocolatiers aus der Schweiz, kennen Sie bestimmt aus der Werbung, handwerkliche Sorgfalt und Liebe zum Detail. Nur heute nicht, es ist wirklich wie verhext. Ich könnte Ihnen ein paar Beutel Salbeitee anbieten oder eine Handvoll Eukalyptusbonbons, ich brüte nämlich gerade eine Erkältung aus. Auch das noch, werden Sie denken, so kurz vor den Feiertagen, und Sie haben absolut recht. Ich bin eigentlich hart im Nehmen, aber im Moment habe ich wirklich jeden Grund, mich nach allen Regeln der Kunst zu bedauern.«

Sie lief zur Tür, riss sie auf und blickte in fünf Augenpaare.

»Ihr?«

»Guten Tag, Annalena«, rief Mathilda und drängte sich an ihr vorbei in die Wohnung. »Hast du Besuch?«

»Wie kommst du darauf?«

»Du hast die ganze Zeit geredet. Das hat man durch die Tür gehört.«

»Ich habe telefoniert.«

»Hättest unseretwegen nicht so schnell auflegen müssen!«, sagte Mathilda. »Wir sind doch Freundinnen. Und Freundinnen haben keine Geheimnisse voreinander.«

»Ich habe mir Sorgen gemacht, nachdem was deine Nachbarin über dich erzählt hat«, erklärte Uschi, die als Nächste eintrat.

»Und ich wollte ohnehin mal vorbeikommen«, fuhr Pia fort. »Erinnerst du dich? Mich bist du schon neulich vor deiner Haustür kaum losgeworden. Da hat dich nur diese ältere Dame vor mir gerettet.«

»Wir haben uns seit unserem Telefonat nie mehr gesprochen«, eröffnete ihr Eva. »Ich konnte dich einfach nicht erreichen.«

Katja bildete das Schlusslicht, nahm Annalena in den Arm, drückte ihr einen Kuss auf die Wange und sagte: »Mir schuldest du noch eine Gegeneinladung zum Tee.«

Ehe Annalena die Gelegenheit bekam, den unangemeldeten Besuch der Frauen, den sie doch um jeden Preis hatte verhindern wollen, zu verdauen, stürzte sich Mathilda auf das Paket, das mitten im Zimmer und eindeutig im Weg stand.

»Entweder hast du's bekommen, oder du willst es verschicken. Sieht beides nicht nach Weihnachtsabstinenz aus.«

»Ich habe auch ein paar Päckchen an liebe Freunde versandt, heimlich, damit meine Familie nichts mitkriegt«, kam Katja Annalena mit verschwörerischem Klang in der Stimme zu Hilfe. Mathilda hörte schon nicht mehr zu.

Sie las die Adresse auf dem Paketaufkleber, und zu Annalenas Ärger las sie laut.

Justizvollzugsanstalt Billwerder
z. Hd. Herrn Stefan Schiller
Dweerlandweg 100
22113 Hamburg

»Ist das dein Mann?«, fragte Mathilda und wirkte zum ersten Mal, seitdem Annalena sie kannte, perplex.

Annalena ließ sich auf das Bett sinken. Es war zwar gemacht, aber wie üblich hatte sie darauf verzichtet, Decke und Kopfkissen in den offenen Kleiderschrank zu räumen und ihr Nachtlager zur Couch umzubauen. Schwerfällig erhob sie sich sofort wieder und begann umständlich, das Bettzeug zusammenzulegen.

»Stört nicht«, sagte Uschi, kam auf sie zu und drückte sie zurück auf die Matratze. »Wenn's dich nicht kümmert, dass wir uns setzen, uns kümmert's nicht.«

»Kann aber weg«, sagte Annalena kraftlos.

»Muss aber nicht.«

»Sollte aber.«

Doch sie war zu matt, um Ordnung zu schaffen, was nicht nur an ihrer beginnenden Erkältung lag, und so blieb sie sitzen, wo sie war. Hätte sie doch in den vergangenen Tagen wenigstens so viel Elan gehabt, um endlich ein Stoffrollo für den Regalschrank zu besorgen! Genau, wie sie es sich ausgemalt hatte, konnte jeder ihre Slips und Socken sehen, und das war kein gutes Gefühl.

»Ich kann euch noch nicht mal was anbieten«, entschuldigte sich Annalena.

Doch plötzlich besann sie sich anders. Sie strich sich über die Haare, von denen sich einige aus dem Knoten im Nacken gelöst hatten, erhob sich, zog die Schublade einer hellgrau lackierten Kommode auf, nahm eine Schere heraus und ritzte mit der spitzen Seite das braune Klebeband des Paketes auf. In dem Karton kramte sie so lange, bis sie, unter den verwirrten Blicken ihrer fünf Besucherinnen, das Glas mit dem Instantkaffee gefunden hatte, begleitet von den Schokoladentafeln und der Dose mit den dänischen Butterkeksen. Sie ging in die winzige Küche, stellte den Wasserkocher an, und während sie darauf wartete, dass sie den Nescafé aufbrühen konnte, kam sie mit einem schlichten Essteller zurück, auf dem sie Plätzchen und Schokoriegel kreisförmig wie Blütenblätter angeordnet hatte.

»Und ob ich euch was anbieten kann! Ist zwar keine Weihnachtswundertüte, aber auch nicht wie bei armen Leuten. Wenn ihr euch ansteckt, seid ihr selbst schuld. Ich kriege eine Erkältung.«

Annalena gab dem Paket einen weiteren Tritt mit ihrem rechten Fuß, der in einem braunen Wollstrumpf steckte, und sagte: »Er will nichts mehr von mir wissen. Das hat er mir hiermit deutlich zu verstehen gegeben.«

»Du hast doch gesagt, ihr habt euch getrennt, und das auf eine sehr erwachsene Art«, wandte Uschi ein, wobei sie ihre Stimme weichspülte wie bereits vor einer Woche auf dem Weihnachtsmarkt.

»Was interessiert mich mein Geschwätz von gestern?«, brauste Annalena auf. »*Er* hat sich getrennt.«

Sogar Mathilda bemühte sich um Schadensbegrenzung. »Vielleicht ist es die falsche Adresse?«, gab sie zu bedenken.

»Kannst du nicht lesen, wenn du schon meine Pakete kontrollierst?«, sagte Annalena mit für sie ungewohnter Heftigkeit. »Hast du nicht den gelben Aufkleber gesehen? Annahme verweigert. Zurück an den Absender. Und glaube mir, was die Adresse angeht, da bin ich mir hundertprozentig sicher.« Entschuldigend hob sie ihre Hände. »Verzeiht meine Patzigkeit! Ich bin sonst nicht so ruppig. So weidwund. Das liegt an meiner breiigen Birne. Zwischen meinen Schläfen tanzen mindestens fünf Rumpelstilzchen.«

»Ich gehe mal in die Küche, wenn du gestattest«,

schlug Eva vor, »und bereite den Kaffee zu. Das Wasser kocht.«

»Manchmal«, sagte Pia und lächelte geheimnisvoll, »ist das Ende nicht das Ende. Vor allem nicht, wenn man es schafft, wieder aufzustehen. Denn mehr noch als das Fallen schmerzt das Liegenbleiben.«

»Ihr habt mich kalt erwischt. Was bleibt mir übrig, als euch alles zu erzählen?« Annalena schaute zu Eva. »Bei dir habe ich damit ja bereits angefangen.«

Da Eva den anderen gegenüber größtenteils Stillschweigen bewahrt hatte, wiederholte Annalena in etwa das, was sie ihr neulich am Telefon der Kunden-Hotline schon gestanden hatte.

Dann stieß sie einen tiefen Seufzer aus, raffte die rote Wolldecke und legte sie sich in den Schoß. Sie hatte sich oft ausgemalt, wie es sein würde, wenn sie eines Tages darüber spräche, aber sie war nie zu einem Ergebnis gekommen. Sie stärkte sich noch mit einem Schluck des heißen Kaffees, den Eva serviert hatte, und war im Übrigen erstaunt, dass in ihrer Küche, in der sie auch nicht viel mehr Platz hatte als ein Batteriehuhn – Spüle, Miniaturkühlschrank, Campingkocher mit zwei Herdplatten – sechs Tassen vorrätig waren.

Das war doch schon mal ein Anfang.

Sie nahm einen Keks, den sie jedoch nur zwischen den Fingern hielt, ohne abzubeißen. Es tat immer gut, sich an etwas festzuhalten, auch wenn es zerbröselte. Sie stockte, nur noch eine kleine Atempause, und dann begann sie zu reden.

»Bald schon ließ es sich nicht mehr verbergen, dass wir pleite waren. Einige Gläubiger schrieben Hasstiraden auf Facebook, der Gerichtsvollzieher war Stammgast bei uns. Stefan lieh sich noch Geld von Freunden, obwohl er wusste, dass er längst zahlungsunfähig war. Als endlich alle darüber im Bilde waren, wie es um uns stand, war mir, als hätte man einen schweren Rucksack von meinen Schultern genommen. Das Schlimmste war die Schauspielerei in den Monaten davor, als auch ich mir darüber im Klaren sein musste, dass uns das Wasser bis zum Hals stand, wir aber für unsere Freunde und Bekannten aus der High Society noch eine grottenschlechte Schmierenkomödie aufführten.«

Annalena musterte das aufgerissene Paket mit trauriger Miene.

»Wir nahmen weiterhin Einladungen an, weil es sonst aufgefallen wäre. Manchmal waren es zwei oder drei pro Wochenende, und allein der Gedanke an die Gastgeschenke, die man höflichkeitshalber mitzubringen hatte, verursachte mir schon Tage davor feuchte Handflächen. Ich war bald eine Meisterin darin, die Gaben durch aufwendige Verpackungen aufzumotzen.«

Sie suchte Mathildas Blick, die auf ihrem Fußboden lümmelte, lang ausgestreckt und seitlich auf einen Ellbogen gestützt. »Mich hat das von dir so verhasste Geschenkpapier gerettet. Zwei Duftkerzen von Tchibo für neun Euro? Kein Problem! Daraus machte ich zwei Wohlfühlkerzen mit fernöstlichem Touch aus dem angesagtesten Laden der Stadt. Aber auch die neun Euro vermisste ich schmerzlich bei unserem Wocheneinkauf an Lebensmitteln, obwohl wir uns ohnehin meist von Spaghetti und billigem Ketchup ernährten.

Die Partys mit Hamburgs feiner Gesellschaft, zu der wir einst gehört hatten, wurden immer mehr zu einer endlosen Geduldsprobe, die ich nur mit verkrampften Gesten, hysterisch vergnügter Stimme und Schamröte unter einer Schicht dicker Schminke ertrug.«

»Wie hast du das überhaupt ausgehalten?«, fragte Eva.

»Warum hast du es ausgehalten?«, hakte Mathilda nach.

»Wir dachten die ganze Zeit, wir könnten das Ruder noch herumreißen. Das war es wohl. Man will nicht zugeben, dass man ein Loch im Herzen hat, wenn immer noch die Möglichkeit besteht, dass es sich um eine vorübergehende Schwäche handelt. Und manchmal amüsierte ich mich jetzt sogar über die Sorgen der anderen. Die hätte ich auch gerne gehabt! Den ganzen Tag durch die Stadt gehetzt auf der Suche nach dunkelblauen halterlosen Nahtstrümpfen! Der Pool im Ferienhaus in Südfrankreich zu klein! Die Gästeliste für den fünfzigsten Geburtstag in der ›Sansibar‹ auf Sylt zu lang! Und der sagenhafte DJ aus Frankfurt ausgerechnet an dem Abend nicht vakant! Keinen Termin beim Hundetherapeuten für den Problemköter bekommen! Der Kinderpsychologe nicht so gut wie sein Ruf! Aber was machte das schon, wenn man bereit war, achtunddreißigtausend Euro pro Jahr für ein englisches Internat zu zahlen, um genügend Raum zwischen sein Kind und deutsche Gesamtschulen zu legen? Ich höre mich so verbittert an. Das will ich gar nicht!«

Sie erhob sich, stellte die leere Tasse aufs Fensterbrett, ließ sich erneut auf der Kante ihres Bettes nieder und streichelte mechanisch die rote Decke, die sie sich wieder über die Beine zog. Ihr war klar, dass alle fünf Frauen sie beobachteten.

»Wir konnten die Miete nicht mehr zahlen, und nachdem sich die Hausverwaltung ein paar Monate geduldet hatte, setzten sie uns auf die Straße. Den Strom hatte man vorher schon abgestellt. Immer noch taten wir im Freundeskreis so, als verliefe unser Leben nach Plan. Als wären alle Veränderungen nur eine Phase des großen, kreativen, inspirierenden Durcheinanders. Die Sozialwohnung, zwei Zimmer, Küche, Bad? Wobei die Erwähnung des Wortes ›sozial‹ den gleichen Effekt gehabt hätte wie bei einem Wildessen ein blutiges Jagdmesser als Tischdekoration. Also nichts da mit sozial, sondern ein Aufbruch zu neuen Ufern! Das Knospen einer bislang unentdeckten Persönlichkeit. Einfach mal sehen, wie man mit weniger klarkommt. Ein Experiment, nichts weiter. Die spaßige Probe für den späteren Ernstfall in Paris. Ihr wisst doch, wir träumen schon so lang von einer Mansardenwohnung am Montmartre, dann kaufen wir uns eine U-Bahn-Monatskarte und ersteigern im Internet eine Waschmaschine. Ist das nicht verrückt? Ist das nicht das wahre Leben? Nie erwähnt! Echt nicht? Komisch!«

Mathilda richtete sich in die Hocke auf und rieb sich die Hände. »Das wiederum gefällt mir«, sagte sie. »Wenn es denn authentisch gewesen wäre.«

»Das war es nicht«, sagte Annalena. »Man kann sich irgendwann nicht mehr selbst belügen – aber die anderen, das geht noch eine ganze Weile gut. Wir hatten unsere teuren Möbel verkauft, unsere Autos, die Designerklamotten, ich meine Louboutins und die Jimmy Choos, den Schmuck. Doch wir waren so überschuldet, dass das alles nur die berühmten heißen Tropfen waren. Ein paar meiner schönen Kleider und Schuhe hatte ich behalten, genau wie meine Chanel-Tasche, euch allen inzwischen bekannt, so dass ich es immer noch schaffte, mich jederzeit unter meine reichen Freundinnen zu mischen. Ich meine damit, ich fiel nicht aus dem Rahmen. Doch das änderte sich, als von unserer Seite nie mehr eine Einladung kam. Als wir immer mehr Ausreden benutzten, um zu begründen, wieso wir der Hochzeitsfeier von Freunden auf Mallorca fernblieben, nicht mehr wie jedes Jahr auf dem Münchner Oktoberfest die Sau rausließen oder schnell mal einen Abend mit nach Berlin kamen. Die Armut, die uns anhaftete wie Mottengeruch alten Kleidern, sprach sich unaufhaltsam herum.«

Sie war aufgestanden, um die Tüte ›Goldfischli‹ aus dem Paket zu nehmen, den Beutel aufzureißen, den Inhalt auf den leeren Plätzchenteller zu schütten und ihn zurückzustellen in die Mitte des Couchtisches.

»Schließlich ging alles endgültig den Bach runter. Stefan musste wegen Insolvenzverschleppung für zwei Jahre ins Gefängnis, nach Billwerder. Im Mai wird er entlassen. Ich gehe jeden Abend putzen. Und Weihnachten? Ich habe es geliebt, aber ich kann es mir nicht mehr leisten. Auch wenn ich nicht Hartz IV bekomme: Eine solche Armut und das Fest der Herzen, das geht nicht zusammen. So einfach ist das.«

Alle schwiegen eine Weile, bevor Mathilda aufsprang und das Wort ergriff.

»Du rufst jetzt in Billwerder an«, befahl sie, »und fragst, wieso das Paket zurückgekommen ist. Warum er es nicht angenommen hat. Dann hast du Klarheit.«

Nervös schob Annalena die Unterlippe zwischen die Zähne und ließ sie langsam wieder los. »Wen soll man denn da am Samstagnachmittag vor dem vierten Advent erreichen?«

»Ich würde mal behaupten«, meinte Mathilda, »wenn irgendwo immer jemand zu erreichen ist, dann ist es im Knast. Oder glaubst du, die sind heute alle auf dem Weihnachtsmarkt?« Sie googelte die Telefonnummer, tippte sie in ihr Smartphone und gab es Sekunden später Annalena.

»Ich kann das nicht.«

»Und ob du kannst!«

»Nein.« Bockig schüttelte Annalena den Kopf. »Du hast doch gar keine Ahnung!«

»Es ist keine große Sache«, wiegelte Mathilda ab. »Du wirst den Pförtner am Telefon haben oder irgendjemanden in der Zentrale, und den fragst du ganz naiv, ob das Paket angekommen ist.«

Und dann tat Mathilda etwas, womit keine der Frauen gerechnet hatte. Sie nahm Annalena in den Arm. Annalena genoss die Wärme, die von der jungen Frau plötzlich ausging. Von ihrem Körper. Ihren Augen. Ihrer Stimme, die sich wie ein Pflaster behutsam auf eine Wunde legte. Ausgerechnet Mathilda mit ihren dunklen Haaren, den blutrot lackierten Lippen und der Schneewittchenhaut, die noch keine Schicksalsschläge hatte einstecken müssen, aber eine Expertin im Austeilen von Nackenschlägen war.

Sie war eigentlich gar nicht so übel.

Annalena hielt sich das Handy ans Ohr und wartete darauf, dass sich am anderen Ende jemand meldete. Es dauerte eine Weile, und sie war fast schon entschlossen, den roten Knopf zu drücken und Mathilda ihr Telefon zurückzugeben, dann hatte sie jemanden am Apparat.

»Justizvollzugsanstalt Billwerder. Hoffmann!«

Einmal tief durchatmen, befahl sich Annalena, und erst mal auf lockere Unterhaltung machen.

»Guten Tag! Entschuldigen Sie die Störung, Herr Hoffmann!«

»Kein Problem! Mit wem spreche ich?«

»Schiller. Annalena Schiller. Haben Sie eine Ahnung, ob mein Mann, also wir sind getrennt, aber noch nicht geschieden, deshalb bezeichne ich ihn immer noch als meinen Mann …«

Katja machte eine Handbewegung, als wollte sie ein Hamsterrad zum Laufen bringen.

»… Haben Sie eine Ahnung, ob Stefan Schiller bei Ihnen wohnt?«

»Wohnt ist gut«, lachte er.

»Einsitzt? Sagt man so?«

»Ich habe nicht nur eine Ahnung, ich weiß es sogar. Er ist bei uns. Und Sie als seine Noch-Ehefrau wissen das nicht?«

»Ich habe ihm ein Paket geschickt, und es ist zurückgekommen. Heute. Das ist sehr enttäuschend. Mehr noch. Es ist katastrophal.«

»Ein Weihnachts …?«

Sie fiel ihm brüsk ins Wort. »Was denn wohl sonst? – Verzeihung!«

»Gute Frau, Sie haben einige Vorschriften nicht beachtet.«

»Welche Vorschriften?«

»Bürokraten«, schimpfte Mathilda im Hintergrund.

»Man darf nur dann ein Paket schicken, wenn der Gefangene per Rapportschein eine Paketmarke bei der Anstaltsleitung beantragt hat. Die hätte er Ihnen dann zuschicken müssen. So er Briefmarken hat. Hat er Briefmarken?«

»Das weiß ich doch nicht! Wir hatten lange keinen Kontakt. Aber ich habe ihm welche ins Paket gelegt. Damit er welche hätte. Wenn er demnächst mal welche bräuchte. Aber die hat er nun nicht bekommen. Weil er das Paket nicht bekommen hat.«

»Auf Ihrer Sendung fehlte die spezielle Paketmarke. Es hätte aber auch nichts genutzt.«

»Wieso?«

»Weil seit ungefähr zwei Jahren keine Pakete mehr in Hamburger Gefängnisse geschickt werden dürfen. Früher waren drei pro Jahr erlaubt. Zu Ostern, zu Weihnachten und eines zwischendurch, gern zum Geburtstag. Ostern drei Kilo, zwischendurch drei Kilo, Weihnachten fünf. Alles vorbei! Haben Sie das denn nicht im Internet gelesen?«

»Da stand gar nichts. Außer einer Liste, was man schicken darf und was nicht. Keinen Alkohol und keine Pralinen mit Schnaps … Dabei liebt mein Mann ›Mon Chéri‹.«

»Wir haben nicht mehr genug Personal, um die Sicherheitsvorkehrungen zu erfüllen.«

»Heißt was?«

Annalena blies sich die Haare aus der Stirn und ließ sich erschöpft zurück auf den Bettrand fallen. Sie fühlte sich fiebrig.

»Jedes Paket muss gründlich untersucht werden. Noch nie was von einer Feile in der Dauerwurst gehört?«

»Im Internet stand: original in Folie verpackt. Wie auch der Schinken und der Käse.«

Sie verdrehte die Augen, während alle Blicke auf ihr ruhten.

»Es gibt immer Mittel und Wege«, sagte Herr Hoffmann. »Eine Salami ist geduldig.«

»Ich habe extra meine Christbaumkugeln von ›Frau Haase‹ bei eBay verkauft. Nur für dieses Paket. Eine sehr wertvolle Sammlung.«

»Ganz schön raffiniert«, flüsterte Uschi. »Jetzt hast du ihn.«

Annalena zuckte die Schultern. Und wenn schon! Was hatte sie davon?

»So ein Knastwärter kennt doch ›Frau Haase‹ nicht«, sagte Pia.

»Pförtner«, korrigierte sie Katja.

»Dann haben Sie also das Paket zurückgehen lassen?«, sagte Annalena ins Telefon.

»Die Gefängnisleitung. Ihr Mann hat es gar nicht zu Gesicht bekommen. Hören Sie, ich mache Ihnen einen Vorschlag.«

»Welchen?«

»Sie überweisen ihm einen Betrag auf ein spezielles Konto, wir zahlen ihm die Summe in Form von Gutscheinen aus, und er geht davon in unserem Laden einkaufen. Das machen viele Angehörige zu Weihnachten.«

»Und was kriegt er da?«

»Eine Menge. Sogar den ›Playboy‹.«

»Ich glaube nicht, dass ich es gut fände, wenn er den ›Playboy‹ kriegt.«

»Ich dachte, Sie sind getrennt?«

»Trotzdem. Das weckt nur Wünsche, die nicht erfüllt werden können.«

»Das ist doch nichts Ungewöhnliches an Weihnachten«, sagte Herr Hoffmann.

»Umgekehrt wird ein Schuh draus. An Weihnachten sollten Wünsche erfüllt werden. Finden Sie nicht? Wie viel überweist man denn auf dieses Konto?«

»Maximal einhundertsechsunddreißig Euro.«

»Jesus, Maria und Josef! Das ist eine Menge. Einhundertsechsunddreißig Euro!«

»Manche überweisen auch weniger. Neunzig Euro. Oder einhundert.«

»Hundert«, sagte Annalena und schüttelte den Kopf.

»Oder Sie schicken Ihrem Mann ein Wäschepaket. Dafür braucht er allerdings wieder die Paketmarke. Per Rapportschein. Dann können Sie ihm eine Jeans einpacken, ein paar T-Shirts oder Hemden. Socken und Boxershorts, einen neuen Pyjama. Was er so braucht.«

»Ich denke, man trägt Anstaltskleidung?«

Er lachte. »Sie meinen die mit den schwarzweißen

Streifen? Die trägt höchstens noch der Sparkassendirektor von Billwerder im Karneval.«

Annalenas Augen füllten sich mit Tränen. Mit ausdrucksloser Miene starrte sie ins Leere, während sie ins Telefon hauchte: »Wie feiert man denn hinter Gittern? Wie geht das? Gänsekeule aus dem Blechnapf? Ein paar zerzauste Zweiglein? Eine Kerze in der Zelle? Eine Tüte mit Magenbrot von der Gefängnisleitung? Sagen Sie's mir nicht! Ich habe heute keinen guten Tag erwischt. Das wäre jetzt zu bitter.«

»Wie Sie wünschen.«

»Danke für Ihre Auskunft und Ihre Freundlichkeit«, murmelte sie. »Ich möchte nicht neugierig sein, aber wie feiern Sie, wenn ich fragen darf?«

»In einem Stall in der Lüneburger Heide mit Freunden. Auf Strohballen und mit Laternen. Ganz nah dran an Weihnachten. Frohes Fest, Frau Schiller!«

»Frohes Fest, Herr Hoffmann!«

Schweigend stand Annalena vom Bett auf, reichte Mathilda ihr Smartphone und ging in die Küche, um noch einmal den Wasserkocher anzustellen. Und auch, um einen Moment lang allein zu sein mit ihren Gedanken, ihren Gefühlen, ihrem Gewissen. Ein winterblauer Nachmittag blickte durchs Fenster. Die Sonne drang in jeden Winkel. Ein paar Staubkörner tanzten im Licht.

Als sie zurückkam, stellte sich ihr Pia in den Weg und überreichte ihr einen Fächer aus fünf Zwanzigeuroscheinen. Es war das erste Mal, dass Pia an diesem Tag lächelte. Sie wirkte seltsam bedrückt.

»Wir haben zusammengelegt«, sagte sie schlicht. »Für den Weihnachtseinkauf von Stefan im Knastladen.«

Eva drohte mit dem Zeigefinger. »Aber nicht den ›Playboy‹!«

Annalena war sprachlos.

»Das kann ich nicht annehmen! Wir kennen uns doch kaum.«

»Wir kennen uns vielleicht kaum, aber wir sind Freundinnen«, sagte Mathilda und lächelte.

»Und wann ist die Zeit für ein wenig gegenseitige Hilfe, für Liebe und Staunen und Rührung«, sagte Katja und streckte sich auf dem Bett aus, die blonden Rauschgoldlocken über das Kissen gebreitet, »wenn nicht jetzt?«

»Falls im Himmel einige Engel fehlen, dann sind die jetzt wohl auf der Erde«, stammelte Annalena, und ihr Gesicht strahlte wie von innen erleuchtet.

Die Welt sah für ein paar Stunden so aus, wie man sie sich zu Weihnachten wünscht.

Macht hoch die Tür, die Tor macht weit

Mathilda hielt einen kleinen Vortrag über Scheitern und Straucheln, über Liegenbleiber, Jammerlappen, Zähnezusammenbeißer und Stehaufmännchen, bis Uschi irgendwann genug hatte. Sie kam mit einem Glas Leitungswasser aus der Küche und drückte es ihr in die Hand. »Du musst doch längst eine ganz trockene Kehle haben vom vielen Sabbeln.«

»Funk mir doch nicht immer wieder dazwischen!«, moserte Mathilda. »Ständig wird man unterbrochen.«

»Du solltest dich lieber nützlich machen«, kommandierte Uschi und begann, die Tassen von Tisch, Fensterbank und Kommode zu räumen.

»Ich werde mich nützlich machen.«

»Was du nicht sagst!«

»Ich plane, im Internet Tipps zu geben, wie man kreative Verpackungen aus Altpapier bastelt. Mit der Zeitung von vor drei Monaten zum Beispiel.«

»Sehr schick. Ich sehe es schon vor mir. Der ›La Perla‹-Slip verpackt in einer Seite der ›Bild‹ mit der Schlagzeile …«, Uschi malte mit der rechten Hand zwei parallele Striche in die Luft, »›Auto kracht nachts in Schlafzimmer‹.«

»Für eine Pointe tust du alles, wie?«

»Ich wäre dafür«, sagte Uschi, ohne auf Mathildas Kommentar zu achten, »dass wir jetzt was für Annalena tun und von hier verschwinden. Sie muss sich hinlegen. Man sieht doch, dass sie sich nicht gut fühlt. Wahrscheinlich kriegt sie die Grippe.«

»Mach dir um mich keine Sorgen!«, sagte Annalena, was nicht wirklich überzeugend klang, da sie sich ständig den verspannten Nacken rieb.

Mathilda schenkte Uschi einen Blick aus zusammengekniffenen Augen, während diese das Geschirr in die Küche trug, den Hahn anstellte und die Tassen spülte.

»Für den Abwasch unter fließendem Wasser werden um die einhundertfünfzig Liter verbraucht. Pro Spülgang«, klagte Mathilda. Doch Uschi ignorierte sie weiterhin und drückte ihr ein Geschirrtuch in die Hand, während Eva immer wieder besorgte Blicke zu dem Stahlrohrsessel mit dem mausgrauen Baumwollbezug schickte, in dem Pia saß und ihre schmalen Hände knetete. Auf ihre besonnene Art sah Eva sich das eine Weile schweigend an.

Dann aber scheuchte sie alle auf durch eine Frage, die so offensichtlich auf der Hand lag, dass niemand sich später erklären konnte, wieso sie bisher keine von ihnen gestellt hatte.

»Wo ist eigentlich Henriette?«

Pia runzelte die Stirn und bewegte die Lippen, ohne dass ein Ton zu hören war. Es kam den Umsitzenden vor wie eine Trockenübung, bevor endlich das herauskam, was sie zu sagen hatte.

»Ich habe sie gebeten, heute nicht zu kommen. Es war besser so.«

Katja riss die Augen auf. »Aber warum denn? Sie hat doch sonst niemanden. Diese Hartherzigkeit, das bist doch nicht du!«

Uschi und Mathilda traten aus der Küche, in der sie sich zu zweit gedrängt hatten. Im Hinausgehen knüllte Mathilda das Geschirrtuch zusammen und pfefferte es auf den Kühlschrank, während Uschi noch eine der gespülten Tassen in der Hand hielt, von der Wasser auf den Boden tropfte.

Es interessierte sie nicht. Im Augenblick gab es Wichtigeres in trockene Tücher zu bringen.

»Johannes hat mich gestern um ein Treffen gebeten.«

»Und was hat das mit Henriette zu tun?«, fragte Katja.

»Geduld«, bat Pia.

»Genau das, was ich nicht habe«, gestand Mathilda.

Uschi knuffte sie in die Rippen. »Es geht jetzt ausnahmsweise mal nicht um dich.«

»Und wirst du?«, hakte Eva nach. »Wirst du ihn treffen?«

»Haben wir schon. Wir sind gestern am frühen Abend einmal um die Alster spaziert, und er hat zugegeben, dass er ein Idiot ist.«

»Und dafür brauchte er eine anderthalbstündige Sauerstoffzufuhr?«, sagte Uschi.

»Er hat sogar betont, dass es ziemlich idiotisch von mir war, so einen Idioten zu lieben.«

Pia strich mit einer Bewegung ihrer rechten Hand über ihre glatten blonden Haare am Hinterkopf. Eine sparsame Geste, die typisch für sie war.

»Wollt ihr wissen, was er gesagt hat?«

»Das fragst du noch?«, erwiderte Eva lauernd.

»Dass ich eine bemerkenswerte Kombination aus Schönheit und Disziplin bin.«

»Wow!«, rief Mathilda. »Nicht schlecht.«

»Das klingt jetzt sehr nach Eigenlob«, sagte Pia, »nicht wahr?«

»Wieso?«, widersprach Annalena. »Es sind doch seine Worte, oder nicht?«

»Er hat mich mit einer Generalin verglichen, die aus Sorge um ihre Wirbelsäule immer kerzengerade sitzt, ob auf einem Stuhl oder ihrem Hollandrad. Die Arme vorschriftsmäßig eng am Oberkörper. Eine, die den Kellnern das zweifelhafte Lob für die Küche ausrichten lässt, dass der Feldsalat sorgfältig gewaschen war.« Pia lachte. »Das stimmt. Das habe ich oft getan. Und die aus Angst um ihre Haut jeden Sonnenstrahl meidet.«

»Warum ahne ich jetzt schon, was kommt?«, stöhnte Katja und begann zu lamentieren: »Du, mein Schatz, hast mich mit deiner Vernunft und deiner Reife erschlagen, mein Leben wurde immer weniger aufregend, und nach dem Vanille-Sex mit dir, süß und gut riechend, war mir mal nach etwas Dreckigem, Scharfem. Bevor wir dann beide gemeinsam, nachdem du mir großmütig verziehen hast, unseren Kram wieder in die chemische Reinigung bringen. Männer sind so leicht zu durchschauen.«

»Die Schuld bei anderen zu suchen ist mehr als nur eine männliche Randdisziplin«, pflichtete ihr Uschi bei.

»So simpel ist Johannes nicht gestrickt, dass er mir einfach den Schwarzen Peter zuschieben würde«, redete sich

Pia in Rage. »Wir haben genug Freunde, die ab einem gewissen Alter alle nicht mehr zurechnungsfähig sind. Ich denke, da sieht sich Johannes nicht als löbliche Ausnahme. Ob sie nun von morgens bis abends auf dem Golfplatz stehen, mit einem Handicap von zwölf, ganz zu schweigen von all ihren anderen Handicaps. Ob sie sich kurz vor ihrem sechzigsten Geburtstag beim Brötchenholen an der Tankstelle am Sonntagmorgen in die Aushilfe verlieben, die ihre Enkelin sein könnte. Ob sie sich mit ihrer Harley austoben oder mit den Hightech-Gerätschaften in ihrer Küche, wo sie mit Süßkartoffel-Ultraschall-Pommes oder Tomatenzuckerwatte experimentieren und ihrer armen Frau die Brühwürfel und den Basilikumtopf auf der Fensterbank verbieten.«

»Und Johannes?«, wollte Annalena wissen, deren Stimme so heiser war, dass sie bald ganz versagen würde. »In welche Richtung tendierte seine Unzurechnungsfähigkeit?«

»Johannes«, wiederholte Pia seinen Namen, in dem sie ihn absichtlich in die Länge zog, »lernte Henriette kennen.«

Fünf Augenpaare starrten sie an.

»Das ist nicht wahr, oder?«, sagte Uschi.

»Habe mich selten so …«, stotterte Katja.

»… in einem Menschen getäuscht?«, half ihr Eva auf die Sprünge.

Katja nickte. »Die hat's ja faustdick hinter den Ohren. Mannomannomann!«

»Wie heißt es immer so schön?«, sagte Eva. »Stille Wasser sind tief.«

»Und schmutzig«, fügte Uschi hinzu.

»Merkwürdigerweise verspüre ich kaum Wut auf sie«, meinte Pia nachdenklich. »So gern ich das auch möchte. Ihr Selbstbewusstsein wirkt auf mich so porös wie alter Gummi. Wie sollte es auch anders sein? Eine lastende Vergangenheit, eine wenig glorreiche Gegenwart, eine langweilige Zukunft. Da kann ein kleiner Flirt ...«

»Nun spiel es nicht so herunter!«, beschwor sie Uschi. »Es ist ja wohl mehr als das, wenn man gemeinsam verreist.«

Pia seufzte wie jemand, der sich darüber klar war, dass er die richtige Entscheidung für sich getroffen hatte, es aber anderen schlecht vermitteln konnte. »... Wunder wirken«, vollendete sie unbeeindruckt ihren Satz. »Es war für sie vermutlich ein völlig neuer Seelenzustand, eine unglaublich aufregende Situation, dass sich ein Mann wie Johannes für sie interessierte.«

»Männer stürzen sich auf alles, was leichte Beute ist«, sagte Eva, »weil sie meist gar keine Lust haben, auf die Jagd zu gehen.«

»Gib's zu!«, forderte Mathilda Pia auf und blitzte sie kampfeslustig an. »Du hattest mich in Verdacht. Nur weil ich rote Lippen habe und meine Brüste mit einem Push-up pimpe. Das ist zum Totlachen!«

Pia wandte sich an Mathilda. »Ich habe dich schon während der Dreharbeiten die ganze Zeit für ein egozentrisches ...«

»Sag jetzt nicht Miststück!«, flehte Mathilda, und während sie die zusammengepressten Hände an die Nasenflügel drückte und mit beiden Daumen das Kinn stützte, schimmerten zur Verblüffung der anderen plötzlich Tränen in ihren Augen.

»So eine Beleidigung käme mir niemals über die Lippen, Menschenkind wollte ich sagen«, beschwichtigte sie Pia. »Du liegst richtig. Mein Misstrauen hat sich gegen dich gerichtet. Es ging schon damit los, dass du dich in allen Produktionsgesprächen nur auf Johannes konzentriert hast.«

»Er ist der Hotelboss.«

»Du hast ihm schöne Augen gemacht.«

»Das ist meine Passion. Ich weiß eben, wie man Männer lockt und sie wieder loswird, wenn man genug von ihnen hat. Und wie man sie sich zurechtbiegt wie kleine Kerle aus Knete, falls man beschließt, dass sie eine Weile bleiben dürfen. Benedict darf eine Weile bleiben. Konnte ja keiner ahnen, dass ich mich ausgerechnet in den Weihnachtsmann verknalle. Die Liebe ist wohl wirklich eine Himmelsmacht.«

»Und glaubst du«, redete Pia weiter, »mir wäre entgangen, dass du Johannes mehrmals angerufen hast, was ihm überaus zu schmeicheln schien? Vor allem nach seiner Reise an die See.«

»Rein geschäftlich. Er hatte versprochen, mir Kontakte zu anderen Hoteliers zu verschaffen, die eventuell bereit wären, in der neuen Staffel mitzuwirken. Es ist schwer, Kandidaten zu finden, weil sie bei einer schlechten Bewertung Angst vor Negativ-PR und Umsatzeinbußen haben.«

»Wenn ich am Telefon war, warst du immer abweisend und kurz angebunden.«

»Weil man in meiner Branche nie Zeit hat.« Mathilda verdrehte die Augen. »Du meine Güte!«

»Somit wäre sie rehabilitiert, oder nicht?«, verkündete Uschi, und vor lauter Dankbarkeit legte ihr die hinter ihr stehende, einen Kopf größere Mathilda das Kinn auf die Schulter, während Uschi laut nachdachte: »Es mag ungerecht sein, diese Überlegung anzustellen, aber was findet Johannes bloß an Henriette?«

»Jeder Mensch hat seine Qualitäten«, sagte Eva. »Und Männer lieben es nun mal, sich als toller Hecht zu fühlen. Ich denke nicht, dass sich Johannes auf ein völlig neues Leben einlassen wollte, dass er vorhatte, etwas ganz Entscheidendes zu ändern.«

»Was hätte das auch sein sollen?«, fragte Katja. »Das Entscheidende.«

»Na, was wohl?«, sagte Eva. »Die Zukunft. Der Rausch eines neuen Lebens.«

»Immerhin hat er mit Pia Schluss gemacht«, krächzte Annalena.

»Unter Umständen wäre ich sogar bereit, ihm zu verzeihen«, erklärte Pia. »Ich kann mir das gut vorstellen: Wenn das Hirn von der eigenen Wichtigkeit umnebelt ist. Wenn in jedem noch so unbedeutenden Satz, den man von sich gibt, eine Botschaft steckt, und sie beim Lachen den Kopf zurückwirft, weil er etwas gesagt hat, das energisch, unerschrocken und männlich klingt, dann öffnet sich für manchen Mann der Himmel, es regnet Geigen und Sahnetrüffel, und die ›Ode an die Freude‹ ertönt.«

Pia lächelte, ganz atemlos von ihrer kleinen Rede.

»Du hättest allen Grund«, beharrte Uschi, »eifersüchtig, wütend, gekränkt und verletzt zu sein. Er hat dich nicht verdient.«

»Er wünscht sich, dass ich ihm verzeihe. Er wünscht es sich von mir zu Weihnachten«, sagte Pia.

»Schenk ihm lieber einen Zwergspitz für die einsamen Tage ohne dich«, schlug ihr Katja vor.

Annalena strich die rote Decke glatt, legte sie zur Seite, stand auf und schaltete die Deckenbeleuchtung ein. Das jäh aufflammende Licht tat ihr in den Augen weh, die schwer von der Erkältung in den Höhlen lagen. Sie musste sie zusammenkneifen, bis sie sich an die Helligkeit gewöhnt hatte.

»Er hat beteuert, er liebt mich«, hörte sie Pias Stimme. »Und ich habe beschlossen, ihm zu glauben.« Sie holte ein paarmal tief Luft und wirkte äußerst gelassen, als sie abschließend verkündete: »Wie ich vorhin schon sagte. Manchmal ist das Ende nicht das Ende.«

»Für heute ist es das«, ordnete Eva an. »Annalena, verzeih meine Offenheit, aber du siehst erbärmlich aus!« Sie erhob sich aus dem Sessel neben Pia und scheuchte die anderen auf. »Wir sind rücksichtslos! Sie muss sich hinlegen. Sie ist krank.«

Annalena protestierte mit schwacher Stimme, aber niemand glaubte ihr.

»Halt! Stopp! Noch eine Sache«, rief Uschi. »Ich wollte euch alle einladen.«

»Heiligabend zu Kartoffelsalat und Würstchen bei dir, Rüdiger und den Goldfischen?«, sagte Katja und rieb sich die Hände. »Sehr gern. In meiner Familie hat sich immer noch kein Freiwilliger gefunden, der die Kocherei an den Feiertagen übernehmen will.«

»Sprachst du nicht von Pizza?«, erinnerte sie Annalena.

»Darauf wird's wohl hinauslaufen.«

»Für mich keine Zwiebeln an den Salat, Uschi! Ich möchte keinen Mundgeruch haben, wenn ich Benedict küsse«, forderte Mathilda.

»Ich will euch nicht bei mir zu Hause haben!« Uschi lachte mit rauer Stimme. »Ich möchte euch bitten, mit mir auf meinen eigenen Laden anzustoßen. Um ein Uhr mittags am Heiligen Abend bei ›Frau Haase‹.«

Sie verabschiedeten sich von Annalena. Im Hinausgehen hielt Uschi Mathilda am Arm zurück und fragte: »Ich habe gegoogelt, aber diesen Mafia-Film mit Frank und Miss Cissy und den Streikbrechern habe ich nicht gefunden. Ich wollte ihn mir mit meinem Mann über die Feiertage ansehen. Gibt's den überhaupt?«

»No!«

»Aber du hast doch ...«

»Manch alte Geschichte beginnt neu«, dozierte Mathilda und deutete mit einem Nicken ihres Kopfes auf Pia. »Und manch andere muss ganz neu geschrieben werden. Der Film mit Frank und Miss Cissy gehört in die zweite Kategorie.«

Als alle gegangen waren, trat Annalena zurück in die Wohnung; die Tür fiel leise ins Schloss. Erst jetzt fiel ihr ein, dass sie noch nicht auf Mira Dellings Karte reagiert hatte. Sie kritzelte rasch ein paar Zeilen und las sie noch einmal durch, bevor sie ihr Schreiben ebenfalls durch den Briefschlitz ihrer Nachbarin ein Stockwerk tiefer warf.

Liebe Frau Delling,

entschuldigen Sie den schlichten Zettel. Hatte leider keine so schöne Karte zur Hand wie Sie. Natürlich gieße ich Ihre Blumen! Sehr gern sogar.

Das ist ja ein wundervolles Weihnachtsgeschenk. Rom mit dem Mann Ihres Herzens!

Danke für die Einladung! Aber ich habe viel um die Ohren.

Wünsche Ihnen schöne Weihnachten und einen guten Rutsch,

Ihre Annalena Schiller

Zurück in der Wohnung, stellte sie sich wieder ans Fenster neben ihrem Bett unter der Dachschräge. Während der Verkehrslärm gedämpft zu ihr heraufdrang, blickte sie auf die Autos, die unten vorbeirauschten und an der Ampel vor ihrem Haus stehen blieben, trank eine Tasse Tee und klaubte mit feuchtem Zeigefinger die letzten Fischli-Krümel vom Teller.

Sie nahm eines der Trostpflaster, die ihr Mira Delling aus ihrem Adventskalender überlassen hatte, und betrachtete es. Heute würde sie keines brauchen. Durch die Großzügigkeit von fünf Frauen, die ihr bis auf Uschi vor ein paar Wochen noch fremd gewesen waren, hatte ein unauslöschliches Lächeln auf ihrem Gesicht Einzug gehalten. Die Traurigkeit war von ihr abgefallen. Sprühregen nebelte die Stadt ein, machte sie grau und unansehnlich. Immer noch war nicht eine einzige Schneeflocke gefallen. Die Bäume auf der gegenüberliegenden Straßenseite wirkten wie knochige Gespenster. Rotznase und rauer Rachen waren lästig, ihr Gesicht war blass wie ein Baiser, und das Innere ihres Kopfes fühlte sich an wie ein in warmer Milch eingeweichter Weihnachtskeks.

Heute war ein guter Tag.

Kling, Glöckchen, klingelingeling

Das war kalter Kaffee. Und den hatte sie sich selbst eingebrockt. Nur weil Annalena ausgerechnet an diesem Morgen ihre Schlupflider mit Hilfe eines Eyeliners aus der Deckung holen wollte, war der Becher mit dem dampfenden Inhalt auf dem Couchtisch in Vergessenheit geraten – und nun ungenießbar. Es war ein besonderer Morgen. Sie freute sich auf das, was vor ihr lag, wobei sich ein wenig Nervosität in die Vorfreude mischte. Sie war nicht besonders erfahren, was Jobs anging. In ihrer Zeit als Sekretärin in Stefans Büro hatte sie die hektische Frühschicht gemieden und die etwas weniger anstrengende Spätschicht bevorzugt, in der man auch mal ohne Probleme den Nägeln ein paar neue Lackschichten verpassen konnte. Als sie die Arbeit als Putzfrau in der Schule in der Parallelstraße hinter ihrem Haus angetreten hatte, war sie am ersten Tag mit hochhackigen Schuhen erschienen, und nur ihre ghanaische Kollegin Veronica hatte sie durch einen beherzten Griff an den Ellbogen vor einem Treppensturz bewahrt. Heute würde sie alles richtig machen. Perfekt geschminkt und mit geduldigem Lächeln würde sie die Kunden beraten, die unschlüssig vor der Riesenauswahl an Christbaumkugeln standen, weil sie sich auf den letzten Metern vor dem Fest immer noch nicht entschlossen hatten, welche an die grünen Zweige kamen.

Sie hatte sich im Netz kundig gemacht. Dieses Jahr hatten Kugeln in allen Schattierungen von Rot und Violett ihren großen Auftritt, matt und glänzend, genau wie solche in gedeckten Herbsttönen, in knallbunten Smarties-Farben und im Metallic-Look.

Sie schminkte die Lippen in einem Ton wie Crème brûlée vor dem Karamellisieren, bürstete die Haare, bis sie schimmerten, und sprühte sich einen Herrenduft aus einem Pröbchen hinter die Ohren. Sie hatte noch ein paar dieser Winzlingsflakons von Stefan, sie selbst konnte sich schon seit langem kein Parfüm mehr leisten. Außerdem würde eine dezente Moos-Leder-Sandelholz-Note dem wabernden Duftgemisch aus Zimt, Kardamom, Vanille, Orange, Bratapfel und Fichte bei ›Frau Haase‹ etwas Herbes entgegensetzen, wie man es sonst nur von einem Waldspaziergang in kalter, klarer Luft kannte.

Nach einer heftig prasselnden Dusche mit sehr heißem Wasser wählte sie eine champagnerfarbene Bluse und eine schwarze Jeans, zu der sie hohe Pumps überstreifte. Sie packte einen Vorrat an Papiertaschentüchern in ihre Chanel-Tasche und bereute ihre rabenschwarz angemalten Lider ziemlich bald, denn ihre Nase lief nach wie vor, und die Augen tränten immer noch. Ein paar Niesanfälle, und sie würde aussehen wie ein Panda. Es war keine gute Idee gewesen, entschied sie, ausgerechnet heute mit Make-up zu klotzen, aber das ließ sich jetzt nicht mehr ändern. Wenn sie pünktlich sein wollte, musste sie jetzt los.

Und so machte sie sich auf den Weg, der eine gute Viertelstunde in Anspruch nahm. Um das Fahrgeld zu sparen, hatte sie beschlossen, auf die U-Bahn zu verzichten, mit der sie nach zwei Stationen und in vier Minuten am Ziel gewesen wäre. Die Luft war kühl und sauber, roch wie ein Allzweckreiniger mit Winterduft, und der Wind ließ ihre Nasenschleimhäute abschwellen. Annalena überquerte die Straße, passierte rechter Hand die Zionskirche, vor der jeden Dienstag der Eierwagen stand, und lief durch einen kleinen Park, an den sich ein Kinderspielplatz anschloss, während durch die kahlen Bäume zur Linken der Blick auf eine Autowerkstatt und eine Teppichreinigung fiel. Sie spazierte weiter unter einer Bahnbrücke hindurch, bis sie an die Alster kam. Grau schwappten ein paar vom Wind aufgepeitschte Wellen gegen das Ufer. Es tat gut, an einem Dezembermorgen hier draußen zu sein, fand Annalena. Man kriegte den Kopf frei.

Noch ein Schlenker vorbei an einer Tankstelle, einem Thai-Imbiss und an einer Eisdiele, die ihr Lokal im Winter einer Hutmacherin als Ausstellungsraum zur Verfügung stellte. Dann war sie da. Noch war die Ladentür verschlossen, und bei einem Blick auf die Uhr an der gegenüberliegenden Bushaltestelle erkannte sie, dass sie wieder einmal zehn Minuten zu früh dran war. Um zehn würde Uschi das Geschäft öffnen; um Viertel vor wollten sie sich hier treffen. Ihre Füße in den hochhackigen schwarzen Schuhen schmerzten schon jetzt.

Annalena postierte sich vor dem Laden und sah sich

die ausgefallenen Kugeln an, die in unterschiedlicher Höhe an bunten Bändern von einem quer im Schaufenster hängenden Ast baumelten. Sie betrachtete sich in der Scheibe. Trotz der frischen Luft, die sie auf dem Weg hierher bekommen hatte, sah sie angegriffen aus. Als ihr von hinten jemand die Hand um die Hüfte legte, fuhr sie herum.

»Guten Morgen, Annalena«, begrüßte sie Uschi, schloss auf und bugsierte sie in den Laden.

»Guten Morgen!«

Uschi hielt sich nicht lange mit Vorreden auf. »Tu mir den Gefallen und koch als Erstes Kaffee und Weihnachtstee! Je eine der Thermoskannen voll. Füll Lebkuchenherzen und Dominosteine in die silbernen Schalen. Zünde die ›Christmas Cookies‹-Duftkerzen an, die überall herumstehen. Und dann legst du die CD mit den amerikanischen Weihnachtsliedern auf!« Sie summte leise vor sich hin. »›Let It Snow! Let It Snow! Let It Snow!‹. Frank Sinatra. Das lieben die Leute. Wenn du das gemacht hast, staubst du mit diesem Straußenwedel ...«, sie drückte ihr einen Busch Federn am Stiel in die Hand, »... alle Anhänger an dem Ast im Fenster ab und das ganze Obst und Gemüse in den Holzkisten im vorderen Regal.«

»Wie auf dem Markt«, wunderte sich Annalena. »Nur dass da die Paprika und Apfelsinen nicht aus buntem Glas sind.«

»Es *ist* ein Markt«, sagte Uschi. »Ein Weihnachtsmarkt. Und bemüh dich bitte, dass du den Roquefort verkaufst! Den Emmentaler kann ich auch nicht mehr sehen! Nichts ist unansehnlicher als diese Dinger mit der Lochoptik als Baumanhänger. Wir sollten den ganzen Käse von zwölf auf neun Euro reduzieren! Nach Feierabend fegen wir den Laden aus und wischen feucht durch. Am besten fängst du jetzt an! Mich findest du da oben!«

Sie deutete auf einen höher gelegenen Raum, der über ein paar Stufen erreichbar war. Dort thronte ein großer ovaler Tisch mit einer dunkelroten Samtdecke, und in den Regalen waren außer Engelsbüsten jede Menge Zapfen und Pilze, Rehe, Hirsche und Bäume für die Weihnachtsdekoration aufgereiht.

»Das ist mein Séparée«, erklärte Uschi. »Dort empfange ich gute Kunden.«

Annalena verstand die Welt nicht mehr. Was war nur in Uschi gefahren?

Aber anstatt lange zu grübeln, machte sie sich an die Arbeit. Sie kümmerte sich um die heißen Getränke, sorgte für Musik und Weihnachtsduft und begann damit, die kostbaren Kugeln abzustauben, wobei sie so behutsam vorging wie eine Jongleurin mit rohen Eiern. Nicht auszudenken, wenn ihr einer dieser brandneuen Anhänger in Form einer pinkfarbenen Zuckerwatte- oder roten Popcorn-Maschine, die über zweiundzwanzig Euro kosteten, im Fenster zerbrechen würde!

Doch was war das?

Sie würde es ignorieren, irgendwie. Es hatte nichts mit ihrem Aufgabenbereich zu tun. Das hier war nur aus einem Grund auf der Welt: um bewundert zu werden. Annalena konnte jedoch nicht widerstehen und näherte sich mit dem Staubwedel in der Hand der aufgeklappten

Holzschatulle, die im Regal stand. *Baumschmuck für frisch Vermählte* war in schwungvoller Schrift auf einer eingestanzten goldenen Plakette zu lesen.

Braut und Bräutigam, eine Hochzeitstorte, ein Herz. Vier Teile für 97,50 Euro.

Du meine Güte! Da hörte sich doch alles auf! Knapp einhundert Euro für diese Turteltäubchen an der Tanne! Das war der Wahnsinn!

Wundervoller Wahnsinn.

Zugegebenermaßen.

Annalena zögerte und streckte gerade den kleinen Finger aus, um über die Braut zu streichen. Etwas anderes als die kleinste Fingerkuppe an der Hand durfte mit diesem filigranen Glaswesen auf baccararotem Satin gar nicht in Berührung kommen. Aber in dem Moment ging die Ladentür auf, und von da an riss der Strom der Kunden nicht mehr ab.

Katja hatte recht gehabt. Weihnachten schien etwas zu sein, was viele Menschen so überfallartig heimsuchte wie eine Grippeepidemie oder eine plötzlich aufziehende Kaltfront. Wie sonst war es zu erklären, dass sie noch am Mittag des Heiligabends Raclette- und Fonduegeräte aus den Regalen der Kaufhäuser rissen, sich mit ihren Konkurrenten um das letzte Schweinefilet in der Kühltheke des Supermarktes balgten und bei ›Frau Haase‹ die Erleuchtung suchten, die sie nicht im Angebot hatte?

»Ich brauche echte Christbaumkerzen«, hechelte eine elegante Dame in einem kamelfarbenen Kaschmirmantel mit kariertem Burberry-Schal, die hektisch und ohne Begrüßung das Geschäft enterte.

»Moment, bitte!«, bat Annalena und fügte mit einem kleinlauten Lächeln hinzu: »Ich bin nur die Aushilfe.«

»Warum wundert es mich nicht, dass man in der Servicewüste Deutschland an Heiligabend nur noch Aushilfen beschäftigt?«, schnaufte die Frau.

»Ich bin gleich wieder bei Ihnen«, sagte Annalena, hastete die Stufen hoch und fragte Uschi an ihrem Tisch mit der Samtdecke: »Haben wir echte Kerzen? Für den Baum?«

»Sind wir ein Drogeriemarkt?«

»Also nein?«

»Also nein!«

Annalena wollte gerade die Stufen wieder hinabsteigen, da ertönte Uschis Stimme in ihrem Rücken: »Wenn du nachher Zeit hast, ich habe Hack gekauft, ich mag meine Buletten gern mit Kapern.«

Annalena blickte sich eine Sekunde lang zu Uschi um und schaffte es sogar im Gehen, eine Augenbraue pikiert zu heben, entschied sich aber dafür, das Benehmen ihrer Chefin zu schlucken, bis sie Zeit hätte für ein Gespräch unter vier Augen. Ihrem Hals ging es besser, da konnte man erst einmal eine Menge hinunterwürgen.

»Nein«, richtete Annalena der Kundin aus, als sie wieder vor ihr stand. »Es tut mir leid! Da müssen Sie zu ›Budnikowsky‹!«

»Sie sind ein Weihnachtsladen ohne Weihnachtskerzen? Verstehe ich das richtig? Das ist wie ein Hähnchengrill ohne Hähnchen!«

»Bei Budni kriegen Sie einen Zwanzigerpack für ein paar Cent«, wisperte Annalena hinter vorgehaltener

Hand. »Hier würden Sie garantiert nicht unter fünf Euro zahlen. Unser Sortiment ist zauberhaft, aber völlig überteuert.«

Kleine Retourkutsche für Uschi, dachte Annalena und grinste in sich hinein.

»Sie sind wirklich geschäftstüchtig«, spottete die Frau und brach in hysterisches Gekicher aus. »Ich habe aber keine Zeit, jetzt durch einen Drogeriemarkt zu hetzen! Kapieren Sie das? Ich bin eine eierlegende Wollmilchsau, die heute noch einen Kalbsbraten Orloff zaubern muss, ganz stilecht nach Art des Kochs an der russischen Botschaft in Paris, mit Sauce Soubise, Duxelles und einer Sauce Mornay … Und die, bevor sie dieses prachtvolle Stück Fleisch, begleitet von Rosenkohl mit Mandelbutter und Kartoffelkrapfen, für ein Dutzend Gäste auf den Tisch bringt, ihre beiden kleinen Kinder im Fünf-Minuten-Takt beruhigen muss, weil sie ununterbrochen quengeln, wann denn endlich der Weihnachtsmann kommt. Von dem ich nicht mal weiß, ob er seinen Job beherrscht. Aber es war der älteste, den wir beim Studentenwerk kriegen konnten. Und natürlich muss ich heute Abend anbetungswürdig aussehen, ein Zauberwesen im kleinen Schwarzen auf epilierten Beinen, und nun kommen Sie und sagen, ich soll zu Budnikowsky! Sie haben vielleicht Nerven!«

»Setzen Sie sich!«, ordnete Annalena an. Sie deutete auf einen gepolsterten Stuhl mit geschwungenen goldenen Beinen und einem Samtbezug in genau demselben dunklen Rot wie die Decke auf Uschis Tisch. Ihrer Kommandozentrale, das traf es wohl eher, schoss es Annalena durch den Kopf, die sich keinen Reim darauf machen konnte, was mit ihrer Freundin passiert war. Die kreative Ecke ihres Gehirns sprühte Funken, die von Ehekrach über Weihnachtsdepression bis hin zu Machtmissbrauch reichten, aber die Realitätsregion sagte ihr: Du machst deinen Job – und du machst ihn gut. Fertig! Nur darauf kommt es an.

Zu ihrem eigenen Erstaunen gehorchte die überdrehte Kundin, ließ sich von Annalena zu dem Stuhl führen und mit einem energischen Griff an die Schulter widerstandslos auf den Sitz drücken. Sie bekam eine Tasse Tee und die Schale mit Lebkuchenherzen gereicht, die sie jedoch mit einer empörten Handbewegung zurückwies.

»Niemals könnte ich jetzt was herunterkriegen! Sie haben ja die Ruhe weg!«, sagte die Frau. »Heute ist Heiligabend, und Sie müssen noch arbeiten. Wann haben Sie denn Geschäftsschluss? Du meine Güte, Sie Arme, wie wollen Sie das alles noch schaffen?« Doch ehe Annalena darauf eingehen konnte, sprach sie schon weiter: »Wir haben vor Weihnachten noch eine komplette Wohnungsrenovierung gehabt, Altbau, nun liegen alle Leitungen unter Putz. Und ich lege mich daneben.«

»Ich feiere dieses Jahr kein Weihnachten«, antwortete Annalena auf die vor einigen Sekunden formulierte Frage.

»Was haben Sie gesagt?«

»Ich ignoriere dieses Fest. Noch nicht einmal das, es findet für mich nicht statt. Ich tue so, als wäre alles wie immer. Käsebrot und eine Tasse Kräutertee, die Tagesschau, ein alter Film im Fernsehen, Bett. Und ich freue mich drauf.«

Die Kundin blickte sie an, als hätte Annalena ihr gerade gestanden, Mitglied in einem konspirativen Kinder- und Schoßhundehasser-Geheimbund zu sein und außerdem ihrer Schwiegermutter in perfiden Racheakten regelmäßig die Brille zu zertreten.

»Das habe ich ja noch nie gehört. Gibt's denn so was? Das gibt's doch gar nicht!«

»Wir sind ein kleiner Club von Frauen, die sich gegen Weihnachten verschworen haben«, erzählte Annalena in verhaltenem Ton. »Wir unterstützen uns gegenseitig in unserer Abneigung, die nicht immer auf Verständnis stößt. Wenn Sie …«

Wie eine Furie sprang die Kamelhaarfarbene auf. »Das klingt ja wie die ›Illuminati‹, die den Vatikan bedrohen!«

Annalena konnte nicht an sich halten, und es platzte mit einem Lachen aus ihr heraus: »So schlimm ist es nun auch wieder nicht.«

Sie trat an den geschmückten Tannenbaum, der dank seiner mit Weichmacher veredelten Polyethylen-Nadeln das ganze Jahr über im Laden stand, und nahm eine goldene Figur vom Haken, die einen Buddha im Lotussitz mit gefalteten Händen im Schoß darstellte.

»Vielleicht«, empfahl sie, »schenken Sie sich den selbst zu Weihnachten. Ich denke, ein wenig meditative Ruhe würde Ihnen guttun.«

Als Annalena die Tür ins Schloss fallen hörte, drehte sie sich um. Von der Kundin war nichts mehr zu sehen außer einem flatternden braunbeige karierten Schal, der wie eine Fahne im Wind hinter ihr herwehte.

Als sie um die Mittagszeit eine Verschnaufpause hatten, kam Uschi aus ihrem Kabuff geklettert, herab zu der Plastiktanne, dem Baumschmuck und einer im Kampf mit den durch den Weihnachtsstress taumelnden Kunden gestählten Annalena.

Die warf ihr einen scharfen Blick zu und fasste einen Entschluss. Wenn Uschi jetzt weiterhin einen auf *Der Pate* machte und wieder mit ihren Kapern-Klöpsen anfing, während sie da oben die ganze Zeit eine ruhige Kugel schob, würde sie ihr genau so eine vor die Füße werfen, mochte das Glas noch so zerbrechlich sein. Dann gab's hier ein Scherbengericht.

Aber Uschi war wie ausgewechselt. Sie legte ihr den Arm um die Schulter, scherzte und lachte, und genau in diesem Augenblick öffnete sich mit einem fröhlichen Glöckchengeläut die Tür, und herein traten Eva, Pia, Katja und Mathilda.

Sie zogen die Mäntel aus, drückten sie Uschi vor die Brust, die sie hinauftrug zu dem Regal mit den Engelsbüsten, an dessen rechter Seite ein paar Garderobenhaken angeschraubt waren. Annalena begleitete sie, um aus dem Kühlschrank eine Flasche Sekt zu holen, deren Inhalt sie auf sechs Gläser verteilte. Sie stießen an auf Uschis eigenen Laden. Auf ihre Freundschaft, das Leben und dass sie es wirklich geschafft hatten, in der Hektik um sie herum einen kühlen Kopf zu bewahren.

Santa Claus Is Coming To Town

»So ein Tamtam um eine Tanne!«, schimpfte Mathilda, während sie sich mit ihrem Glas in der linken Hand vor dem Kunststoffbaum aufbaute, die Zweige mit spitzen Fingern der Rechten anfasste und die Nase rümpfte. »Es grünt so grün. Aus Plastik. Giftiges PE.«

»So ein Tinnef *an* einer Tanne!«, stimmte ihr Eva zu.

Katja zog Annalena zur Seite. »Nicht, dass du glaubst, ich bin noch anfällig oder wieder rückfällig geworden oder so was. Ganz und gar nicht! So was von überhaupt nicht! Aber schau mal! Wie entzückend sind die denn?« Sie zeigte auf die Kugeln für Sportsfreunde. »Julian würde ich den Basketball schenken, Felix den Fußball, Emma …«, sie atmete schwer, »… o je, da müsste ich mich entscheiden, Tennisschläger oder Ballettschuhe, und mein Mann würde den kleinen Golfer kriegen. Und die Kapuzenshirts erst! Für jede Sportart der passende Hoodie. Ich muss jetzt ganz stark sein. Habe ich das wirklich gerade laut gedacht?«

»Hast du«, bestätigte Annalena.

»Man muss so aufpassen!«, stöhnte Katja. »Dieses Weihnachtsvirus kann hartnäckig sein.«

»Warum sollte man für diesen Golfball über sechs

Euro ausgeben«, fragte Mathilda ketzerisch, »wenn man für drei Euro und ein paar Zerquetschte bei Ikea eine ganze Box mit kleinen weißen Kugeln kriegt?«

»Woher weißt ausgerechnet du, was Weihnachtsschmuck kostet?«, wollte Pia wissen.

»Das weiß man halt.«

»Ich liebe ja die Artikelnamen von Ikea«, gestand Eva. »Christbaumkugeln ›Yrsnö‹, das klingt doch hübsch, oder? Geschenktüten ›Julmys‹ und Filz-Wichtelmänner ›Snövita‹.«

»Verschwindet sofort alle nach oben, und setzt euch an den großen Tisch«, raunzte sie Uschi an. »Ihr seid ja geschäftsschädigend!«

Nur Annalena und Katja blieben zurück. Sie stellten sich vor die Tanne und betrachteten die Figuren.

»So schmückt man den Familienbaum«, sagte Katja. »Für die Schwägerin, die gerne backt, ist die kleine rotwangige Bäckerin mit der Teigrolle. Ein paar schöne Stunden in der Heiligen Nacht, die hoffentlich nicht wieder eine eilige wird wie so oft, verspricht die heiße Weihnachtsfrau. Siehst du die pralle Halbnackte in dem roten Korsett mit roten Strapsen und der roten Mütze mit weißem Bommel? Die ist für Vati. Mutti hat sie etwas außer Sichtweite der Kinder gehängt, aber leider zu dicht an den goldenen Buddha. Bombe und Buddha, das geht nicht. Also müsste man eventuell zwischen dem heißen Feger in der Reizwäsche und dem selig Lächelnden die Bäckerin mit der Spitzenschürze deponieren. Oder Krankenschwester Hildegard mit dem Rotkreuz-Häubchen und dem hellblauen Kittel. Hildegard wäre perfekt als

Katalysator zwischen Hottie und Heilsbringer. Was meinst du?«

»Ich würde auf jeden Fall zur direkten Nachbarschaft von Buddha und sexy Weihnachtsfrau raten«, sagte Annalena, die mühelos in Katjas ausgelassenen Tonfall einfiel. »Schließlich sollte an Weihnachten nicht immer nur ein reger Geschenke-, sondern endlich mal ein positiver Gedankenaustausch stattfinden.«

Sie hatten ihn nicht kommen hören. Er war hereingeschwebt, wie es Engel zu tun pflegen. Leicht, lautlos. Vielleicht hatte er aus schnellem Flug abgebremst und war ihnen vor die Füße gewirbelt. Vielleicht war er ein paarmal über dem Dach gekreist, um sich die Sache erst mal aus der Nähe anzusehen. Annalena und Katja, die im vorderen Teil des Ladens immer noch am Baum standen, waren die Ersten, die ihn erspähten. Fassungslos starrten sie den Engel mit den feuerwehrrot lackierten Fingernägeln an. Er trug ein bodenlanges weißes Kleid aus Chiffon, die blonden Haare fielen ihm in weichen Wellen auf die Schultern, er duftete nach Vanille-Parfüm, und die Federn der Engelsflügel machten in ihrer blendenden Weißheit den Golfbällen am künstlichen Tannenbaum Konkurrenz. Der Engel trug keine Brille mehr, aber auf seinen Lidern, den Wangen und den Lippen lag goldfarbener Glanz.

Er war das Bild von einem himmlischen Wesen.

Er war Henriette.

Sie war zu geschockt, um gleich wieder davonzufliegen, während Annalena nur den Mund aufsperrte und

Katja einen spitzen Laut ausstieß, der die anderen aufscheuchte. Nach und nach kamen sie die Stufen herunter.

»Du bist das?«, rief Uschi aus.

Henriette nickte.

»Was hat das zu bedeuten?«, drängte Pia.

»Frau Haase hatte mir gesagt, dass sie bei der Agentur für Weihnachtsmänner und anderes himmlisches Personal des Studentenwerks einen Engel für heute Mittag gebucht hat«, klärte Uschi sie auf. »Sollte eine kleine Überraschung für die Kunden werden.«

»Ist gelungen«, vermeldete Mathilda trocken.

»Dann warst du es also doch?«, stieß Annalena hervor. »Auf der Vollversammlung im ›Kiez-Schuppen‹?«

Henriette hauchte ein »Ja«.

Mathilda trat an Henriette heran und zwirbelte den weißen Stoff ihres Engelsgewandes zwischen den Fingern. »Und das hattest du in der Tüte.«

Wieder nickte sie. »Was spricht dagegen, wenn man wenigstens einmal in seinem achtunddreißigjährigen Leben der Engel sein will?«, sagte sie mit einem Anflug von Trotz.

»Da bin ich ganz bei dir. Jeder hat das Recht, sich ab und zu mal so zu präsentieren, wie er nicht ist. Und jeder hat ein Recht auf seine Geheimnisse«, bekräftigte Eva, konnte sich jedoch ein Kopfschütteln nicht verkneifen. »Aber du hättest doch wissen müssen, wo du hier landest.«

»Ich habe nur die Adresse bekommen, Straße, Hausnummer und den Hinweis, dass es sich um einen Weihnachtsladen handelt. Konnte ich denn ahnen, dass ich euch hier treffe?«

»Man kann nichts dagegen tun«, schaltete sich Uschi

ein, »dass es Probleme gibt. Aber man kann sehr wohl dafür sorgen, dass man bei ihrer Lösung keine Krampfadern kriegt.«

Und so stiefelten sie alle miteinander die Treppe hinauf und setzten sich um den großen Tisch.

Der Heiligenschein an dem Reif auf Henriettes Haar hatte sich verschoben. Der weiße Kringel aus Marabufedern war in Schieflage geraten und klebte seitlich an ihrem Kopf. Doch das schien sie nicht zu bemerken.

»Ich weiß von Johannes«, sagte sie und blickte Pia direkt in die Augen, »dass du es weißt.« Sie machte eine Pause und betrachtete im Sitzen die weißen Satinballerinas an ihren Füßen, die ein Stück weit unter dem Chiffonsaum hervorblitzten. Dann stieß sie einen tiefen Seufzer aus und wrang ihre kleinen Hände mit den breiten Nägeln, die fast etwas Kindliches hatten.

»Menschen sind Engel mit nur einem Flügel«, sagte sie dann. »Um fliegen zu können, müssen wir einander umarmen.«

Mathilda hob die Augen zur Decke. »Jahrhundertealter Graffiti-Spruch.«

»Mathilda, bitte!«, mahnte Eva.

»Der Engel mit dem zweiten Flügel, den ich brauchte, um fliegen zu können, war in meinem Fall Johannes.«

Sie schaute Pia an, wobei der Puschel ihres Heiligenscheins noch ein Stück weiter in Richtung Ohr rutschte. Ihr Blick war so beschämt, dass man ihr lieber nicht in die Augen sehen wollte.

»Es tut mir so leid, Pia. Ich weiß nicht, was ich sonst sagen soll«, stammelte Henriette und nestelte an dem Reif auf ihrem Kopf. »Ich sollte den Heiligenschein jetzt wohl besser abnehmen.«

»Das solltest du«, sagte Pia. »Was wollte er neulich bei dir?«

»Er war in der Nähe und wollte sehen, wie es mir geht. Er hatte unsere kleine Affäre schon vor Monaten beendet und wusste, wie sehr ich darunter leide. Ihr seid wieder zusammen?«

»Das möchte ich keinesfalls mit dir bereden.«

Henriette wurde rot vor Verlegenheit, weil aller Augen auf sie gerichtet waren. Sie erhob sich und wandte sich an Uschi. »Dann werde ich mal meine Arbeit machen. Schließlich habt ihr mich gebucht. Was soll ich tun?«

»Den Leuten, die jetzt noch kommen, die Schale mit den Lebkuchenherzen reichen. Tee einschenken, wenn sie welchen möchten. Den Kindern über den Kopf streicheln.«

»Wenn sie das möchten«, ergänzte Mathilda grinsend.

Als Henriette nach unten gegangen war, sagte Pia zu den anderen: »Wir werden es langsam angehen, Johannes und ich. Schritt für Schritt. Was ist Weihnachten anderes als der Mut zu einem Wunder? Doch meine Toleranz ist nur dieses eine Mal im Angebot. Dann nie wieder.«

Während Henriette im Laden mit Engelsgeduld die letzten Kunden des Tages empfing, ging Annalena ebenfalls hinunter, um die Ware zu verpacken, für die sich die Käufer inzwischen entschieden hatten. Als sie gerade einen Sechserkarton mit brombeerfarbenen Kugeln verschnürte, blickte sie, als sie den Kopf hob, genau in die Augen von Katja.

»Und?«, fragte Annalena lächelnd. »Bleibt es heute Abend bei Pizza?«

»Du wirst es nicht glauben, aber meine Familie ist ihren schlechten Vorsätzen untreu geworden. Eigentlich hatten sie die feste Absicht, zu motzen, zu meckern und zu schmollen. Mich zu verteufeln. Sich zu beklagen. Die beleidigte Leberwurst zu spielen. Vor Selbstmitleid zu zerfließen. Auf Tauchstation zu gehen. Und nun haben sie beschlossen zu kochen. Ich weiß nicht, was. Es wird eine Überraschung. Wahrscheinlich werde ich danach renovieren müssen.« Katja lachte. »Aber das ist egal, wenn meine Kinder nur langsam kapieren, dass das Leben nicht nur aus Tagen wie liebesperlengeschmückte Cupcakes besteht oder einem bunten Bouquet aus Taschengeldblüten. Die Initiatorin des Ganzen ist übrigens Emma. Ich bin ja der Meinung, der Karpfen blau, den es bei ihrer Freundin Mascha geben soll, hat sie geschockt. Sie war noch nie für glitschig und glibberig. Und vor allem nicht für Fisch.«

Sie beugte sich über den Verkaufstresen und hielt ihren Mund dicht an Annalenas Ohr.

»Du darfst mich nicht verraten, aber es ist doch wohl klar, dass von mir jetzt auch was kommen muss. So viel Hilfsbereitschaft muss doch belohnt werden.«

»Meinst du in Form von Geschenken?«

»Kleinigkeiten. Winzigkeiten. Für Emma die Luxus-Diamond-Strass-Bling-Chrom-Rahmenschutz-Cover-Hartschal-Handy-Hülle in Amour-Schwarz zum Beispiel.« Katja verstummte kurz, weil Henriette an die Kasse getreten war. »Was machst du an Weihnachten?«, fühlte sie sich mit einem routinierten Lächeln verpflichtet zu fragen, obwohl sie über die Störung wenig begeistert schien.

»Ich fliege heute noch zu meinem Bruder nach München. Und morgen treffen wir unsere anderen Geschwister bei meinem Vater in der Schweiz.«

»Wie schön!«, jubelte Katja und klopfte mit den Fingerspitzen so lange ein Trommelfeuer auf das Holz des Tresens, bis Henriette sich wieder einer eintretenden Kundin zuwandte.

»Ich habe einen Baum«, flüsterte Katja Annalena zu.

»Du hast einen Baum?«, sagte Annalena eine Spur zu laut.

»Psssst! Jetzt glaub bloß nicht, dass ich an der Gabelung wieder den Wegweiser mit der Aufschrift *Alter Trott* statt *Neue Pfade* nehme. Auf keinen Fall. Okay, ich bin der Typ, der vermutlich als Erstes losgehen und Parkettpflege kaufen würde, könnte er noch einmal alles auf Anfang stellen. Aber in Zukunft kein Erbarmen mehr mit meiner Familie, keine Wirtschaftsprüferinnen-Accessoires wie Perlenkette und Seidentuch mehr für mich. Doch ich muss gestehen …« Sie biss sich auf die Unterlippe, klammerte sich an die Holzkante der Kassentheke und rüttelte ein wenig daran. »Ich bin schwach geworden. Ich habe einen Baum.«

»Ja, und?«

»Und keine Kugeln. Ich habe dir doch erzählt, dass ich alles dem Waisenhaus gestiftet habe. Dort kann ich ja jetzt wohl schlecht auftauchen und sie wieder vom Baum reißen.«

Annalena machte eine raumgreifende Geste. »Du bist doch hier an der Quelle.«

»Genau das ist es ja. Es darf keiner mitkriegen. Du musst mir jetzt was zusammenstellen, ich gebe dir heimlich das Geld, und dann schmuggele ich den Schmuck zu meinem Wagen. Es wäre natürlich kostengünstiger, noch einen großen Yrsnö-, Julmys- und Snövita-Einkauf bei Ikea zu starten, aber die Zeit habe ich nicht mehr.«

»Ich habe hier irgendwo Startersets gesehen«, sagte Annalena. »Der Weihnachtsbaum für Anfänger.«

»Ist ja ein Witz! Das mir! Als Profi!«

»Hast du eine Wahl?«

Katja seufzte und strich sich die lange Haare aus dem Gesicht, die sich wie Spinnenfäden in ihren Wimpern verfangen hatten. »Das ist es ja. Eigentlich nicht.«

»Da sind vierundzwanzig große und kleine Kugeln drin mit Aufhängern, eine Christbaumspitze, Schleifenband, Kerzen mit Haltern. Gibt es in Rot und in Bunt.« Annalena holte einen Karton aus einem Regal. Und stieß im selben Moment einen Kiekser der Verzweiflung aus. »Sagte ich Kerzen? Ich sagte Kerzen. Die hätte doch glatt die fünfundachtzig Euro für den ganzen Kasten bezahlt!«

»Für Kerzen?«, sagte Katja. »Ich weiß zwar nicht, wen du meinst, aber jetzt tickst du nicht richtig!«

»An Weihnachten gibt es genug Verrückte.«

»Ich hoffe, du zählst mich nicht dazu«, flehte Katja, »wenn ich dich bitte, mir noch die Bälle, den Tennisschläger und den Golfer mit den karierten Hosen einzupacken.«

Kurz darauf verabschiedete sie sich genauso schnell wie Henriette.

Nun waren sie nur noch zu fünft. Als Annalena darauf wartete, dass die letzten Kunden bezahlten und das Geschäft verließen, kam Mathilda zu ihr. Wie immer mit Getöse. So dröhnend, dass auch die anderen im Raum über ihnen es vernahmen, sagte sie: »Braunes Packpapier wäre eine gute Alternative zu eurem silbernen mit Glitzer, wenn ihr schon nicht darauf verzichten könnt, Weihnachtsdeko als Geschenk aufzurüschen. Weniger Energie- und Wasserverbrauch bei der Herstellung.« Ihre Stimme schwoll weiter an. »Und die Ressourcen der Holzwirtschaft werden geschont.« Plötzlich wurde sie so leise, dass Annalena genau hinhören musste, um zu verstehen, was sie sagte: »Kannst du mir diesen Weihnachtsmann mit Mikrofon in der Hand in ein schlichtes Kästchen legen?«

»Mathilda!«, entfuhr es Annalena. »Ich glaub's ja nicht! Du willst …?«

»Schrei noch ein bisschen lauter! Was kostet denn das Teil?«

Annalena holte den Weihnachtsmann aus dem Regal und untersuchte ihn, bis sie das Preisschild unter seinen Stiefeln entdeckte. »25,50 Euro.«

»Wucher!«

»Du musst ja nicht.«

Mathilda brummte vor sich hin, und während Annalena ein geeignetes Pappkästchen suchte, kam Eva in einem ihrer langen wallenden Röcke auf sie zu. Sie legte einen Arm um Mathildas Schulter. »Dass wir heute Abend zusammen Weihnachten feiern, hätte ich mir auch nicht träumen lassen.«

Annalena fiel zum zweiten Mal innerhalb weniger Minuten die Kinnlade herunter. »Wie das?«

»Gemeinsam mit Rochus und seinem Sohn, wenn sie gegen zehn von ihren Weihnachtsmanneinsätzen zurück sind. Sie haben heute jeweils zwölf Termine und für jeden zwanzig Minuten Zeit.«

»Ausbeutung!«, stieß Mathilda hervor.

»Ach, das ist doch herzig«, sagte Eva und strahlte sie an. »Bescherung machen mit den Geschenken, die man aus einem Sack zieht, in große glückliche Kinderaugen blicken, und zum Abschied bekommen sie selbstgebackene Plätzchen und manchmal auch einen guten Wein. Wir werden heute Abend verwöhnt werden.« Sie wedelte mit ihrem ausgestreckten Zeigefinger. »Obwohl Rochus aufpassen muss. Er wird zu dick. Und deshalb geht der Weihnachtsmann nach den Feiertagen zum Abspecken in die ›Buchinger Klinik‹ am Bodensee. Und ich werde ihn da besuchen. Getrennte Zimmer, versteht sich.«

»Tu doch nicht so!«, sagte Mathilda und verschränkte die Arme vor der Brust. »Dich hat's erwischt!«

»Ich halte es von jetzt an mit der Liebe wie ältere Leute mit der Christmette. Eine Stunde vorher tauche ich auf, um mir einen guten Platz zu reservieren. Einen, wo ich angenehm und sehr bequem sitze und wo ich es warm habe unterm Hintern. Und wenn es vorbei ist, gehe ich nach Hause«, verkündete Eva, konnte sich nicht beherrschen und wiegte sich zu ›White Christmas‹ in den Hüften, bevor sie Mathilda in den Hintern kniff. »Du hast doch einen Prachtarsch! Und ein loses Mundwerk. Die Kombination scheint Benedict zu gefallen. Ich denke mir, jeder solide Mann hätte Skrupel, dich mit nach Hause zu nehmen, um dich seiner Mutter vorzustellen. Es sei denn, sie wäre eine Mischung aus Janis Joplin und Renate Künast. Aber die Gefahr besteht ja bei Benedict nicht.«

Mathilda ließ das Kästchen heimlich in ihrer Manteltasche verschwinden und lachte. »Vielleicht lerne ich ja aus meinen Fehlern. Obwohl … eigentlich mache ich sie ganz gern.«

Zuletzt kamen Pia und Uschi.

Eva schlug sich mit der rechten Faust in die linke Handfläche. »Wie dumm von mir! Nun habe ich Henriette gar nicht gefragt, ob das stimmt. Aber sie ist auch so fix davongeflogen … ein Engel halt.«

»Nun übertreibe nicht!«, sagte Pia und setzte ein skeptisches Lächeln auf.

»Entschuldige«, bat Eva. »Obwohl das mit dem Davonschwirren gar nicht so falsch ist. Als ich heute mit dem Bus auf der Fahrt hierher an ihrem Haus vorbeigekommen bin, stand ein Maklerschild auf dem Rasen. Es soll verkauft werden. Darauf wollte ich sie eigentlich noch ansprechen.«

»Zu spät«, stellte Pia einsilbig fest.

Annalena berührte Pia leicht am Arm. »Und was machst du heute Abend?«

»Ich ruhe mich aus, denn morgen müssen wir sehr früh raus. Eine alte Freundin von mir, die schon ewig in Kalifornien lebt, ist zu Besuch in ihrer alten Heimat in

Garmisch-Partenkirchen und möchte uns unbedingt sehen. Wir machen uns also zeitig auf nach Bayern.«

Mathilda heuchelte Erstaunen, obwohl sie die Antwort längst wusste. »Wir?«

»Johannes kommt mit. Getrennte Zimmer, versteht sich.«

»Habe ich heute schon mal gehört«, entschlüpfte es Mathilda, und sie zog eine Grimasse. »Häufiger als ›Frohes Fest‹.« Mathilda ließ ihre Worte einen Moment lang nachhallen, bevor sie in der Bewegung einer indischen Tempeltänzerin verharrte und mit seitlich ausgestreckten Armen und zur Decke gedrehten Handflächen sagte: »Und so wurden ruckzuck aus den Revoluzzerinnen wieder Romantikerinnen.«

»Was haltet ihr davon?«, schlug Pia vor, während sie jede zum Abschied zweimal auf die Wange küsste, »wenn wir im Januar eine balinesische Nacht feiern? Freue mich schon auf Chicken-Saté mit Erdnusssauce …«

»Drei Konsonanten in Folge«, sagte Eva und zwinkerte Annalena zu, während die anderen sie nur verdutzt ansahen. Pia fuhr fort: »Reispudding mit Palmzucker und Java-Kaffee.«

»Ich könnte Schwarzwälder Schinken und Salami beisteuern«, schlug Annalena vor.

Sie sahen sich an und lachten albern.

»Und wie wäre es mit einem Osterboykott?«, sagte Mathilda. »Jetzt kommt mir nicht mit ›viel zu früh‹! Habt ihr eine Ahnung! Ab Ende Januar gibt's schon wieder Blätterkrokant-Eier und Schokohasen bei Aldi. Was meint ihr?«

»Darüber könnten wir reden«, sagte Pia. »Aber nun muss ich los. Danke für den Sekt, Uschi! Und euch allen …«

Lautes Gemurre ließ sie mitten im Satz verstummen.

»… keine frohe Weihnacht! Nimmst du mich mit, Pia?«, bettelte Mathilda.

»Okay.«

»Wenn in deinem Autoradio ›Do They Know It's Christmas?‹ läuft, steige ich sofort aus.«

»Mathilda, es ist *mein* Auto.«

Nachdem alle gegangen waren, saß Annalena einen Moment lang mit dem Rücken zu der kleinen Treppe allein an dem ovalen Tisch, in Gedanken bereits bei tausend anderen Dingen. Ihr Kopf war voll, die Füße brannten.

Von hinten trat Uschi heran und ließ sich auf dem Stuhl neben dem ihren nieder.

»Du hättest nicht vielleicht Lust, bei mir als Verkäuferin anzufangen?«

»Ganz ehrlich?«

»Ganz ehrlich!«

»Nein.«

»Oh!« Uschi kriegte den Mund nicht mehr zu. »Ich dachte, ich tue dir einen Gefallen.«

»Tust du nicht, wenn du dich so verhältst wie heute und die knallharte Chefin gibst.«

Uschis Stimme klang nach verschlucktem Lachen, sie klopfte sich auf die Schenkel. »Ich wollte sehen, wie stressresistent du bist.«

»Ganz blöde Idee«, wetterte Annalena. »Ich habe

mich die ganze Zeit gefragt: Ist der Job hier ein Test, eine Strafe oder ein Geschenk?«

»Und zu welchem Urteil bist du gekommen?«

»Es ist wohl alles zusammen, mit dir zu arbeiten.«

»Ich bin doch gar nicht so, das weißt du«, beschwichtigte sie Uschi. »Ich war nur neugierig, ob du ein Zitteraal bist. Und auch wenn du es nicht glaubst: Genauso war Frau Haase immer. Ich wollte dir das nur mal demonstrieren. Also, wie sieht's aus?«

»Es reizt mich nicht, falls du wirklich vorhast, das Weihnachtssortiment aufzugeben. Ich habe keine Lust, Lampen an Lifestyle-Redakteurinnen zu verleihen.«

»Dann lassen wir in diesen Räumen den Weihnachtsladen. Und in denen, die demnächst frei werden, schalte und walte ich. Du bist hier dein eigener Chef, und ich beteilige dich am Umsatz. Wie wäre das?«

»Ich muss es mir überlegen«, sagte Annalena und wischte sich hastig eine Träne aus dem Auge. Sie wollte nicht, dass Uschi sie heulen sah, und war dankbar für ihren Schnupfen. Mit einem Schnupfen konnte man vieles rechtfertigen. Sogar den Moment der Rührung, den sie gerade empfand und die Genugtuung darüber, dass es richtig gewesen war, die Zugbrücke, hinter der sie sich eingeigelt hatte, hinunterzuklappen und hinauszugehen. Sie hatte das starke Gefühl, ihre Geschichte könnte doch ein Happy End haben. Davon war sie jetzt fast überzeugt. Schließlich war Weihnachten, und gemeinsam hatten sie es geschafft, dem Gemecker gute Laune und die Lust an der Verzauberung entgegenzusetzen.

»Falls du mal grabbeln möchtest«, sagte Uschi und

deutete unter den Tisch. »Da steht ein Kasten mit all den kaputten Anhängern, die sich über die Jahre angesammelt haben. Du weißt ja, nichts ist zerbrechlicher als eine Christbaumkugel.«

»Doch«, widersprach Annalena. »Das Glück.«

»Die hier wollte nie einer«, erklärte Uschi, bückte sich und zog eine Holzkiste unter der bodenlangen roten Decke hervor. »Weil sie kleine Macken haben. Wenn du magst, kannst du sie mit nach Hause nehmen, wie herrenlose Hunde. Den kleinen Pinocchio mit der abben Nase. Den Bernhardiner mit dem abben Bein. Das Abendhandtäschchen mit der weggen Strass-Schnalle. Abben und weggen sagt Frau Haase immer. Sie kommt aus dem Westfälischen, da reden sie wohl ganz gerne so, und sie freut sich immer wie Bolle, wenn noch irgendwo eine auffe Flasche Wein steht. Soll ich mal gucken, ob ich noch eine auffe Flasche finde?«

Auf Annalenas Gesicht breitete sich ein Lächeln aus. »Gern. Es gibt was zu feiern!«

»Du meinst Weihnachten?«, sagte Uschi.

Annalena nickte.

Auch das. Weihnachten war doch ein Glücksversprechen, dachte sie und ging nun ebenfalls in die Knie, um in der Kiste zu stöbern. Das war einfach Fakt. Und der andere war: Herrenlose Hunde musste man zu sich nach Hause holen.

Als Annalena Stunden später mit mehreren Pappschachteln beladen nach Hause kam, fühlte sie sich beschwingt und freute sich auf die ruhigen Stunden, die vor ihr lagen. Sie musste verschnaufen. Der Vormittag war anstrengend gewesen, und den Nachmittag hatten Uschi und sie bei einigen auffen Flaschen Wein verbracht. Sie sehnte sich nach Erholung. Abenddunkle Ruhe. Stille Nacht. Doch ihre blendende Laune bekam einen Dämpfer, als auf dem Fußboden hinter dem Briefschlitz ihrer Tür eine Karte lag. Sie hob sie auf und las halblaut vor sich hin.

Liebe Frau Schiller,

ich bin froh, dass ich noch die Neujahrskarte mit dem gemalten Globus von »Drawings For Life« zur Unterstützung afrikanischer Kinder gefunden habe. Meine Weihnachtsgrüße haben Sie ja bereits erhalten. Ich wollte Ihnen nur mitteilen, dass sich die Reise nach Rom erübrigt hat. Sie müssen also nicht bei mir den Ficus gießen. Ich wünsche Ihnen ein glückliches und gesundes neues Jahr und zunächst einmal ein friedliches Fest.

Herzliche Grüße!
Ihre Mira Delling

Ehe Annalena es sich recht überlegt hatte, warf sie bereits den Mantel aufs Bett, verließ ihre Wohnung, rannte die Treppe hinunter und schellte im Stockwerk unter ihr Sturm. Es dauerte eine Weile, bis Mira Delling reagierte. Es dauerte schon fast zu lange. So lange, dass Annalena bereits begann, sich Sorgen zu machen. Sie wollte gerade mit den Fäusten gegen das Holz trommeln, da ging die Tür auf.

Mira stand im Türrahmen, mit einem sehr blassen und spitzen Gesicht. Sie bat sie herein und fragte, ob sie ihr etwas offerieren dürfe.

»Tee? Sherry?«

Tee wäre jetzt besser, entschied Annalena, nahm im angebotenen Sessel Platz und schaute Frau Delling voller Mitgefühl an, als diese zu erzählen begann.

»Sie haben sicherlich meine Karte gefunden!«

»Deshalb bin ich hier.«

»Wir hatten zusammen hinreißende Feiertage geplant, aber gestern kam ein Brief von Herrn Aigner, dass es ihm leidtue, aber er habe eine andere kennengelernt. Und dass er angesichts dieses unvorhergesehenen Umstands die Feiertage bei seiner Tochter in Stuttgart verbringen werde. Mehr nicht. Das war's.«

»Das ist doch wohl ein schlechter Witz!«, empörte sich Annalena und schenkte ungefragt den Sherry in zwei Gläser, da abwarten und Tee trinken nicht immer die beste Lösung war.

»Ungelogen«, bekräftigte Mira.

»Und aus welchem Grund?«

Mira zuckte die Achseln und faltete die Hände im

Schoß ihrer beigen Gabardinehose. »Ich weiß es nicht. Keine Ahnung. Was ich als lange Reise geplant hatte oder vielleicht eine nicht mehr ganz so lange angesichts unseres Alters, war nur ein kleines Abenteuer.«

Sie wirkte so zart, so zerbrechlich wie eine Christbaumkugel, dass Annalena das Bedürfnis verspürte, zu ihr zu eilen und sie in den Arm zu nehmen. Dazu ging sie leicht in die Hocke und beugte sich zu der alten Dame hinab.

Mira Dellings Lächeln kam unvermittelt. Es kam wie ein Sonnenstrahl an diesem dunklen Dezembernachmittag.

»Es ist alles in Ordnung«, sagte sie und tätschelte Annalenas Handrücken. »Ich fand die Idee dieser Liebe von Anfang an verrückt. Aber ich mag alles Verrückte. Und nun fällt es mir zwar noch schwer zu lächeln, weil das Herz so schmerzt. Aber ich kann diese Liebe mit ins Grab nehmen. Ich kann Gott dafür danken, dass er sie mir geschenkt hat. Dieser Mann hat alles andere zu einer Randnotiz in meinem Leben gemacht. Durch ihn wurde ich noch mal lebendig. Er hat aus mir herausgekitzelt, was ich bin und immer unterdrückt habe. Und mir den Glauben daran gegeben, dass man für eine junge Liebe nie zu alt ist. Liebe im Alter, auch wenn man es nicht für möglich hält, ist von einer Elementarkraft, die Gegenwehr unmöglich macht, egal, wie sehr man sich auch bemüht.«

Mira Delling schloss für einen Moment die Augen, bevor sie sich erhob, und gerade als Annalena ihr vorschlagen wollte, den Heiligen Abend gemeinsam zu verbringen, kam sie ihr zuvor und teilte ihr mit, sie werde über die Feiertage ihre Schwester in Itzehoe besuchen und müsse jetzt los.

»Wie kommen Sie dahin?«, wollte Annalena wissen.

»Ich fahre noch Auto«, antwortete Mira mit einem sanftmütigen Augenaufschlag, in den sich Entrüstung mischte.

An der Tür drehte sich Annalena noch einmal um.

»Sie haben so gut zusammengepasst. Und in dem Alter, sollte man meinen, würden die Männer ja auch langsam …«

»Zur Ruhe kommen?«, fiel ihr Mira Delling ins Wort und brach in schallendes Gelächter aus. »Glauben Sie an den Weihnachtsmann?«

»Manchmal«, sagte Annalena. »Ich habe da noch etwas für Sie.« Sie hatte es plötzlich eilig, lief zu ihrer Wohnung und war im Nu wieder da. Es hatte sich für Mira Delling noch nicht einmal gelohnt, die Tür zu schließen.

Annalena öffnete ihre Hand, in der sie etwas geborgen hielt wie einen gerade eingefangenen, zitternden Vogel.

Es war Pinocchio, dessen Nase bei jeder Lüge gewachsen war, bis im Weihnachtsladen eines Tages die Spitze abbrach.

»Das passiert mit Männern, die nicht ehrlich sind«, sagte Annalena und drückte Mira die kleine Figur in die Hand.

Leise rieselt der Schnee

Es ging problemloser als gedacht. Zwei Tage vor Heiligabend hatte sie angerufen, und heute, am 26. Dezember, war es bereits so weit. Weihnachten war schon fast wieder um die Ecke verschwunden. So gern Annalena dieses Fest früher auch gehabt hatte, sie war immer froh gewesen, wenn das Ende nahte. Sie mochte den Gedanken nicht, dass die Welt innehielt – und vor allem die Geschäfte. Zweieinhalb Tage nicht einkaufen zu können! Schlimmstenfalls dreieinhalb, wenn der Heiligabend auf einen Donnerstag fiel. Deshalb war sie auch nie ein Freund von Sonntagen gewesen. Es hatte ihr Unbehagen bereitet, nicht mal eben bei ›Butter Lindner‹ in Eppendorf oder am Mühlenkamp vorbeifahren und dänische Milch kaufen zu können, gesalzene Butter vom Block und den Tortellini-Salat, dem sie mit Fug und Recht nachtrauerte. Aber das war zu den guten Zeiten gewesen, das gehörte zu ihrem alten Leben. Schnee von gestern.

Sie sah auf die Uhr. Neun Uhr morgens, noch fünf Stunden. In vier Stunden konnte sie sich allerdings getrost auf den Weg machen. Man hatte sie aufgefordert, eine Viertelstunde vorher da zu sein. Sie duschte und verbrachte mindestens genauso so viel Zeit damit, mit nackten Füßen, Handtuch um den Körper und Frottee-Turban auf dem Kopf unverrichteter Dinge vor ihrem Kleiderschrank zu stehen und ratlos auf Bügel mit Blusen und auf den Pulloverstapel links im offenen Fach zu starren.

Sie musste das Kunststück fertigbringen, großartig auszusehen und locker zu bleiben. Schließlich wählte sie einen anthrazitfarbenen Pulli, der ihre Hüften umspielte, und die schwarze Jeans, die sie vor zwei Tagen bei Uschi im Laden getragen hatte. Mit einer Papierschere schnippelte sie ein bisschen an ihren Haaren herum, versuchte sich an einem fransigen Rahmen, der ihr Gesicht links und rechts von den Schläfen bis zum Kinn weicher zeichnete. Sie pflegte ihre Fingernägel intensiver als sonst und bemalte sie mit muschelrosa Lack. Auch schminkte sie sich sorgfältiger.

Endlich rückte der Uhrzeiger vor auf zehn. Sie lief im Zimmer auf und ab, stellte sich ans Fenster, trank einen Schluck Wasser in der Küche und ordnete mehrmals ihr Werk, das in einem Mixbecher im Spülbecken steckte. Ein knüppeldicker Tannenzweig mit vielen kleinen Anhängseln an rotem Kräuselband. Bonbons. Schokotäfelchen. Bunte Fondantkringel. Kaugummi. Teebeutel. Die Parfümpröbchen, die sie noch von Stefan hatte. Im Fernsehen lief auch nichts, was sie abgelenkt hätte. Evangelischer Gottesdienst aus der Erlöserkirche im Zweiten, *Der Doktor und das liebe Vieh* im Ersten, *Das letzte Einhorn*, *Kevin – Allein zu Haus* und *Die Tagebücher einer Nanny* bei den Privaten.

Wie sollte sie die Zeit bloß rumkriegen?

Zum Lesen war sie zu hibbelig, zum Schlafen zu munter. Also beschloss Annalena, eine Mail zu schreiben, die ihr wichtig war.

Von: Annalena Schiller
Betreff: Arbeitsvertrag
Datum: 26. Dezember 10:27:43 MEZ
An: frauhaase@mail-manie.de

Liebe Uschi,

Du brauchst Dich nicht zu beeilen mit dem Arbeitsvertrag. Ich habe Dir ja erst an Heiligabend zugesagt. Den Putzjob werde ich zum nächstmöglichen Termin kündigen. Ich hoffe, es war nicht unverschämt, dass ich kurz nach 22 Uhr noch bei Euch angerufen habe. Ich hatte befürchtet, dass Rüdiger sauer ist, aber der war ja schon im Bett, wie Du sagtest.

Dringend würde ich empfehlen, Schornsteinfeger und Feuerwehrmänner als Baumanhänger zu ordern. Ich könnte mir vorstellen, dass Berufe das große Thema der nächsten Saison werden. Ich persönlich habe mich in das Glücksschwein »Frieda Ferkel« im Ballett-Tutu verliebt und auch in das mit dem Rettungsring um den Bauch. Du bist mein Rettungsring.

Hast Du gehört, dass Johannes Pia auf der Fahrt nach Garmisch einen Antrag gemacht hat? Meinst Du, Du könntest mir die Schatulle mit dem Hochzeitsbaumschmuck zurücklegen und sie in Raten von meinem Gehalt abziehen?

Dir noch einen schönen zweiten Feiertag!
Annalena

Konnte die Zeit wirklich so langsam vergehen? Sie tropfte so zähflüssig vor sich hin wie Harz von den Bäumen. Ließ sich die Zeit immer so viel Zeit, wenn man sie doch gerade im Schnelldurchlauf haben wollte?

Endlich war es ein Uhr mittags, und nachdem Annalena doch noch bei *Drei Haselnüsse für Aschenbrödel* im Fernsehen hängengeblieben war, ohne das es kein Weihnachten gab, verließ sie mit dem dicken Ast aus dem Mixbecher in der Spüle die Wohnung. Sie hatte es sich einfacher vorgestellt. Doch das Ding war sperrig und lockte die Blicke der Leute an, die nach dem Gesicht hinter den dichtbewachsenen Zweigen Ausschau hielten. Sie fuhr eine Station mit der U-Bahn bis zum Verkehrsknotenpunkt Berliner Tor, stieg dort um in die S 21 in Richtung Bergedorf und war in sieben Minuten an der Haltestelle Moorfleet. Allerdings hatte sie noch eine knappe halbe Stunde Fußweg vor sich, die sie mit ihrer Tanne to go zurücklegen musste. Ganz in der Nähe war Ikea, womit sie wieder, dachte Annalena mit einem angespannten Lächeln, bei ›Julmys‹, ›Yrsnö‹ und ›Snövita‹ wäre.

Je näher sie ihrem Ziel kam, desto schleppender wurden ihre Schritte, bis sie es schließlich vor sich liegen sah. Sechs Gebäude in Betongrau, die zu einem Rechteck angeordnet waren. In ihrer Mitte ein erleuchteter Weihnachtsbaum. Ihre Hände zitterten, und ihr Herz bollerte wie verrückt gegen den Schädel. Im Magen war ihr ganz flau. Sie holte noch einmal tief Luft, dann trat sie ans Tor und drückte auf die Klingel der Gegensprechanlage. Ein Summer ertönte, und sie war drin. Der Pförtner war der erste Mensch an diesem Ort, den sie zu Gesicht bekam. Er mochte Mitte fünfzig sein, trug ein hellblaues Hemd aus Polostoff und die dunkelblaue Jacke, die auch die Hamburger Polizeibeamten hatten. Nur dass auf seiner rechten Brust nicht *Polizei*, sondern *Justiz* aufgedruckt war. An seiner sonoren Stimme und an dem Namensschild an seinem Hemd erkannte Annalena, dass es sich um Herrn Hoffmann handelte, mit dem sie am Samstag vor dem vierten Advent telefoniert hatte.

»Das ist aber eine Freude, Sie persönlich kennenzulernen!«, rief sie aus. »Ich bin Annalena Schiller. Frohe Weihnachten, Herr Hoffmann!«

»Gehabt zu haben«, sagte er. »Heute im Dienst, und morgen ist schon wieder alles vorbei.«

»Wie schnell das immer geht«, sagte sie. »Wie war es im Stall in der Heide?«

»Der Weg zur Krippe führte uns durch die übliche Hektik in der Stadt und den Verkehr auf der Autobahn. Auf dem Rückweg in der Heiligen Nacht fühlten wir uns glücklich und geläutert und glaubten daran, dass unter diesem Sternenhimmel der Rest der Welt um Lichtjahre entfernt ist.« Durch seine tiefe Stimme klang das, was er von sich gab, sehr bedeutungsvoll, stellte Annalena fest.

»Sie sind ja ein Romantiker«, himmelte sie ihn an, nicht ganz uneigennützig. »So soll es sein.«

»So soll es sein«, wiederholte er ihre Worte. »Was nicht sein soll, ist dieser halbe Baum, den Sie anschleppen.«

»Er ist für meinen Mann. Ich habe einen Besuchstermin bei Stefan Schiller von 14 bis 15 Uhr. Ich kann doch nicht an Weihnachten mit leeren Händen vor ihm stehen.«

»Genauso wenig wie Pakete erlaubt sind, außer solche mit Kleidungsstücken, wie Sie sich vielleicht erinnern, sind auch Geschenke verboten. Das muss ich leider konfiszieren. Sie dürfen Ihrem Mann allerhöchstens einen Zehneuroschein geben.«

»Seien Sie doch nicht so streng!«

Bedauernd schüttelte Herr Hoffmann den Kopf. »Wir haben unsere Vorschriften.«

»Ich habe gedacht, da das mit dem Besuch so unbürokratisch geregelt wurde, drücken Sie ein Auge zu«, schmollte Annalena mit gekonnt herzigem Wimpernaufschlag, während sich ihre Finger von der Tanne harzig anfühlten. »Ich habe am 22. Dezember angerufen, und vier Tage später bin ich schon hier.«

»Normalerweise dauert es eine Woche«, beschied sie Herr Hoffmann, »bis die Besuchserlaubnis erteilt wird, aber an Weihnachten machen wir schon mal eine Ausnahme. Und Sie dürfen sogar in vierzehn Tagen wiederkommen, statt wie früher erst in einem Monat.«

»Das ist sehr großzügig. Man kann Ihr Haus nur weiterempfehlen.«

»Was Sie nicht dürfen«, beharrte Herr Hoffmann, »ist diesen Ast mit reinnehmen.«

Mit ausgestrecktem Arm überreichte sie ihm den Tannenzweig samt Anhängseln. »Darf ich Ihnen den wenigstens schenken? Da ist sogar ein ›Aramis‹-Pröbchen dabei. Das mochte Stefan immer so gerne. Nochmals: Gesegnete Weihnachten, Herr Hoffmann!«

Es vergingen einige Minuten, bis Annalenas Personalausweis und der Inhalt ihrer Tasche kontrolliert worden waren. Die Tasche verschwand zusammen mit dem Handy in einem Schließfach, das die gleiche Nummer trug wie der Tisch, den man Stefan und ihr zuweisen würde. Sie passierte den Metallsuchrahmen, der ihr vorkam wie die Sicherheitsschleuse am Flughafen, und nachdem man sie auch noch abgetastet hatte, brachte man sie endlich zum Besucherraum. Annalenas Atmung wurde hektisch, ihr Hals schien sich zu verengen. Ihre Stimme würde gepresst klingen, sobald sie den Mund aufmachte. Da war sie sich hundertprozentig sicher.

Dann sah sie ihn. Stefan. Er war in Jeans und Sweatshirt. Sie mochte seinen Geruch nach frisch gewaschenem Haar, als sie sich umarmten, seinen verwuschelten Hugh-Grant-Charme, doch sie spürte, wie mager er geworden war, obwohl er auch früher nie ein Pfund zu viel auf den Rippen gehabt hatte. Dazu hatte er immer zu hart gearbeitet. War zu gehetzt gewesen. War auch nach der Pleite noch Hirngespinsten von neuen Geschäftsmodellen nachgejagt, eines vielversprechender als das andere, seiner Meinung nach. Hatte immer mehr an Gewicht und Bodenhaftung verloren und in seiner eigenen digitalen Welt gelebt.

Doch nun war er so ausgezehrt, dass man befürchten musste, er würde umkippen in der Kälte da draußen. Zusammen mit ihnen waren noch zwei weitere Paare und eine dreiköpfige Familie im Raum. Zwei Wärter, eine Frau, ein Mann, saßen an der Wand und beobachteten sie, und was ihnen entging, fing eine Kamera ein. Denen würde jedoch nichts entgehen, überlegte Annalena, konnte aber nichts Negatives über die beiden sagen. Vor allem die Frau in ihrer mintfarbenen Bluse unter der dunkelblauen Uniformjacke war sehr aufmerksam. Zu Annalenas großer Freude verkündete sie der Runde, es gebe Kaffee und Tee.

Annalena, die mit dem Rücken zu ihr an einem Holztisch gesessen hatte, drehte sich um und schenkte der Frau ihr reizendstes Lächeln. »Dann nehme ich bitte einen Latte macchiato mit viel Milchschaum, wenn's keine Mühe macht!«

Die Wärterin blickte sie so irritiert an, als wäre Annalena versehentlich in die falsche Einrichtung geraten, und deutete wortlos mit dem Daumen auf vier Automaten, von denen zwei Süßigkeiten ausspucken würden, wenn man sie mit Münzen fütterte, einer Soft Drinks und der letzte Heißgetränke. Stefan lachte lauthals, woraufhin der männliche Aufpasser streng guckte und ihm bedeutete, leiser zu sein.

»Du hast dich nicht verändert«, sagte Stefan. »Bist noch genau wie früher.«

»Ich weiß nicht, ob das ein Kompliment ist«, erwiderte Annalena, bevor sie sich in einem Anflug von Koketterie mit der flachen Hand über den Hinterkopf strich, wie sie es bei Pia gesehen hatte. »Ich bin älter geworden. Und voller im Gegensatz zu dir.«

»Du bist noch genauso schön wie früher.«

Annalena errötete. »Oh. Danke.« Dass ihr das immer noch passierte! Einer gestandenen Frau von sechsundvierzig Jahren! Zu lächerlich! Das kam davon, wenn man eine lange Periode der Ruhe hinter sich hatte, kaum Kontakt zum männlichen Geschlecht außer zu ein paar Nachbarn, den Kassierern im Supermarkt und dem Hausmeister der Schule, und erst langsam wieder ins Leben einstieg. Hastig wechselte sie das Thema. »Wie feiert man hier Weihnachten?«

»Es gibt auf dem Flur jeder Station einen Baum.«

»Station?«

»So nennt man das. Wie in der Klinik. Das hier ist das Haus Nummer eins mit zwei Stationen und hundert Häftlingen.«

»War er hübsch geschmückt?«

»Vor Jahren hatten sie wohl mal so unkaputtbare Plastikkugeln. Heute gar nichts mehr. ›Wird eh nur geklaut‹, hat mir einer der Wärter gesteckt.«

»Gab's einen Gottesdienst?

»Gestern, am ersten Feiertag. Eine Andacht mit dem Gefängnispfarrer für die, die das wollten. Ich wollte. Mir war danach.«

»Früher wärest du nie auf die Idee gekommen«, sagte sie und betrachtete ihn nachdenklich.

»Früher!«, sagte er. »Früher hat man uns auch weismachen wollen, dass das Christkind seine Plätzchen nur im Abendrot bäckt. Was meinst du übrigens, wann ich dieses Jahr zum ersten Mal von Weihnachten gehört habe?«

Sie hatte sich vorgebeugt, den rechten Ellbogen auf den Tisch gelegt – und ihr Kinn in die gekrümmte Hand. Die Geste sollte ihm zeigen, wie brennend sie sich für alles interessierte, was er zu sagen hatte. »Wann?«

»In der ersten Augustwoche. Da haben sie in den

Fernsehnachrichten gemeldet, dass man in Dresden mit dem Backen der Stollen begonnen habe.« Er tippte sich mehrmals mit dem Finger an die Schläfe. »Ich sehe noch heute die Rosinen vor mir, die sie in diese riesigen Teigknetmaschinen gekippt haben. Die sahen aus wie Fliegen, die sich auf eine kartoffelbreiartige Masse in einem Betonmischer setzen. Du weißt, ich hasse Stollen!«

»Und Rosinen«, sagte sie.

»Deshalb ja«, sagte er. »Heiligabend hatten wir Bockwurst mit Kartoffelsalat. Gestern gab's Gänsekeule und heute Wildgulasch zum Mittagessen. So lässt es sich aushalten, wirst du denken.«

»Hat das nicht immer der Gärtner von Frederiks Finca in Santanyí gesagt, dieser Deutsche auf Mallorca? Der hat doch solche Sprüche nur so rausgehauen.«

»Ließ der nicht auch gern den lieben Gott einen guten Mann sein?«

»Wobei nichts so heiß gegessen wird«, fiel Annalena ein, »wie es gekocht wird.«

»Alter Schwede«, sagte Stefan.

»Genau! Alter Schwede war seine Lieblingsfloskel.«

Sie alberten herum, und als sich ihre Blicke trafen, blitzte etwas in ihren Augen auf, etwas, was die Erinnerung an längst vergangene Zeiten zurückbrachte, an die Liebe, die bei ihnen womöglich immer noch die Hände im Spiel hatte, auch wenn ihre Fingerabdrücke mittlerweile ziemlich verwischt waren. Wenn man zusammen lachen konnte, daran glaubte Annalena felsenfest, gab es immer eine Chance. Es würde sich zeigen, ob sie eine hatten. Ob sie sie verdienten. Ob sich ihre Wege wieder kreuzten, wie Pia es einmal ausgedrückt hatte, und bestenfalls in einen gemeinsamen mündeten. Er war nach wie vor ihr Mann, auch wenn sie getrennt waren. All die Jahre war er ihr Zuhause gewesen, und selbst wenn sie endgültig auseinandergehen würden, etwas blieb für immer. Auf jeden Fall sollte sie, so entschied sie, gleich heute noch eine zweite Mail an Uschi verfassen, in der sie vorsorglich einen Urlaubstag für den 18. Mai ankündigte, dem Datum, an dem Stefan aus der Haft entlassen wurde.

»Arbeitest du noch in der Gefängnistischlerei?«, fragte sie ihn.

»Nach wie vor«, antwortete er.

»Das stand in einem deiner Briefe, als wir noch Kontakt hatten. Den du dann nicht mehr wolltest.«

»Ich hatte dich schon genug in den ganzen Schlamassel mit reingezogen.«

»Ich habe die Augen zugemacht und dich in dem Schlamassel alleingelassen«, gestand Annalena.

Er ergriff ihre Hand. »Hochglanz geht am besten.«

»Nobel ging unsere Welt zugrunde«, sagte sie. »Weil es für mich gar nicht glänzend genug sein konnte.«

»Ich meinte jetzt eigentlich die Badezimmerschränke, die ich in der Schreinerei baue«, sagte er mit einem Zwinkern.

Und dann war die Stunde Besuchszeit um, viel zu rasch für neunzehn Monate, die erzählt werden mussten.

Als Annalena ihren Mann zum Abschied auf beide Wangen küsste, fiel ihr Blick durch die vergitterte Fensterfront nach draußen. Es hatte zu schneien begonnen. Wie sie es sich die ganze Zeit gewünscht hatte. Sie wusste jetzt schon, wie er riechen würde, der frisch gefallene Schnee. Ein klarer Duft. Dazu der helle Schimmer von Himmel und Bäumen.

Hieß Snövita am Ende: Schnee ist Leben?